FANG MICH!

Wenn du kannst

D.C. ODESZA ist das Pseudonym einer jungen, deutschen Autorin mit französischen Wurzeln.
In ihren erotischen Romanen gibt es keine Tabus. Die Szenen werden ausführlich und abwechslungsreich umgesetzt mit einem Hauch an BDSM Einflüssen.

D.C. ODESZA

FANG MICH

WENN DU KANNST

- LE PREMIER VOLUME -

EROTISCHER LIEBESROMAN

E-MAIL
d.c.odesza@gmail.com

FACEBOOK
www.facebook.com/d.c.odesza

HOMEPAGE
www.dcodesza.com

1. Auflage, März 2017

D.C. ODESZA
Glashütter Str. 99
01277 Dresden

Sie ist eine Legende auf dem Eis. Eine Eisprinzessin. Dank ihr habe ich fünf Jahre – gottverdammte fünf Jahre – im Gefängnis gesessen. Ich will nichts weiter als meine Vergeltung. Meine Abrechnung mit ihr. Und die werde ich bekommen!

- MAKAR -

»Das Leben ist ein Sturm, mein junger Freund. In diesem Augenblick aalst du dich noch im Sonnenschein, und im nächsten Moment wirst du auf den Felsen zerschmettert. Was einen Mann ausmacht, ist das, was er tut, wenn ein solcher Sturm kommt. Du musst dem Sturm ins Auge sehen und ihm entgegenschreien: ›Tu das Schlimmste, zu dem du fähig bist! Ich werde das meine tun.‹ «

- ALEXANDRE DUMAS -

»Der Graf von Monte Christo«

<u>Hinweis:</u>

Da es seit Kurzem bezüglich der Kapiteleinteilung öfters zu Fragen und Missverständnissen gekommen ist, möchte ich gern darauf hinweisen, dass die Einteilung meiner Kapitel seine Richtigkeit hat. Es ist kein technischer Fehler und jedes Kapitel wurde so gewählt, wie es ist, da es es absichtlich Sprünge zwischen Vergangenheit und Gegenwart gibt.

Merci
ODESZA

DER SIEBTE SCHLEIER WIRD FALLEN

Mir wurde einmal erzählt, jeder Mensch besäße sieben Schleier. Sieben Schleier, die er Stück für Stück vor seinem Gegenüber wie Blütenblätter fallen lässt.

Die ersten zwei Schleier fallen, sobald man sich einem Menschen nähert, ihn kennenlernt. Man erzählt beispielsweise belanglose Details aus seinem Leben, von Reisen und Erlebnissen. Der dritte und vierte Schleier sinken, wenn man einer Person sein vollkommenes Vertrauen schenkt wie einem langjährigen Freund, seinem Lebenspartner oder seinen Eltern. Man teilt tiefschürfende Erlebnisse, gibt Dinge von sich preis, die man keiner flüchtigen Bekanntschaft mitteilt. Somit wird eine Bindung geschaffen, eine Vertrauensbasis, die leicht verletzbar ist.

Der fünfte Schleier fällt, sollte man seinem Gegenüber verborgene Geheimnisse anvertrauen, ihm blind vertrauen – oder er fällt erst sehr spät.

Der sechste sinkt sehr selten. Wenn überhaupt.

Jeder Mensch – wenn er ehrlich zu sich selbst ist – wird sich nicht vollkommen öffnen. Aus Angst, den anderen zu verletzen, zu kränken, zu zeigen, wer man in Wirklichkeit ist. Es mögen Stolz, Scham oder Angst sein, die uns davor bewahren, uns in unsere Seele blicken zu lassen. Wer würde sich freiwillig verletzbar und angreifbar machen wollen? Wohl niemand.

Möglicherweise ist es ein Selbstschutzmechanismus oder eine Überlebensstrategie – ich weiß es nicht –, die uns davor bewahrt, Fehler zu begehen und einem Menschen bedingungslos zu vertrauen.

Denn der siebte Schleier fällt nie. Der siebte Schleier verbirgt jene tiefen Abgründe, die kein Mensch bereit ist, mit einem anderen zu teilen. Manchmal verdrängen wir diese Abgründe, Sehnsüchte und Erinnerungen. Manchmal, ja manchmal können sie zum Verhängnis werden.

Wie auch mir.

Ich habe es als Metapher abgetan, als leeren Gedankengang, den es nicht lohnte, weiter zu verfolgen.

Wie ich mich täuschte. Jetzt, da ich weiß, wie sehr ich für meine Fehler büßen muss.

Ich habe Fehler begangen – schwerwiegende, die ich verdrängt habe. Die ich für immer aus meinem Gedächtnis löschen wollte. Dennoch: Hier in einem feuchten, gottverlassenen Verlies zu sitzen, kann nicht das sein, was ich verdient habe.

Denn ich müsste weitaus härter bestraft werden für meine Sünden, von denen niemand weiß. *Bis auf ihn!*

EINS

Evgenia

Mit einem todbringenden Blick folge ich den stupiden Phrasen des jungen und zugegebenermaßen engagierten Mitarbeiters, der eine neue Werbekampagne vorstellt.

Viel lieber würde ich den drei Jahre jüngeren Mann, dessen Namen ich wieder vergessen habe, heute Abend näher kennenlernen. Er wirkt sportlich wie junge Männer nach ihrem Studium, die noch viel Zeit in Fitness investieren. Sein mittelblondes Haar fällt leicht seitlich über seine Stirn. Sein Anzug ist nigelnagelneu. Allerdings – nun ja – vermutlich bei H&M oder Peek & Cloppenburg mit Omi gekauft worden.

Er wirkt auf mich herrlich aufgeregt. Hat einen Versprecher nach dem anderen und räuspert sich gekünstelt, was ihm auch nicht dabei hilft, logische Sätze zu bilden.

Etwas, das gebe ich zu, tut er mir leid. Obwohl ich eigentlich niemals Mitleid mit einem Menschen empfinde.

Jeder ist selber für sein Glück oder Unglück verantwortlich. Jeder könnte – wenn er wollte – jeden Tag sein Leben ändern. Daher verabscheue ich Mitleid, verabscheue das Geflenne um das Elend dieser Welt, das Gejammer um notleidende afrikanische Kinder und die Bettler auf der Straße.

Neben mir sitzen Jork und Devid, die mittlerweile lieber auf ihren iPads mit ihren Geliebten chatten, als dem jungen Mann vor uns länger zuzuhören.

Ich hingegen gebe ihm eine letzte Chance. Die Chance, mich heute Abend auf andere Gedanken zu bringen. Als Managerin des Medienunternehmens Gloss & Richmond, das mit erstklassigen und erfolgreichen Firmen Russlands kooperiert, arbeite ich weit über achtzig Stunden die Woche. Die meiste Zeit der letzten drei Jahre habe ich in diesem gläsernen architektonischen Wunderbau verbracht, der allein dank der Gelder des Oligarchen finanziert wurde. Zugegeben ein Tochterunternehmen des nordamerikanischen Mutterkonzerns, das nun seit drei Jahren unter meiner Führung in Russland besteht.

Mit meinen großen Augen und einem weichen Lächeln verfolge ich die missratene Präsentation des Mannes. Zugleich mustere ich weiter seine Statur, wandere mit meinen Blicken seinen Körper entlang und würde ihm eine *Sieben* auf einer Skala von eins bis zehn geben. Wobei die Zehn die beste Bewertung ist. Auf eine *Zehn* traf ich noch nie. Aber ich sehe sie jeden Tag auf den Hochglanzmagazinen am Kiosk, an dem ich morgens mit meinem Latte vorbeieile.

Ich verschränke in meinem Businesslook – einem schmal geschnittenen Etuikleid, dunklen Strumpfhosen und einem Ausschnitt, der der Männerwelt für nur wenige Sekunden einen Denkaussetzer verschaffen soll – meine Beine unter dem Tisch. Zielsicher greife ich zum Bleistift vor mir, drehe ihn zwischen den Fingern, um ihn im Anschluss zwischen die Lippen zu schieben.

Das bringt den Mann vor mir am Whiteboard komplett aus dem Konzept.

»Also, ähm, das bedeutet … also, ich meine …«, stammelt er.

Gelassen hebe ich eine Augenbraue, fixiere ihn mit einem beeindruckenden Augenaufschlag von unten nach oben, den ich bis zur Perfektion trainiert habe, und erwarte geduldig weitere Stammler oder Sätze mit fehlendem Prädikat.

Er ist durchgefallen. Dermaßen miserabel und ungeeignet für den Job. Das dürfte er bereits selber wissen, denke ich, aber bewahre mir mein zuckersüßes Lächeln.

Jork kratzt sich an der Schläfe und schenkt dem Vortragenden einen skeptischen Blick.

»Sehr schön«, erlöse ich den Mann, dessen Name mir einfach nicht einfallen will, von seinem Elend. Mit einer geraden Haltung stütze ich meine Ellenbogen auf dem Tisch ab, nehme einen Schluck aus meinem Wasserglas und schaue nun zu den beiden Männern, die zu meiner Linken und Rechten sitzen.

»Wir würden uns gerne beratschlagen. Sie erhalten noch Ende der Woche ein Schreiben von uns, wie wir uns entschieden haben.«

Rasch erhebe ich mich aus meinem ergonomischen Chefsessel, rücke mein Kleid an den Oberschenkeln zurecht und gehe auf den jungen Hengst zu. Er gefällt mir. Ich weiß nicht, was es ist. Die Haarfarbe, der offene Blick, der leichte Bartansatz oder doch die Figur, die er in seinem dermaßen billigen Anzug macht. Trotzdem, da ist etwas, das mich an ihm interessiert.

»Ich begleite Sie zur Tür. Haben Sie noch Fragen?«

Während ich auf die Tür des Meetingraumes zugehe, sammeln Devid und Jork die Dokumente vom Tisch und schalten den Beamer aus.

»Wie schätzen Sie meine Präsentation ein?«, fragt er mich, womit ich nicht gerechnet habe.

Ich öffne die Tür und halte sie ihm auf. Doch er reagiert und hält keine Sekunde später *mir* die Tür auf.

Niedlicher Junge. Manieren hat er also.

»Darüber kann ich mir noch kein Urteil erlauben. Was halten Sie davon, wenn ich Sie etwas auf dem Gebiet der Medienkompetenz schule? Ihr Potenzial ist definitiv ausbaufähig.« *Was redest du, Evgenia? Er ist eine Katastrophe.*

»Gerne. Wann?« Seine Stimme klingt rau und etwas kratzig, als wäre er im Stimmbruch. Doch etwas schwingt in seiner Stimme mit, das mir gefällt.

Ich sehe in seinen wissbegierigen Augen, dass er tatsächlich mehr dazulernen möchte. Ein zweites Plus. Ich schätze Männer, die lernfähig sind.

»Da es mir meine Agenda in den nächsten zwei Wochen tagsüber verbietet, weitere Termine zu vereinbaren, und ich bereits verplant bin, was halten Sie von heute Abend?«

Flüchtig fährt er sich durch sein seidiges Haar. Zugleich versprüht er einen sportlichen Duft, auf den ich sogar anspringe. Es gibt nur wenige Menschen, deren Duft ich mag. Für gewöhnlich widern mich herbe Männerparfüme von billigen Marken an.

»Gerne. Das Angebot kann ich wohl kaum ausschlagen.«

Nein, das kannst du nicht, denke ich und lecke mir verhalten über die Lippen.

»Dann heute Abend um 21 Uhr im ›Argentin‹. Ich lasse einen Tisch reservieren. Sie wissen, wo sich die Location in Moskau befindet?«

Grüblerische Fältchen legen seine junge Stirn in Furchen, bevor er sein iPhone aus der Anzugtasche hervor fischt und es mir entgegenhält.

»Noch nicht, aber ich werde es finden. Ich danke Ihnen für diese Gelegenheit.«

Danke mir nicht zu früh.

»Bis heute Abend«, verabschiedet er sich in seiner lockeren Art und grinst mir verhalten und zugleich niedlich entgegen.

Ich mag ihn. Keine Ahnung warum, aber er vermittelt diese Losgelöstheit, Jugendlichkeit, hat einen gewissen unentdeckten Charme und diese innere Zufriedenheit, die ich seit Wochen vermisse.

»Wieder ein knackiger Typ, den du für deine Zwecke missbrauchen willst?«, stöhnt Jork in mein Ohr, sodass ich Gänsehaut bekomme. Ich habe nicht gemerkt, wie er unvermittelt hinter mir aufgetaucht ist.

»Was denkst du bloß über mich?« Rasch drehe ich mich zu meinem Kollegen um, der nur neidisch ist, dass er heute keine Frau angraben konnte. »Ein netter Abend kann nicht schaden, um ihm mehr auf dem Gebiet des Medienmanagements beizubringen und mich zu entspannen.«

Mit einem frechen Lächeln fahre ich mit den Fingerspitzen über sein Revers und stoße ihn dann unvermittelt zurück. Jork ist ein Draufgänger durch und durch. Ein Freund, der einem zuhören kann, aber selbst nicht mit weiteren Problemen belastet werden will. Er reißt jede Frauenbluse auf, an der er Interesse hat. Besonders frische Anfängerinnen in der Firma hat er zum Vernaschen gern.

»Als entspannend würde ich dich nicht bezeichnen. Gib zu, dass du notgeil bist, wenn du sogar so weit gehst, drei Jahre jüngere Studienabgänger reiten zu müssen. Du hast etwas Besseres verdient.«

»Etwa jemanden wie dich?«, will ich wissen und stemme meine Hände in meine Hüften. »Das hatten wir schon. Wir sind mit dem Thema durch. Du vögelst gut, ehrlich, aber wenn es darum geht, längerfristig die Finger von anderen Frauen zu lassen, die du unbedingt mit zu Firmenfesten mitschleppen musst, bist du miserabel. Bei dem Typen bin ich wesentlich besser aufgehoben als bei dir. Er schaut zu mir auf, während du nur auf meine Titten herabblickst.« Und gerade tut er es wieder. Schief grinsen und in meinen Ausschnitt starren.

»Soll ich etwa verbergen, dass ich deine Brüste schön finde?«, schmeichelt er mir mit diesem schmalzigen Grinsen.

»Geh mir aus der Sonne, mich erwartet das nächste Meeting. Ohne dich. Mit Stephania, der wohl prüdesten Vertreterin des Tochterunternehmens, die nichts weiter vorhat, als meine Vorschläge zu torpedieren.«

»Mal sehen, mit welcher Laune du morgen die heiligen Hallen betrittst. Du weißt, wie du mich erreichen kannst«, flüstert er mir ins Ohr, küsst dann meine Wange und schiebt sich mit zwei Ordnern auf den Armen durch die Tür.

Arroganter Vogel, der sich für den Sexgott Nummer eins hält.

»Ich muss dann auch. Schließt du ab?«, fragt mich Devid.

»Sicher. Geh schon.« Damit ich mich in Ruhe gedanklich auf das Treffen mit – verflucht, sein Name fällt mir immer noch nicht ein – vorbereiten kann. In meinen Vorstellungen kann ich ihn schon unter mir liegen sehen, seine feucht glänzende Haut zwischen den Laken, ich kann seine Lippen schmecken und seine Hände meine Brüste kneten spüren. *Verflucht!*

Ich muss wirklich notgeil sein, wenn ich beim Abschließen der Tür gleich feucht werde. *Evgenia, du bist völlig untervögelt und leider absolut sexuell frustriert.*

»Danke«, fauche ich mir selber entgegen.

ZWEI

Evgenia

Was mir nach einem stressigen Joballtag hilft, sind die wenigen kostbaren Minuten in der Eisarena. Mit vier Jahren stand ich das erste Mal auf ausgeliehenen Kufen. Wackelig und ungeschickt. Ich kann mich nicht mehr daran erinnern. Meine Mutter erzählt noch heute davon.

Mit sechs begann das intensive Training. Ich wechselte in den kommenden Jahren ungelogen ein dutzend Mal die Trainer, die alle mein Talent förderten, mich zum Star unter den Eiskunstläuferinnen machen wollten. Meine Eltern standen die gesamte Zeit hinter mir. Jede Woche verbrachte ich zwölf Stunden auf dem Eis, bis ich vierzehn wurde. Dann wurden es mehr, etwa vier Stunden vier Mal die Woche.

Ich hatte meine liebe Not, die Schule und das harte Training unter einen Hut zu bekommen. Aber ich wollte es, wollte es so sehr. So gut sein wie die Russin, Anastasija Kotina. Und es gelang mir. Die Schulstunden wurden zeitweise gestrichen. Ich erhielt Einzelunterricht. Meine Eltern gingen so weit, Lehrerinnen zu engagieren, die mich selbst zu den Wettkämpfen begleiten mussten. Einzig und allein, um einen Star aus mir zu machen.

Was für meine Mutter zu einem wahr gewordenen Traum wurde, der ihr selbst nie vergönnt gewesen war, wurde für mich zu einer doppelten Belastung. Ich möchte nicht jammern, nicht die Lebensphase schlecht reden, in der ich meinen größten Erfolg hatte – niemals. Aber wenn ich daran zurückdenke, welche Zeit mir gestohlen wurde, die ich hätte anders verbringen können, hätte ich meine Trainingseinheiten zurückgeschraubt. Schließlich war ich keine Erwachsene, wurde jedoch wie eine behandelt. Ich war gottverdammte vierzehn. Ein Teenager.

Die viele Mühe, hohen Kosten, ständigen Reisen, die besten Trainer und modernsten Eissporthallen, Sponsorenverträge und andere Mitstreiterinnen prägten meine Jugend. Ich wurde mit sechzehn Jahren zu einer Legende. Einer wahren Meisterin auf dem Eis. Reporter schworen darauf, dass ich nach der nächsten Olympiade mit Gold in den Händen zurückkommen würde. Ich errang Gold in den Kreismeisterschaften, Landesmeisterschaften, Europameisterschaften, gewann sogar den Eiskunst-Weltmeistertitel in Tokio 2007. Bis zur Winterolympiade 2010 in Vancouver habe ich es allerdings nicht geschafft.

Während ich trainierte, sich in meinem Kopf nichts weiter als der Gedanke einnistete, gewinnen zu wollen, sich meine komplette Welt nur um das Eiskunstlaufen drehte, fiel ich mit achtzehn durch das Abitur. Es war mir egal, schließlich hatte ich Geld, Sponsoren, Ruhm und viele

Preise gewonnen. Der nächste Schritt war, dass ich mir auf einer Party den Fußknöchel brach. Ich wollte mir diese Feier nicht entgehen lassen, nur einmal in einer Clique dabei sein, mich betrinken und am Lagerfeuer sitzen. Bis ich … angetrunken stürzte und ein Knacken zu hören war. Noch heute höre ich dieses (grauenvolle) Geräusch immer und immer wieder. Es war grausam. Schmerzhaft. Und ich war unfähig, etwas ausrichten zu können.

Die Diagnose versprach eine Heilung, doch die Ärzte verboten mir das Eiskunstlaufen, da meine Gelenke über die Jahre hinweg zu sehr beansprucht worden waren. Meine Karriere war im Arsch. Es gab nichts, was diese Lücke hätte ausfüllen können. Rein gar nichts! Ich hatte weder einen Schulabschluss noch meinen Ruhm und Erfolg. Ich hatte nichts, nur das aufgerissene Loch in meiner Brust und eine krankmachende Ausweglosigkeit, die sich in meinen Verstand einbrannte.

Steht man ganz weit oben, wird man von der Welt angehimmelt und bewundert, glaubt man, jemand zu sein. Dafür muss man das Risiko in Kauf nehmen, sehr tief fallen zu können. Ich stürzte ins Bodenlose.

Was meine Eltern anfangs versuchten, in der Presse schön zu reden, um sie hinzuhalten und sie mit Lügen über meine Genesung zu täuschen, wurde am Ende zu einer Schlammschlacht in den Medien. Irgendwann war der ganze Trubel vorbei und ich stand wieder dort, wo ich mich mit vier Jahren befunden hatte. Ich war ein gewöhnliches Mädchen, das sich wieder im Leben zurechtfinden musste. Therapien, Klinikaufenthalte, Reha, Kuren. All das half herzlich wenig, um meine Mitte im Leben wiederzuerlangen, um mir neue Ziele zu stecken und mir darüber bewusst zu werden, was ich wollte. Ich wusste es nicht. Bis ich neu anfing, alles hinter mir ließ und bei meinen Eltern auszog.

Ich holte mein Abitur nach, studierte und kam schließlich da an, wo ich heute stehe. Auf meinem Posten als Managerin des Medienunternehmens Gloss & Richmond in Moskau.

Ob ich glücklich bin? Nein, das bin ich nicht. War ich womöglich nie. Aber ich werde es sein – das weiß ich. Und gerade macht mich das Rundendrehen auf der Eisfläche glücklich.

Ich zirkle zwischen den tollpatschigen Menschen umher und schwinge geschmeidig an ihnen vorbei – mit kurzzeitig geschlossenen Augen. Eis ist mein Element. Das wird es immer sein. Ich werde es niemals aufgeben, Runden zu drehen und für mich allein weitere Figuren zu studieren. Mit achtundzwanzig wäre ich beinahe zu alt für eine Profiläuferin, was mich immer wieder beruhigt. Die schönste Zeit, selbst erfolgreich, wäre abgelaufen.

Der Fahrtwind weht lose blonde Strähnen aus meinem Gesicht, die leicht an meinen Wangen kitzeln. Schwerelos gleite ich über das Eis, bis ein Blick auf die Uhr mich ermahnt, das Treffen mit dem Typen nicht zu verpassen. Er hieß Lucien oder Léonce. Sein Vorname begann mit einem L, da bin ich mir sicher.

Sanft umfahre ich, langsamer werdend, die anderen wenigen Läufer und halte auf das Podest der Zuschauer zu, auf das ich steige und wo ich mich auf die Bank setze, um meine Schuhe zu wechseln. Ich wünschte, irgendwann hätte ich eine Bahn für mich allein. Könnte für mich allein laufen und meine Kufen auf dem Eis knirschen hören.

Wehmütig schaue ich auf die befahrene Eisfläche. Meine Augen wandern über die Besucher, weiter die Sitzreihen entlang bis hoch zur Galerie, auf der meistens niemand steht. Doch heute sehe ich dort einen Mann in einer dunklen Jacke. Mit auf das Geländer gestützten Ellenbogen schaut er hinab. Allerdings ist er so weit von mir entfernt, dass ich kaum sein Gesicht sehen kann und ihm nicht weiter Beachtung schenke. Da sich vor mir ein Kind gerade fies das Knie aufgeschürft hat, senke ich meinen Blick. Ich lächle in mich hinein.

Sie wird nicht das letzte Mal gestürzt sein.

Rasch verstaue ich meine Schlittschuhe in meiner Sporttasche und schultere sie.

Mit einem Stirnband, Leggings und einem lockeren Top verlasse ich die Arena, um mein Loft aufzusuchen. Denn es erwarten mich noch eine Dusche und eine Auswahl meines Kleiderschrankes, bevor ich mir den jungen Typen kralle.

DREI

Eugenia

Mit einer geraden Haltung, in einem teuren DKNY-Kleid und in Peeptoes, die mich mein Viertelmonatsgehalt gekostet haben, betrete ich das Lokal, das bereits gut besucht ist. Von Geschäftsmännern bis hin zu schlichten Jeansträgern ist alles vertreten. Junge Mädchen hängen kichernd an der Bar, während ich den Kellner aufsuche.

»Entschuldigung«, spreche ich einen mit weißem Hemd und schwarzer Schürze bekleideten Mann an, der gerade eilig auf einen Tisch zusteuert. »Ich habe einen Tisch auf d'Ivoi bestellt.«

»Richtig, gedulden Sie sich einen Augenblick.« Er wendet sich doch tatsächlich lieber den Gästen eines Tisches als mir zu.

Schnösel. Mit einem angeödeten Augenaufschlag schaue ich zur Decke und warte, bis der Kellner mir endlich seine Aufmerksamkeit widmet.

Mit den Fingern auf den Bartresen trommelnd checke ich meine Nachrichten auf dem Smartphone, als mich ein Schatten aufblicken lässt.

»Bin ich etwa zu spät?« Ich erkenne die Stimme des Fünfundzwanzigjährigen wieder.

»Nein, ich warte bereits auf unseren Tisch. Schön, dass Sie kommen konnten, obwohl mir ein *Du* weitaus angenehmer wäre. Schließlich treffen wir uns jetzt nicht geschäftlich, sondern privat.«

Ich hoffe, er wird verstehen, was ich meine.

»Lionel, gerne. Ein *Du* wäre mir auch lieber. Dann wirkt das Treffen weniger gezwungen.«

Da hat er allerdings recht. Lionel – ich wusste es. Beinahe hätte ich seinen Namen richtig erraten.

Mit meinen Augen wandere ich über seinen legeren Look. Er trägt Slipper, eine dunkelblaue Stoffhose, darüber ein Poloshirt. Nicht so sexy wie der Anzug, aber auch nicht so billig wie der Anzug.

»Madame? Sie fragten nach einem Tisch?«, erkundigt sich der Kellner. »Begleiten Sie mich bitte.«

Wurde auch Zeit.

»Gerne«, antworte ich ihm bissig, obwohl ich seine Retourkutsche für unfreundlich halte, mich ebenso in einem Gespräch zu unterbrechen wie ich ihn zuvor.

Trotzdem ist der Kellner so freundlich, meinen Stuhl an einem Tisch in der Ecke zurückzuziehen.

»Wie geht es dir?«, erkundige ich mich, nachdem ich Platz genommen habe, während ich meine Handtasche auf den Schoß hebe.

»Sehr gut. Etwas nervös, wie sich das Unternehmen, was mich angeht, entscheiden wird. Aber das gehört wohl dazu. Schickes Lokal übrigens, das du ausgewählt hast.« In seinen grauen Augen kann ich lesen, dass er nur selten solch teure Lokale aufsucht. Vermutlich zieht es ihn mehr in Partyhöhlen, Diskotheken oder Jugendclubs. Alles Dinge, die ich kaum kenne. Die ich vermieden habe – *nein, vermeiden musste.*

»Dass du nervös bist, kann ich verstehen, ja, wirklich. Mir ging es am Anfang meiner Karriere nicht anders. Ständig musste man sich bewerben, erhielt keine klare Antwort darauf, ob man sich nun angemessen präsentiert hatte oder eben total aufgesetzt wirkte.«

Ihm einen Teil von mir zu zeigen, wird ihn auflockern. Schließlich will ich keinen Mann, der mich beim Sex fragt: »Schnecke, wie fandest du eigentlich das Portfolio? Gab es irgendetwas, das dir gefallen hat? Hätte ich der Grafik noch mehr Ausdruck verleihen sollen?«

Nein, ich will ihn losgelöst, hemmungslos und genauso, wie wenn er eine Frau vögelt, die er in einem schäbigen, abgefuckten Club abgeschleppt hat. Oder eine, die er vor Ort in einer schmierigen Toilette mit an die Tür gekritzelten, kaum lesbaren Schriftzügen fickt. Schnell, unkompliziert und nur für eine Nacht. Was ist schon dabei?

»Dann ging es dir ebenfalls so? Scheiße, das beruhigt mich.«

»Haben Sie schon gewählt?«, platzt der Kellner mit diesen feinen scharfen Gesichtszügen tatsächlich in unser Gespräch. *Schon wieder!*

»Sicher.« Da ich das Lokal öfters aufsuche, weiß ich, was ich will. »Ich nehme einen Château Nairac und das Menü ›Elsaß‹, Tatar vom Milchkalb, dazu Senfeis und Gamba. Aber bitte nicht zu trocken. Danach den Sauerrahm und Kaviar. Bitte fettreduziert, danke.«

Ohne dem Typen weitere Beachtung zu schenken, klappe ich die Karte zu und reiche sie dem Trottel. Lionel hingegen wirft erst jetzt einen Blick in die Karte und hebt seine Augenbrauen mit einem leisen Pfiff, als sein Blick zum Kartenrand huscht.

»Nicht übel«, murmelt er vor sich hin. Klar, die Preise dürften seine Illusionen, mich einladen zu wollen, sprengen.

»Es geht auf die Firma«, flüstere ich ihm entgegen. Sanft berühre ich dabei seinen Handrücken.

Er schaut mir mit seinen smarten Augen entgegen, in denen ich diesen unverschämt schönen Schimmer sehen kann.

»Einverstanden.« Er teilt dem Kellner seine Bestellung mit und reicht ihm wesentlich freundlicher die Karte.

»Gehst du öfters in solche Restaurants?«

»Ja. Meistens.«

»Wird für die Männer, die dich einladen wollen, ziemlich teuer sein.« War das etwa eine Anspielung darauf, mit welchen Männern ich verkehre?

Aus meiner Handtasche krame ich meinen Taschenspiegel, um zu prüfen, ob mein Lippenstift nicht bereits gelitten hat und verblasst ist.

»Ich verkehre meistens mit ziemlich unterschiedlichen Männern, daher lege ich mich nicht auf ein- und dieselbe

Location fest. Wo gehst du am liebsten hin?«, erkundige ich mich, klappe den silbernen Dior-Spiegel auf und blicke hinein.

Meine blauen Augen strahlen mir entgegen, umrahmt von einem rauchigen Schwarz. Das Make-up scheint weiterhin perfekt zu sitzen, der Blush ebenfalls und meine in einem samtigen Nudeton geschminkten Lippen muss ich vorerst nicht nachmalen. Ich mag mein Gesicht, besonders bei diesem gedimmten warmen Licht in der Location. Nur flüchtig fahre ich durch mein offenes mittelblondes langes Haar mit dem Ombré-Style. Oben ist mein Haar dunkelblond, an den Spitzel hell – jeder Friseurbesuch kostet über 27 000 Rubel. Aber ich liebe diesen Look. Dazu ein Seitenscheitel, der etwas unschuldig wirkt.

Wäre ich allerdings den ganzen verfluchten Abend weniger mit mir selbst beschäftigt gewesen, hätte ich die Person schon früher erkannt, die ich jetzt durch den Spiegel entdecke und die uns offenbar beobachtet.

ACHTZEHN

Evgenia

ICH ZÄHLE SIEBENUNDDREISSIG STRICHE

Ich hätte es wissen müssen. Warum habe ich dieser Person in dem Spiegel nicht mehr Beachtung geschenkt? Verflucht – Womöglich hätte ich dann alles verhindern können.

Mit tränenverkrusteten Augen starre ich auf die Pflastersteine. Sie sind eiskalt. Doch nach mehreren Tagen, die ich nun in diesem Verlies festsitze, fühlen sie sich nicht mehr ganz so kalt an wie am ersten Tag. Man gewöhnt sich an alles, selbst an die Kälte.

Mit den Fingern male ich endlos lange – Minute um Minute – das Unendlichkeitszeichen auf die Pflastersteine, die für gewöhnlich in Tiefgaragen oder vor Häusern ausgelegt sind. Sie sind grau und ergeben ein langweiliges Muster, das meinen Verstand kaum fordert. Je länger ich sie anstarre wie Puzzleteile, desto mehr öden sie mich an. Es sind genau 1762 Steine, wenn ich die am Rand zum scharfkantigen Gitter nicht mitzähle. Denn das Gitter verläuft über eine Reihe der Steine. Sind es dann also halbe Pflastersteine? Und zwei Steine ergäben einen in meiner Zelle?

Mathematisch wäre das korrekt. Aber irgendwie gehören die Steine nicht zu meinem Verlies. Die Hälfte liegt außerhalb. Dort, wo ich frei wäre. Auf der Seite, von der aus *er* mich anstarren kann. Selbst wenn ich das Gitter überwinde, weiß ich, dass ich eine weitere Tür aufschließen muss und noch eine weitere.

Ich kann jedes Mal, wenn er nach etlichen Stunden nach mir sieht, hören, dass zwei Türen in Schlösser fallen. Mittlerweile kenne ich jedes Geräusch in meiner fremden Umgebung. Wenn es regnet, höre ich das leise Prasseln wie auf Wellblech. Ein warmer, holziger Duft von Erde und feuchtem Gras wandert zugleich durch das vergitterte handbreite Fenster. Kein Asphaltgeruch. Nasser Asphalt riecht anders als feuchte Erde.

Das Klirren von Schlüsseln ist öfter zu hören, wenn er die Türen aufschließt. Es müssen mehrere Schlüssel sein. Mindestens fünf. Dann die Schritte. Dumpf, selbstsicher und leise. Wie die eines gefährlichen Raubtieres. Manchmal höre ich sie kaum. Manchmal sofort. Als würde er mich testen wollen.

Meine größte Angst ist, dass er in das Verlies kommt und mich anstarrt, wenn ich es nicht mitbekomme. Ein kalter Schauer wandert mein Rückgrat hinab.

Zusammengekauert hocke ich auf den feuchten Pflastersteinen und versuche mich fieberhaft daran zu erinnern, was vor wenigen Wochen passiert ist. Ich muss meinem Verstand Nahrung geben. Ansonsten werde ich verrückt. Und ich weiß, alles begann vor wenigen Wochen. Vor dem Tag, als ich hier aufwachte.

Also erinnere dich, Evgenia. Du musst etwas übersehen haben. »Dieser Mann im Spiegel«, flüstere ich mit spröden Lippen. Egal wie oft ich darüber lecke, sie trocknen von meinem eigenen Speichel an der Luft nur noch mehr aus, reißen auf, sodass ich Blut auf der Zunge schmecke. Mein leerer Blick klettert zu dem schmalen vergitterten Fenster hoch, durch das höchstens eine Katze passt.

Angestrengt wische ich mir übers Gesicht, raufe mein Haar und versuche mich zu erinnern. Er war dunkelhaarig, starrte mir entgegen, obwohl er in dem Lokal nur meinen Rücken gesehen haben muss. War er ein Gast oder einer vom Personal? *Gott, ich weiß es nicht.*

Dunkle Haare, Evgenia.

Im Fenster brechen sich dumpfe verstaubte Lichtstrahlen. Es ist also Tag. Wie spät? Ich weiß nicht einmal, in welche Himmelsrichtung das Gefängnis ausgerichtet ist. Einmal sah ich eine Reportage, in der getestet wurde, was passiert, wenn ein Mensch mehrere Stunden in der kompletten Finsternis verbringt. Es war grauenhaft. Irgendwann soll sich ein fiepender heller Ton im Gehör einnisten – obwohl er nicht existent ist. Das Gehirn bildet diese Frequenz, damit es beschäftigt ist. Deswegen suche ich mir etwas, um nicht verrückt zu werden.

Du bist schon wieder von deinen Gedanken abgekommen. Denk nach.

Aber wie, wenn ich vor Hunger sterbe. Mein Magen hat aufgehört zu grummeln. Ich spüre weder ein fieses Ziehen in der Magengegend noch Appetit. Es ist seltsam, aber nach Tagen der Abstinenz könnte ich kaum einen Bissen herunterbekommen. Trotzdem spüre ich, dass mein Körper Nährstoffe braucht, damit ich klar denken kann.

Also, der Mann. Stelle dir den Abend vor. Schließ die Augen, versetz dich in die Szene.

Der Mann trug ein dunkles Hemd, blickte in meine Richtung, während ich nur mich im Spiegel betrachtete. Hübsch, erfolgreich, mit einem guten Ruf. Obwohl mir immer nachgesagt wurde, ich sei hochnäsig, arrogant, herablassend. Ich hasste es, wenn Angestellte über mich in den Waschräumen tuschelten. Und noch mehr, wenn ich sie dabei erwischte.

Sein Blick … war … lauernd … Er saß hinter mir an einem Tisch. Ja, genau. Er muss es gewesen sein. Nur kann ich kaum seine Gesichtszüge in meinem Gedächtnis zusammenfügen. Genauso wenig wie die von der Person in der Eisarena. Beide waren dieselbe. Es muss so sein.

»Dunkles Haar …«, wispere ich, höre auf, das Unendlichkeitszeichen auf den nassen Stein zu malen, und umklammere meine angezogenen Knie. Mich leicht vor und zurück wiegend starre ich immer noch wie gebannt zum Fenster. »Dunkler Blick …«

Ein Krachen lässt mich zusammenzucken. Metall schlägt auf Metall und scheppert laut, bis etwas zu mir in die Dunkelheit schlittert, was sich für meine Ohren entsetzlich laut anhört.

»Iss!«

Schreckhaft verziehe ich mich in meine Ecke. Ich habe ihn weder kommen gehört, noch habe ich eine Bewegung vor dem Gitter bemerkt, die mich vorgewarnt hätte.

Keine vier Meter von mir entfernt befindet sich eine Blechschüssel, in der etwas liegt. Was genau es ist, kann ich nicht erkennen. Mir sitzt die Angst viel zu sehr im Nacken, auch nur einen Zentimeter weiter in seine Richtung zu rutschen. In der Ecke unter dem Fenster kauere ich mich zusammen.

Ich kann nicht essen. Ich will nicht essen. Nicht vor ihm.

Meine Fingernägel graben sich blutig in meine nackten Schienbeine, während ich verängstigt durch das Gitter blicke. Dahinter befindet sich die absolute Finsternis. Gnadenlos, unergründlich und beängstigend. Irgendwo dahinter lauert er. Kann mich sehen. Ich ihn aber nicht.

Ohne einen Laut von mir zu geben, wende ich den Blick von dem polierten Gitter ab. Es ist neu, wurde vermutlich erst vor Kurzem angebracht, für mich gebaut. Ich kann seine Anwesenheit bis in alle Gliedmaßen spüren, seine kühle, ablehnende Dominanz und die grenzenlose Macht, die er über mich hat. Könnte man Gefühle schmecken, würde ich die Nuancen seiner Empfindungen genau kennen. Er schmeckt nach frostiger Kälte, wie ich sie im Januar auf meinem Gesicht spüre. Die sich eiskalt in meine Nase zieht, wenn ich die Luft einatme. Sodass die Nasenhärchen bei jedem Luftholen kitzeln.

Es müssen Minuten vergangen sein, möglicherweise sogar eine Stunde, bis ich kein verräterisches Geräusch mehr hinter den Gitterstreben ausmachen kann. Es sind keine runden Stäbe, wie ich sie aus dem Fernsehen kenne, sondern Metallstreben die zu einem M geformt sind, mit den scharfen Enden in meine Richtung. Mehrfach habe ich mir daran die Hände und Fingerkuppen aufgerissen, als ich ihn angefleht habe, mich gehen zu lassen. Ihm Geld angeboten und weinend an den Streben um meine Freiheit gekämpft habe. Es hat nichts gebracht. Das muss über zwei Wochen her sein. Ich weiß nicht, wie lange ich hier drinnen sitze. Mit einem kleinen Stein habe ich Kerben in die Pflastersteine gekratzt, die festhalten sollen, wann ich die Sonne sehe. Sitzt man im Finsteren, ohne die Sonne zu sehen, weiß man nicht, wie spät es ist. Ich habe jegliches Zeitgefühl verloren. Gäbe es die Striche auf dem Boden nicht, die nur gelegentlich von der Sonne beschienen werden, würde ich allmählich glauben, fast einen Monat hier festzusitzen.

Als ich nichts mehr hören kann, nicht einmal mehr das Klappern der Schlüssel, löse ich meine Arme von meinen Beinen. Wie ein eingeschüchtertes Tier taste ich mich nur langsam zu der Schüssel vor, um zu sehen, was sich darin befindet. Sie muss nur zwei Meter von mir stehen, trotzdem kommt mir der Weg unendlich lang vor.

Vorsichtig krabbele ich auf allen Vieren auf die Schüssel zu, schiebe meine Handballen über die Steine und halte weiterhin Ausschau nach dem Mann, der mich gefangen hält.

Dass es ein Mann ist, weiß ich mit hundertprozentiger Sicherheit. Ich rieche immer wieder diesen geschmeidigen, herben und zugleich sportlichen Duft. Nuancen von Minze, Zeder und Moschus. Es muss ein teures Parfüm sein. Gelegentlich sehe ich Finger auftauchen, die nur kurzzeitig in der Dunkelheit aufblitzen. Einen silbernen Ring konnte ich unverkennbar an einem der Finger ausmachen. Nur für einen Wimpernschlag, sodass ich manchmal glaube, ihn mir möglicherweise eingebildet zu haben.

Obwohl ich keinen Appetit habe, weiß ich, ich sollte etwas essen. Was, wenn das Essen vergiftet ist und er mir dabei zusehen will, wie ich krepiere?

Er würde es genießen. Denn deswegen hält er mich gefangen. Obwohl ich mir mehrfach die Frage gestellt habe, wer mir das antun würde, kam ich auf keine Antwort. Es könnte ein zurückgewiesener Liebhaber sein. Ein vergraulter Kunde, der die Firma verklagt hat. Ein Bewerber, der abgelehnt wurde. Denn Freunde habe ich keine. Zu meiner Familie habe ich kaum noch Kontakt und wegen meines Namens kann sich der Entführer keine Chancen ausmalen. Für mich würde niemand Millionen zahlen, weil ich als Evgenia d'Ivoi nicht mehr erfolgreich bin. Warum also hält er mich gefangen?

Wachsam schaue ich mich in meiner Umgebung um, bevor ich meinen Blick dem Etwas in der Schüssel zuwende. Nur zaghaft strecke ich meine Hand danach aus, gerade so weit, um schnell wieder in meine Ecke flüchten zu können.

Es fühlt sich rissig an, glatt und zugleich, bröselig. An der Seite kann ich es eindrücken. Brot.

Es ist Brot. Iss es nicht, Genia. Es wird nicht genießbar sein. Du hast so lange nichts zu essen bekommen, warum sollte er dir jetzt etwas geben? Mein Verstand versucht gegen meinen Körper anzukommen, der nach etwas zu essen schreit. Warum sollte er dich vergiften wollen? Er hätte es genauso gut in dem Lokal tun können, in dem ich Lionel traf. Oder an dem Tag, als ich hier aufgewacht bin.

Ich verziehe mein Gesicht, denn ich muss standhaft bleiben. Aber ... langsam nähere ich mich der Schüssel ... Das Brot riecht frisch. Nicht alt, modrig oder schimmelig. Es ist nichts an dem Klumpen auszumachen, das mich vergiften könnte. Möglicherweise wäre das sogar eine Erlösung.

Dann nimm es.

Gierig greife ich nach dem Stück, hebe es zu meinen Lippen und beiße vom Brot ab. Kaum durchbrechen meine Zähne den Rand, schmecke ich den würzigen Geschmack von Roggen und Dinkel. Hungrig schlinge ich es herunter, nehme noch einen Bissen, kaue hastig und schlucke. Ich muss viel zu schnell abbeißen und schlingen wie ein Tier. Je mehr ich esse, desto hungriger werde ich. Selbst wenn ich dabei den abartigen Gestank meiner eigenen Fäkalien einatmen muss

Wieder beiße ich in das Brot, kaue und blicke mich um, bis ich sein von Schatten übersätes Gesicht sehr nahe hinter den Streben erkennen kann. *Verflucht. Er ist noch da!*

Augenblicklich lasse ich das Stück Brot fallen und verziehe mich in meine Ecke.

Für den Bruchteil einer Sekunde konnte ich ebenmäßige Gesichtszüge ausmachen, einen Bart, etwa handlang, und dunkle Augen.

»Iss weiter!«

Diese Stimme. Stark, befehlend und rau. Ich erkenne sie nicht, kann sie keiner Person in meinem Leben zuordnen.

Aber es muss eine Verbindung mit ihm geben. Wer würde mich sonst grundlos hier festhalten?

VIER

Evgenia

»Ich hoffe, ich konnte dir ein paar nützliche Tipps geben, Lionel. Allerdings befürchte ich, ich muss jetzt gehen.«

Er hält mir gentlemanlike die Tür des Restaurants auf und lächelt mir entgegen. Keiner sagt ein Wort, obwohl ich ihm heute Abend mehrere Zeichen gegeben habe, dass ich nicht allein nach Hause fahren werde. Es ist April, ein selten milder April, der viele Menschen, die an dem Restaurant vorbeigehen, selbst um ein Uhr nachts auf die Straßen treibt.

»Ich kann dich ein Stück begleiten, um zu sehen, dass du im Ganzen zuhause ankommst«, schlägt er mir vor. Er besitzt eine winzige Zahnlücke, die ihm nichts von seiner Ausstrahlung raubt. Im Gegenteil, ich mag charakteristische Merkmale. Ich trage selbst einen Leberfleck etwas unterhalb meines rechten Auges, den ich als Teenager nicht ausstehen konnte, mit der Zeit aber lieben gelernt habe.

»Das würdest du tun?«, frage ich ihn gespielt naiv, überkreuze meine Beine und lächele ihm unschuldig entgegen.

»Warum nicht? Wohnst du weit weg? Dann begleite ich dich nach Hause.« Bingo! Genau auf dieses Angebot habe ich gewartet.

Er greift nach meiner Hand, während er die andere in die Luft streckt, um ein Taxi zu rufen, noch bevor ich sein Angebot ausschlagen kann. An einer der Hauptverkehrsstraßen von Moskau ist es kein Problem, mal eben ein Taxi ranzuwinken. Keine dreißig Sekunden später hält ein Wagen vor uns. Und Lionel weiter meine Hand. Ich scheine das Vertrauen des jungen Mannes gewonnen zu haben, wie es mein Ziel war.

»Das ist … also …«, versuche ich mich doch zu zieren.

»Komm schon, Evgenia. Nimm das Angebot an. Ein weiteres erhältst du nicht von mir.« Dieser Bariton in seiner Stimme … Herrlich.

Selbstsicher hält er mir die Wagentür des Taxis auf, wartet nur darauf, dass ich einsteige.

»In Ordnung, aber glaub bloß nicht, ich würde deswegen ein gutes Wort beim Auswahlkomitee einlegen«, lache ich leicht beschwipst und schiebe mich auf den Rücksitz. Direkt neben mir nimmt er Platz. Kaum habe ich dem Fahrer meine Adresse mitgeteilt, schmiegt er seinen Arm um meine Hüfte und sieht mich nur an. Wie ich Blicke nicht ausstehen kann. Schnell weiche ich seinen unschuldigen blauen Augen aus.

»Hey, davon ging ich aus«, antwortet er mir. »Ich begleite dich nach Hause und du kannst morgen ein gutes Wort bei deinem Chef einlegen. Ich brauche den Job.

Ohne ihn kann ich ansonsten nächsten Monat meine Koffer packen und ausziehen. Meine Eltern liegen mir seit Wochen in den Ohren, wieder nach Lobnja zurückzuziehen, um etwas Bodenständiges zu machen. Wenn es nach ihnen ginge, sollte ich Schlosser oder Dachdecker werden. Das Studium, das ich nur mit Nebenjobs finanzieren konnte, war ein Kampf.«

Oh nein, keine Details aus seinem Privatleben, die mein Herz erweichen sollen.

»Ich will ihnen beweisen, dass ich es drauf habe, verstehst du?«

Ja, wir werden sehen, wie gut du es drauf hast, denke ich und blicke hinter ihm aus dem Seitenfenster.

»Ich will ihnen zeigen, dass mein Studium nicht umsonst war und ich einen gut bezahlten Job bekomme. Und dass ich keiner dieser Studenten werde, die nach dem Studium Straßen fegen müssen.«

Ich schlucke. Mann, mich kostet es wirklich Mühe, nicht höhnisch eine Braue in die Stirn zu heben oder meine Mundwinkel zu einem spöttischen Grinsen zu verziehen.

»Nun … weißt du«, stammele ich gekonnt verunsichert. »Ich sehe meinen Chef höchsten drei Mal im Jahr, wenn überhaupt. Es wird schwer machbar sein …«

»Dann entscheidest du also mit Devid Ponomarjow und Jork Medwedew, ob ich eine Zusage erhalte?«, will er wissen und kneift seine Augen niedlich zusammen. Seine Hand streichelt über meine Taille.

Ja, so sieht es aus, mein Freund.

»Könnten wir nicht von der Arbeit reden? Lass uns den Abend genießen«, weiche ich seinen Fragen und Bitten aus. »Ich werde mein Bestes versuchen, mehr kann ich nicht versprechen.« Was und ob ich etwas versuchen werde, steht auf einem ganz anderen Blatt geschrieben.

»Ich danke dir«, kommt es doch tatsächlich über seine geschwungenen Lippen, bevor er mich ein Stück näher an sich zieht wie seine persönliche Eroberung. Unsere Gesichter trennt nur eine Handlänge. Wieder dieses Starren von ihm.

Küss mich oder lass es bleiben, aber gaffe mich nicht so an.

Nur etwas ziehe ich meine Brauen zusammen, bevor ich seinem Blick ausweichen will, aber er ergreift endlich die Initiative und küsst mich. Beinahe zögerlich, als würde der Kuss erst recht eine Ablehnung seiner Bewerbung nach sich ziehen.

Zuerst lasse ich ihn gewähren, sauge jede Berührung von ihm auf. Dann umfasse ich seine Halsseite, reibe mit meinem Daumen über seinen Kieferknochen, um ihn daraufhin haltlos zu küssen. Jede Hemmung fällt. Jeder Zweifel von ihm fällt ab, als meine Zunge mit seiner verschmilzt. Ich atme seinen Duft ein, einen Hauch von Minze und Zeder, kralle mich in sein Shirt und dränge mich näher an ihn.

Wie wild knutschen wir auf der Rückbank herum, ganz gleich, ob der Fahrer uns skeptische Blicke zuwirft. Okay, küssen kann er gut. Wer weiß, was seine Zunge, außer mit meiner zu spielen, noch alles beherrscht.

Bei dem Gedanken spüre ich ein Ziehen in meinem Becken. Wenn ich könnte und keine angesehene Businessfrau wäre, würde ich ihn gleich hier auf der Rückbank nehmen. Es wäre seit langem der außergewöhnlichste Sex.

Aber nein – besser nicht.

Seine rechte Hand verliert sich in meinem Nacken, seine andere liegt immer noch schwer wie Blei um meine Hüfte. *Kann er sie auch bewegen? Wächst sie dort fest?*

Man muss wirklich alles selber machen. Ich umfasse seine Hand und dirigiere sie über meinen Oberschenkel, direkt unter mein Kleid. Zwischen meinen Beinen stoßen seine Finger auf meinen Slip. Im selben Moment dringt ein halb gurrender, halb seufzender Laut von ihm an mein Ohr.

»Du lässt nichts anbrennen, oder?«, fragt er mich dicht vor meinen Lippen.

Ich schmunzele ihm entgegen. *Nein, mit Sicherheit nicht.*

»Sei nicht so zögerlich«, flüstere ich ihm entgegen. Seine Finger streicheln über meine Beininnenseiten, obwohl ich sie lieber tief in mir spüren würde. Damit er merkt, wie sehr ich den Sex will.

Gerade, als er den Slip etwas unbeholfen zur Seite schiebt, räuspert sich der Fahrer. »Das macht dann 1270 Rubel und 50 Kopeken.«

Mein Blick klettert an Lionel vorbei an dem gläsernen Gebäude hinter ihm hinauf. Wir sind bei meinem Wohnhaus angekommen. Mit blauer Flurbeleuchtung und seinem modernen Design macht das Gebäude sehr viel her. Auf viele wirkt es wie ein Bürogebäude, für mich ist es dort oben, im obersten und teuersten Stock, meine Ruheoase, von der aus ich um halb fünf Uhr morgens mit einer Tasse Kaffee auf die Moskwa blicken kann. Ich liebe den Fluss, der in den Frühlingsmonaten die Sonnenstrahlen einfängt und im Winter an den Rändern von Eisschollen bedeckt ist.

»Hier wohnst du?«, fragt mich Lionel und folgt meinem Blick verblüfft.

»Wenn wir noch länger hier stehen, werden es pro Minute 100 Rubel mehr«, beschwert sich der Fahrer.

Ja, dann zeig mal, wie viel ich dir wert bin.

Als sich Lionel zu mir umdreht, wechseln wir knappe Blicke. Er erwartet doch nicht, dass ich die Fahrt bezahle? Mit einem Stirnrunzeln zieht er sein Portemonnaie aus der Hosentasche und reicht dem Fahrer die Scheine.

»Stimmt so«, brummt er. Noch bevor er mir die Tür öffnen kann, steige ich allein aus dem Wagen, umrunde das Taxi und gehe über den gepflasterten Platz mit den jungen Birken auf den blau beleuchteten Eingang mit der großen silbernen Nummer 17 zu.

»Kommst du?«, frage ich Lionel, der wie angewurzelt vor dem Gebäude stehenbleibt. Hinter ihm rauscht das Taxi davon. Der Fahrer wird vermutlich mehr als unglücklich über das mickrige Trinkgeld sein.

»Ja«, sagt er im Gehen und schließt zu mir auf.

Ich schenke ihm ein knappes Lächeln.

Nachdem wir aus dem Lift steigen und mein Loft betreten, lege ich meine Handtasche auf der Kommode ab, streife meine Labelschuhe von den Füßen und atme durch.

»Mach es dir ruhig bequem. Möchtest du etwas trinken?«, erkundige ich mich unnötigerweise, als ich die Küche aufsuche. Im Kühlschrank nehme ich eine der sieben Champagnerflaschen aus dem Türfach. Sieben Flaschen, die ich von Igor, einem Eventmanager, zugeschickt bekommen habe. Armer Trottel, an den ich besser nicht zurückdenken will. Anscheinend glaubte er, mich mit dem Champagner beeindrucken zu können, da er wohl eine Rarität sei. Wenn es eine wäre, würde er sie wohl kaum nach einem Stelldichein an die Nächstbeste verschenken. Und das gleich siebenfach.

»Wasser, das reicht«, höre ich Lionel, vermutlich aus dem Wohnbereich, sagen. Viel zu bescheiden. Ja, er wird den glitzernden Ausblick über Moskau lieben und aus dem Staunen nicht mehr herauskommen.

Trotzdem greife ich nach einer Wasserflasche, zwei Gläsern und trage alles auf einem Tablett in das Wohnzimmer zu den zwei weißen Wildledercouchen. Er steht doch tatsächlich mit seinen Schuhen mitten auf meinem handgeknüpften marokkanischen Teppich, während er durch die Panoramafenster starrt.

»Ähm …« Ich stelle das Tablett ab. Dann wedle ich mit den Händen durch die Luft und verziehe gespielt peinlich berührt mein Gesicht zu einer Grimasse.

Sein Blick wandert zu mir, dann weiter zu dem Tablett.

»Oh, ich öffne die Flasche.«

Nein! Das meinte ich nicht.

»Du wirst nichts hören, versprochen.«

»Was hören?«, frage ich ihn, wobei meine Augen weiterhin auf seinen Slippern haften, die er bitte gottverflucht endlich ausziehen soll!

»Na, das Knallen des Korkens. Manche Frauen reagieren darauf schreckhaft.«

Sein Ernst?

Er tritt auf den Glastisch zu, greift nach der Flasche und will den Korken lösen, als ich aufschreie.

Gott, bitte nicht über dem Teppich!

Es ist unmöglich wegzusehen, wie bei einem Autounfall. Der Korken knallt – von wegen leise – dann schäumt die Flasche über und der Champagner ergießt sich auf den silbergrauen Teppich.

Dieses Rindvieh! Dieser Bauerntölpel!

Es kostet mich Beherrschung, ihm nicht sofort eine zu kleben, ihn vor die Tür zu setzen oder ihm den Arsch zu versohlen.

»Ups. Verzeihung, das wollte ich nicht. Hast du etwas zum Aufwischen?«

Das hat er mich nicht wirklich gefragt! Ich wische nicht auf!

Mit einem gequälten Blick sehe ich den immer größer werdenden Fleck auf meinem geliebten Teppich an.

Okay, ich beende es, hier und jetzt. Schnell schnappe ich mir die Champagnerflasche aus seinen Händen, setze sie an meine Lippen, bevor ich fünf große Schlucke nehme. Das Elend ist nicht länger zu ertragen.

»Ich hole etwas, warte hier.«

Was?

Er dreht sich um und hat doch nicht die geringste Ahnung, wo er suchen muss. Hoffentlich stürmt er vor lauter Euphorie nicht gleich in mein Schlafzimmer und angelt sich ein Designerkleid zum Aufwischen aus meinem begehbaren Kleiderschrank.

Leise stoße ich einen Rülpser von der vielen Kohlensäure aus und starre genervt zur Decke.

»Lionel, lass das. Der Teppich …«

»Mann, das tut mir echt leid, lass es mich wegmachen.«

»Ach komm schon. Pfeif auf den Teppich«, sage ich und gehe ihm mit der Flasche in der Hand hinterher. Wo ist er hin? »Er war nicht teuer.« *Nein, nur knapp siebzigtausend Rubel.* »Wo bist du?«

In der Küche ist er nicht zu sehen, in den drei Badezimmern ebenso wenig. Er ist doch nicht zur Galerie hochgelaufen?

Als ich um die Ecke biege, um mein Schlafzimmer aufzusuchen, sehe ich ihn vor der geöffneten Tür stehen.

»Wow«, kommt es über seine Lippen. Ja, ein Wow ist der Anblick definitiv wert. Schnell schiebe ich mich barfuß vor ihn und biete ihm die Flasche an.

»Das solltest du noch nicht sehen«, sage ich etwas verlegen und will die Glastür hinter mir zuschieben.

»Warum nicht? Ich finde es …« Er sucht nach den richtigen Worten, schnappt sich dann die Flasche und nimmt einen Schluck.

Mir scheißegal, wie du es findest.

Schnell nehme ich ihm die Flasche aus den Fingern, stelle sie auf den Boden, um ihn rücklings gegen die Wand hinter ihm, an der ein abstraktes Hirschgemälde hängt, zu stoßen. Voller Begierde, mit dem leichten Rausch von Alkohol in meiner Blutbahn, presse ich mich an ihn und küsse ihn. Er zögert nicht lange und erwidert den Kuss. Seine Hände allerdings schweben in der Luft wie die eines überraschten Milchmädchens, das vom Jäger beim Blumenpflücken erwischt wurde. Ich greife nach seinen Händen und lege sie auf meine Brüste.

»Ich will es, seit ich dich heute Morgen sah«, raune ich ihm in sein Ohr. Dass sich seine Nackenhärchen aufstellen, ist kaum zu übersehen. Eher unbeholfen und viel zu sanft streichelt er meine Brüste, statt sie fest zu umfassen. So wird das nie was. Ich wollte hemmungslosen Sex, keinen Schmusesex für Anfänger. Ich öffne an der Seite den Reißverschluss meines Kleides, lasse es sanft meine Kurven hinabgleiten und beobachte jeden seiner Blicke.

»Du bist sowas von heiß«, erwidert er, als er mich in roter Spitzenunterwäsche sieht.

»Dann zeig mir, wie heiß du mich findest«, provoziere ich ihn. Mit den Fingern gleite ich unter sein Poloshirt, spüre leichte Muskelansätze, als ich über seine nackte Haut fahre, über seinen Bauch weiter zu seinen Brustmuskeln. Gar nicht mal so übel. Und in etwa so, wie ich es heute Morgen vermutet habe.

In einer schnellen, beinahe stürmischen Bewegung ziehe ich ihm sein Shirt über den Kopf, gehe dann vor ihm in die Knie und öffne seinen Gürtel. Jetzt blickt er endlich mit einem Hauch von Geilheit, vermischt mit Selbstsicherheit, auf mich herab. Wenn es darum geht, dass sein Schwanz geblasen wird, fühlt sich jeder Mann in seinem Ego bestärkt. Allerdings habe ich das nicht vor.

»Ich hoffe für dich, mir gefällt, was ich gleich sehe?« Mein Blick trifft seinen.

Er schaut kurz irritiert auf mich herab. Hat er die Frage nicht verstanden? »Hm, ich …«

»Das war nur ein Sche-erz«, spreche ich das letzte Wort gedehnt. »Vergiss es einfach wieder.« Langsam erhebe ich mich, da mir seine peinlichen Rückzieher allmählich auf den Senkel gehen. »Vielleicht erhöht es deine Chancen auf eine Zusage umso mehr, wenn die Nacht für mich unvergesslich wird.« Ich weiß, ich spiele mit seiner Zukunft, aber wer wird kommen und mich zurechtweisen? Niemand.

»Du meinst, bin ich gut im Bett, werde ich den Job erhalten?«, hakt er nach, als hätte er mich nicht bereits verstanden.

Vor ihm stemme ich die rechte Hand in die Hüfte und nicke ihm mit einem bedeutungsvollen Lächeln auf den Lippen entgegen.

Er mustert mich von oben bis unten, wirft dann einen Blick auf die geschlossene Glastür hinter mir und kommt dann auf mich zu. Woha! Jetzt geht er wirklich nicht gerade zaghaft vor. Er hebt mich oberkörperfrei und mit geöffneter Hose an sich hoch, kickt mit dem Fuß die Glastür auf und trägt mich in mein königliches Spielbett. Eine Maßanfertigung. Kreisrund mit polierten Edelstahlstangen am Kopfteil, an denen Ketten, Karabinerhaken oder Handschellen befestigt werden können. Der Raum ist in einem dunklen Türkis, gepaart mit palisanderfarbenen Möbelstücken ausgestattet. An den Wänden befinden sich Spiegel in mosaikartigen Mustern und zwei Fotografien von mir. Natürlich nur Körperpartien. Gewisse Körperpartien, wie mein Arsch oder mein flacher Bauch, die von einem dunkelblauen Fotofilter umso besser in Szene gesetzt werden. Doch das Highlight des Raumes sind meine Spielzeuge, verborgen und bis zur Perfektion sortiert im beleuchteten Schrank. Sie sind nur hinter einem milchigen Glas zu erahnen. Ich gebe zu, ich schlafe selten in diesem Raum, viel lieber in meinem zweiten Schlafzimmer, das modern und irgendwie zugleich zeitlos eingerichtet ist. Hier allerdings kann ich die Jungs schlafen lassen, wenn ich mit ihnen fertig bin. Obwohl ich bei Lionel nicht so recht weiß, ob er bei dem Spiel mitmachen wird. Warten wir ab.

Er passiert über das Raucheicheparkett das Schlafzimmer und legt mich dann auf die Satindecke.

»Was soll das werden?«, erkundige ich mich belustigt. Vor mir streift er doch einfach seine Hosen ab, schiebt seine Schuhe zur Seite und will sich auf mich legen wie ein Tier.

In seinen marineblauen Augen kann ich kurz die Frage aufflackern sehen, was meine Worte zu bedeuten haben. Mit ihm als Angestelltem würde ich niemals zurechtkommen. Egal was ich sage, ich muss alles doppelt erklären.

»Ich will dich vögeln?«, fragt er mich, als sei seine Handlung nicht verständlich.

»Ähm … sicher. Aber denkst du nicht, dass du einen Schritt übersprungen hast?«, will ich wissen und lache affektiert.

Er schaut wie ein Esel, unter dem die Eisdecke eines Sees einzubrechen droht, an sich herab. Herrje, wo ist der Champagner? Vielleicht hat Igor doch geahnt, dass ich sein Gesöff für solch einen Anlass benötigen werde.

»Hilf mir mal auf die Sprünge, bevor meine Potenz darunter leidet«, witzelt er, als gäbe es etwas zu lachen.

»Wie sah es in der Vergangenheit bei dir aus? Du hast eine Chica abgeschleppt, ihr den Slip heruntergezerrt und deinen Schwanz sofort in ihr versenkt? Sieht für dich so Sex aus?«, verspotte ich ihn.

Über seinem Nasenrücken zeichnen sich zwei Denkerfalten ab.

»Also, wenn ich ehrlich bin …«

Gott, nein – ich will die Antwort nicht hören, denn ich ahne sie bereits.

»Okay, okay, fangen wir einfach von vorn an.« Mit meiner Hand schiebe ich ihn mit seinem Gesicht zwischen meine Beine. SM-Spiele kann ich von dem Vogel nicht erwarten. »Lass mich deine Zunge spüren.«

Er blickt zweifelnd zu mir auf.

»Worauf wartest du? Los, beginn schon.« Ich hab nicht bis morgen früh Zeit. Schließlich muss ich in vier Stunden aufstehen, meine Yogastunde hellwach absolvieren, neue Verträge durchgehen, zum Visagisten und dann gegen sieben Uhr in der Firma eintrudeln. Und ich habe nicht vor, verschlafen, durchgevögelt oder mit einem Kater auf der Arbeit zu erscheinen.

»Ich versuch's«, antwortet er mir, zupft an meinem Slip und bekommt ihn irgendwann von meinen Beinen gezerrt. Wie dämlich muss man sein!

Als er leckt wie eine sabbernde Kuh, ohne Gefühl in seiner Zunge, breche ich es ab. So kann er sich zehn Stunden abmühen, ohne auch nur ansatzweise einen Orgasmus bei mir hervorzurufen.

»Komm wieder hoch«, weise ich ihn an. Zwischen meinen Schenkeln blickt er auf, schiebt sich dann über mich. »Ich habe es mir anders überlegt. Gehen wir gleich zu Schritt sieben über. Fick mich einfach, okay?«, sage ich zum Teil genervt, zum Teil von ihm gelangweilt. Was zum Teufel habe ich mir dabei gedacht, ihn abzuschleppen? Ich hatte mal wieder zu hohe Erwartungen. Reine Zeitverschwendung.

Er befreit sich von seinen Shorts, ich angele aus meiner Kommode ein Kondom und werfe es ihm entgegen. Er braucht unnötig lange, um sich das Teil überzustreifen. Vermutlich hat in der Zwischenzeit wirklich seine Potenz gelitten. Denn ich sehe keinen prallen Schwanz, sondern einen halb erigierten Schlauch. Womit habe ich das verdient? Ich! Verdammte Scheiße auch!

Nachdem er sich über mir abgestützt hat, mich halb mit seinen neunzig Kilo einquetscht, bringt er es endlich fertig, in meine Pussy einzudringen. Ein Wunder, dass ich ihm nicht noch eine Wegbeschreibung mitgeben musste, damit er weiß, in welcher Öffnung er seinen Schwanz versenken muss, der, na ja, auch nicht der Bringer ist. Aber gut, manchmal kommt es auf die Technik an. *Schlimmer kann es nicht werden, Genia.*

»Woah, du fühlst dich gut an«, keucht er wie ein Kamel.

Gut?

»Mach weiter.« Allmählich kann ich meine liebevolle, nette Fassade nicht mehr aufrecht erhalten. Mit jedem Wort von ihm gerät sie ins Bröckeln. »Das Kompliment des Jahres«, fauche ich leise zu mir selbst.

»Was hast du gesagt?«, will er über mir wissen, schwitzt bereits und vögelt mich wie ein Karnickel. Ich bleib einfach nur mit gespreizten Beinen liegen und warte, bis es vorbei ist. Rein, raus, immer in abgefuckten kurzen Intervallen. Dann höre ich ihn nach drei Minuten schnaufen wie ein Pferd nach einem Wettrennen.

»Nichts, gar nichts.« Mir verschlägt es echt die Sprache.

»Honey, ich komme.« Er bumst mich weiter wie eine reglose Kartoffel, dann gibt er einen Laut von sich, der … der mich anwidert. Es klingt wie ein »Ah« und endet mit einem »ohr«. Dann erinnert es mich an ein Winseln. Kaum ist er gekommen, schnappe ich mir seine Schultern und rolle ihn von mir.

»Das war's. Du gehst jetzt!«, sage ich entschlossen, da mir das Kaspertheater allmählich zuwider ist.

»Wie jetzt?«, kommt es ihm zwischen seinem Keuchen über die Lippen.

Ich springe vom Bett, schnappe mir meinen Satinmantel aus dem Schrank, schlüpfe hinein und sammele seine dreckigen Klamotten vom Boden.

»Du hast mich schon verstanden. Verschwinde! Und zwar plötzlich! Es war reine Zeitverschwendung, mich mit dir abzugeben.«

Er blickt mir entgegen, als hätte er den Knall nicht gehört, dann erhebt er sich aus meinem Bett, das ich morgen von meiner Haushälterin neu beziehen lasse werde, um seinen Geruch aus dem Zimmer zu verbannen.

»Jetzt schon? Gehst du immer so vor?«

»Fickst du immer so miserabel?«, kontere ich mit einem zynischen Lächeln auf den Lippen.

»Äh?« Als er endlich schnallt, dass ich den Sex scheiße fand, verlässt er das Bett, während ich ungeduldig in der Tür warte, dann seine Klamotten in den Gang davor befördere.

»Geht's vielleicht bisschen schneller!«, fahre ich ihn mit einem finsteren Blick an.

»Du bist sowas von verklemmt.«

»Ich und verklemmt?«, ticke ich aus, da ich Schlaf brauche und der Schlappschwanz mir tierisch auf die Nerven geht. »Verpiss dich endlich oder muss ich alles zwei Mal sagen?!«

Er geht an mir vorbei, schnappt sich dann seine Sachen vom Boden und hält sie vor seinen nackten Körper gepresst. An seinem Rücken schiebe ich ihn vorwärts Richtung Wohnungstür.

»Bewegung!«

»Für einen Moment dachte ich, es sei nichts dran«, höre ich ihn meckern.

»An was?«, will ich wissen, als ich nach dem Türgriff fasse und das Schloss entriegele.

»An dem, was die Leute in der Firma von dir sagen.«

»Lass die Leute reden, es interessiert mich nicht.« Etwas schon, um mir denjenigen zu merken, der hinter meinem Rücken lästert.

»Du bist hochnäsig, arrogant, zickig, launisch, herablassend …«, eröffnet er plötzlich seine charmante Aufzählung meiner Charaktereigenschaften. »Vollkommen krank!«

»Sag mir etwas, das ich noch nicht weiß, Flachzange!« Wütend reiße ich die Tür auf und schiebe ihn grob aus meinem Toleranzbereich. »Absage!«

»Was?« Rasch dreht er sich zu mir um.

»Du hast schon richtig verstanden. Gewöhn dich an den Gedanken, als Dachdecker in Lobnja dein Dasein zu fristen. Deine Bewerbung war die grauenhafteste seit langem. Du bist weder in der Lage, dich angemessen zu präsentieren, noch einen grammatikalisch korrekten Satz zu bilden. Alles, was über deine Lippen kam, war das geistesgestörte

Gestammel eines Debilen. Nehmen wir mal deine billige Kleidungsweise aus, bist du ein Niemand, kapiert? Du wirst es zu nichts bringen. Und jetzt verschwinde aus meinem Wohnhaus, du Pfeife!«

Mit einem lauten Knall fällt die Brandschutztür ins Schloss, die Wand bebt kurz, was mir scheißegal ist. Soll der Anwalt unter mir morgen wieder mit einer Wuttirade auf mich einreden, weil ich ihn in seinem Schlaf gestört habe. Der Penner geht mir ebenfalls auf den Senkel! Wie gottverflucht jeder momentan!

»Gott, was habe ich mir dabei gedacht?«, stelle ich mir erneut die Frage und dimme das Licht in meiner Wohnung. Verärgert raufe ich mein Haar und suche als Nächstes Bad Nummer zwei auf, um Lionels lästigen Schweißgeruch von meinem Körper zu spülen. Widerlich, abartig, ekelerregend. Warum gebe ich mich mit solch einem niederen Menschen ab? Warum verschwende ich meine kostbare Zeit mit so jemandem?

Ich hätte auf Jork hören sollen. Das Frischfleisch ist unter meiner Würde und bringt es nicht!

SIEBZEHN

Evgenia

ICH ZÄHLE SIEBENUNDZWANZIG STRICHE

Gut möglich, dass Lionel hinter dem Ganzen steckt. Wäre es ein Motiv? Ja. Wäre er dazu in der Lage? Nein.

Er ist ein unsicherer Mensch, der bestimmt nicht dazu fähig wäre, mich hier in dem Verlies gefangen zu halten. Ich gebe zu, ich habe ihn miserabel behandelt, wie ein Stück Vieh, ihn beleidigt, gedemütigt.

Ich schniefe, als ich barfuß auf den kalten Steinen meine Runden gehe. Gerade so weit, um nicht auf die feuchten Steine zu treten, denn es regnet draußen und Wasser rinnt durch das schmale Fenster in den Raum. Es müsste immer noch Juni sein. Dafür ist es so verdammt kühl. Kein Wunder, da der Raum sich in einem Keller befinden muss, der nicht beheizt ist. Vermutlich will derjenige, dass ich an einer Lungenentzündung sterbe.

Ich halte den Blick gesenkt, als angestaute Gefühle in mir aufsteigen. Ich will hier einfach nur raus. Ich will wieder mein Leben zurück, meine Freiheit. Länger mit meinen eigenen Gedanken eingesperrt zu sein, halte ich nicht mehr aus. Denn ich will nicht mehr an die letzten Jahre denken. An das, was passiert ist. Ich will mich nicht länger selber reflektieren müssen. Darüber nachdenken, ob ich falsch gehandelt habe. Ob ich der unvermeidliche Auslöser für meine hoffnungslose Lage bin. Denn jedes Mal komme ich auf die gleiche Antwort: JA!

Ja, ich bin schuld daran, hier festzusitzen. Ja, ich muss einen Menschen derart verletzt, gekränkt oder ihm übel mitgespielt haben. Hätte es etwas an meiner Einstellung geändert? Wäre jemand auf mich zugekommen und hätte eine Szene gemacht, hätte ich dann gesagt: »Tut mir leid, dich so behandelt zu haben«? *Wohl kaum. Niemals.*

»Nein, das hätte ich nicht getan«, murmele ich zu mir selbst. Ein fieser Schmerz gräbt sich in meine Fußsohle. »Ah«, keuche ich auf und knicke mit dem Fuß um. Nicht wieder ein Stein. Ich habe sämtliche Splittsteine in eine Ecke getragen, um meine empfindlichen Füße, die nun von Hornhaut übersät sind, zu schonen. Umsonst. Gerade an der empfindlichsten Stelle musste mich der Stein erwischen. Es ziept und als ich meinen Fuß abtaste und meine Finger dann in das dumpfe, staubige Licht halte, sehe ich Blut. *Klasse, Genia. Nun hast du noch die Möglichkeit an Wundstarrkrampf oder einer Blutvergiftung zu sterben.*

Obwohl ich mir verboten habe zu weinen, da ich davon noch schlimmere Kopfschmerzen bekomme, rollen Tränen über meine Wangen. Ich habe seit Tagen nicht mehr geweint, dann will ich es auch jetzt nicht. Nachdem ich in den ersten Tagen einen Ozean an Tränen vergossen habe, bin ich des Weinens müde geworden. Es hilft mir auch nicht, hier wieder rauszukommen. Genauso wenig wie der lächerliche Versuch, die Metallstäbe umzubiegen.

Zusammengekauert wische ich mit den Handballen die Tränen aus meinem Gesicht.

»Lionel ist einer der gefühlt hundert Menschen, die ich in den letzten zwei Jahren verachtend behandelt habe. Die ich wissen lassen habe, dass sie nicht mehr wert sind als der Dreck unter meinen Fingernägeln«, wispere ich leise zu mir selbst. Mit den Fingern versuche ich, mein Haar zu durchkämmen, das völlig verfilzt ist. Mit jedem Tag verklebt und verdreckt es mehr.

Es ist hoffnungslos. Meine Lage ist hoffnungslos. Wird jemand nach mir suchen? Wird mich irgendwann jemand finden?

Mein Blick wandert zur Betondecke, die makellos ist. Kein Riss, kein Schimmel, kein Bröckeln an den Rändern ist zu erkennen. Als sei der Keller von jemandem neu errichtet worden. Extra für mich. Dieser Jemand muss sehr viel Zeit und Geld investiert haben, um seinen Plan eiskalt durchzuziehen. Ich könnte sonstwo in Russland sein. Oder bin ich bereits außerhalb Russlands? Ich weiß es nicht. Nachdem mir schwarz vor Augen geworden war, bin ich hier wieder aufgewacht. Ich weiß nicht, wie lange ich bewusstlos war, wie viele Kilometer zwischen meinem Zuhause oder Arbeitsplatz und diesem Verlies liegen.

Mit gequältem Blick schaue ich an meinen schmutzigen Schienbeinen hinab. Ein Glück – und ich hätte nie gedacht, das jemals zu denken –, dass derjenige mich nicht im Winter in dieses Loch eingesperrt hat. Dann wäre ich sofort erfroren. Bei minus zehn Grad in den Wintermonaten hat man keinen Grund mehr zu lachen. Es kann bitterkalt in Russland werden. Aber es ist Ende Juni. Oder Anfang Juli? Langsam ist mir egal, welcher Tag heute ist.

Darüber mache ich mir Stunde um Stunde weniger Gedanken. Viel schlimmer ist der sich festbeißende Gedanke daran, wie viele Tage mir noch bleiben. Warum bin ich hier? Für wie lange? Werde ich hier sterben? Werde ich das überleben?

Diese Fragen habe ich mir unzählige Male gestellt. Und mit jedem Tag stelle ich sie mir erneut.

Warum? Warum tut mir das jemand an …?

FÜNF

Makar

Der Duft von Schwertlilien drängt sich meiner Nase auf, als ich am Ufer der Moskwa entlang jogge. Die vollkommene Intensität von Frische, Zerbrechlichkeit und dem Versprechen, dass ein milder Tag anbricht, liegen in der Luft. Neben der Moskwa ragen zwischen Nebelschwaden in weiter Entfernung die Luxusvillen in leuchtenden Rot-, Blau- und Gelbtönen empor. Mit kunstvoll geschwungenen Giebeln, Säuleneingängen und weiß abgesetzten Elementen wirken sie auf mich jedes Mal wie Kunstwerke der reichen Snobs Russlands. Rubljowka, das wohl teuerste Wohnviertel am Rand Moskaus. Schöne Wohngegend, ohne Frage, aber es trifft nicht meinen Geschmack. Nicht mehr.

Die ganze Anhäufung von Geld in Form von Immobilien, Yachten oder Wertanlagen war nie ein Wunsch von mir. Warum ich hier bin? Einzig und allein, um Jekaterina einen Besuch abzustatten. Sie ist die Tochter eines Ministers, die mein Interesse geweckt hat. Für gewöhnlich wohnt sie nicht bei ihren Eltern, aber da ihre Mutter an einer schweren Erkrankung namens Multiple Sklerose leidet, die sich verschlimmert hat, ist sie wieder in das Haus ihrer Eltern eingezogen. Bisher war ihre Mutter noch gehfähig, da die Krankheit früh erkannt worden ist. Seit einem halben Jahr allerdings hat sich der Krankheitsverlauf verschlimmert.

Ich mag Jekaterina, von der großen Liebe, die ich bereits vor Jahren getroffen habe, will ich noch nicht reden. Aber sie umgibt eine Leichtigkeit, ist ein sehr sympathisches Wesen, das Wärme und innere Zufriedenheit ausstrahlt. Und das, kann ich behaupten, ist selten zu finden. Trotz ihrer Herkunft wirkt sie bodenständig, wohnt im Zentrum Moskaus mit einer Freundin zusammen und investiert jeden freien Moment in die Pflege ihrer Mutter.

Seit etwa anderthalb Jahren kenne ich sie. Ja, die Frau hat es mir angetan, ansonsten wäre ich nicht hier.

Verschwitzt warte ich an der Wohnungstür der Lasarews, atme tief durch und streiche mein Haar aus der Stirn.

Noch bevor ich klingeln kann, öffnet sich die Tür.

»Makar.« Vor mir steht Jekaterina – bereits angekleidet. Zurückgelassen habe ich sie in ihrem Bett, nackt mit einem reizenden Lächeln auf den Lippen. Ein Blick auf meine Sportuhr zeigt mir, dass es erst kurz nach halb acht ist. Für gewöhnlich schläft sie aus, wenn man sie lässt. »Komm rein, bitte schnell.«

»Was?«, bringe ich über die Lippen, noch bevor sie nach meiner Hand greift und mich in den Eingangsbereich zieht.

»Wir müssen ins Krankenhaus. Der Notarzt ist bereits informiert. Sie dürften jede Minute eintreffen.«

Vollkommen neben der Spur eilt sie durch die Empfangshalle, in der ein Kronleuchter schwebt, Schwerter vom Ersten Weltkrieg an den Wänden hängen und erdrückende Bilder der Renaissance jedem Besucher ein schlechtes Gewissen einreden.

Sie ist den Tränen nah, steht in einem grauen ärmellosen Kleid vor mir und ist dabei, in ihre Stiefel zu schlüpfen.

»Was ist passiert?«, frage ich sie, als ich zugleich im Hintergrund zwei Pfleger irgendwelche Medikamente herumtragen und einen Rollstuhl aufbauen sehe. Ihr Vater ist nirgends zu sehen. Herr Lasarew ist eine komplizierte Persönlichkeit. Nicht immer leicht einzuschätzen. Vermutlich hat er sich in seinem Billardzimmer oder im Gartenpavillon verschanzt und genehmigt sich den ersten Drink. Ich kenne kaum einen Mann, der trinkfester ist als er.

»Sie hat einen Schub. Es sieht …« Sie schnieft und schließt den Reißverschluss ihrer Stiefel. »Dieses Mal sieht es schlimm aus. Sehr schlimm. Ich hätte die Müdigkeit ernster nehmen müssen, ihre zunehmend depressivere Stimmung. Sie ist heute Morgen aufgewacht, das Bett komplett vollgenässt, und hat Schmerzen in den Beinen. Ich will mir das nicht länger anschauen. Die ganzen Präparate wie Glatirameracetat und Beta-Interferon, wie auch immer sie heißen, zeigen immer weniger Wirkung. Vater besäuft sich gerade. Du kennst ihn, er kann sie so nicht sehen. Eugen, bist du so weit?« Sie wischt sich rasch die Tränen aus dem Gesicht, um sich einem Pfleger zuzuwenden, der den Rollstuhl bereits aufgeklappt hat.

»Gib mir einen Moment, bis ich geduscht und meine Kleidung gewechselt habe«, antworte ich ihr, gehe auf sie zu und nehme sie in den Arm.

Sie wimmert immer noch leise und krallt sich in meinen Rücken. »Nein, nein, nein ... Komm nach. Ich halte dich auf dem Laufenden.«

Im gleichen Moment klingelt es hinter mir an der Tür. Zwei Schemen sind unverkennbar durch die Glastür zu erkennen.

»Da sind sie. Gott sei Dank.« Erleichtert legt Jekaterina beide Hände auf ihre Brust, dann geht sie eilig auf die Tür zu. »Schau nach *otets*. Ja?«

»Ja, werde ich. Warte.« Noch bevor sie die Tür öffnen kann, gehe ich an ihr vorbei und übernehme das. »Ich werde nach deinem Vater sehen. Mach dir keine Sorgen. Es wird alles gut werden. Jeder Schub kann behandelt werden.« Zumindest zeitweise, bis ihm der nächste folgt.

Sie nickt mit zusammengepressten Lippen. Ich sah sie bisher nie so aufgewühlt. Ihre haselnussbraunen Augen füllen sich mit Tränen. Obwohl sie mit ihren weichen Gesichtszügen zum Teil jünger als siebenundzwanzig aussieht, wirkt sie heute zwei Jahre älter. Wie immer ist sie wunderschön. Sie besitzt diese offenen großen Augen, diese ausgeprägten Wangenknochen und das weiche Kinn, die hübschen Lippen. Sie trägt ihr dunkles Haar zu einem Pferdeschwanz zusammengebunden. Allerdings sind die Sorgenfalten um ihre Mundwinkel und Augen kaum zu übersehen.

Nachdem die Ärzte zusammen mit Jekaterina im Erdgeschoss das Zimmer ihrer Mutter aufgesucht haben, fällt es mir schwer, nach oben ins Bad zu gehen. Ich sollte bei ihr bleiben. Doch so verschwitzt wäre ich ihr keine Hilfe, außerdem habe ich noch ein wichtiges telefonisches Meeting mit Delina, daß sich nicht verschieben lässt. Sie hat die zwei Pfleger und die Ärzte. *Verflucht. Weshalb gerade heute?* Denn heute Nachmittag muss ich bereits um 15 Uhr im Meeting sitzen. Heute ist der Tag, an dem ich wieder arbeiten muss. Länger kann ich Grigory und Ludmilla nicht die Geschäfte überlassen. Nicht, ohne selbst einen Blick auf die Skizzen zu werfen und sie abzusegnen, bevor die Besichtigung des neuen Bürogebäudes stattfindet.

Aber ich habe gelernt, nur die Fäden in der Hand zu halten, nach denen ich greifen kann. Und es ist nun mal dieser Vorfall eingetreten. Einen Tag länger wird die Bank auch warten können. Jekaterinas Mutter hat Vorrang. Ein Menschenleben hat mehr Wichtigkeit als ein Investment.

Mit einem leisen Stöhnen streife ich das weiße Shirt von meinem Oberkörper, werfe die Sporthorts dazu und drehe dann im hell gehaltenen Bad den Wasserhahn unter der Dusche auf. Mein Blick wandert flüchtig über die verblassten Narben auf meinem Oberschenkel, die von einem miserabel behandelten offenen Bruch stammen. Wie ich es hasse, sie jedes Mal sehen zu müssen.

Sie erinnern mich an die Höllenjahre vor über zwölf Jahren. An genau die düsterste Zeit meines Lebens in Kasachstan, die ich unter anderem einem Menschen zu verdanken habe.

Evgenia!

Ich will nicht sagen, dass ich diese Frau hasse. Wie könnte ich? Sie war meine erste Liebe.

Noch heute sehe ich sie vor mir. Sie war siebzehn, ich zwanzig. Wir trafen uns das erste Mal in Almaty in einem Restaurant. Ihre Eltern waren dabei. Sie wirkte auf mich wie eine gewöhnliche Schülerin. Dass sie aus Russland stammte, konnte ich selbst vier Tische weiter an ihrer Aussprache und ihren Lippenbewegungen erkennen. Sie wirkte auf mich weder überheblich noch irgendwie eingebildet. Alles, was ich sah, war eine zum Teil überforderte junge Frau, die müde wirkte. Und das in einem Urlaub. Vielleicht lag es daran, dass sie mein Interesse weckte und ich sie zwei Tage später im gleichen Lokal ansprach. Denn mit ihrem dunkelblonden Haar, das zu einem Zopf am Kopf festgesteckt war, diesen wunderschönen grünblauen Augen, den zarten Lippen und ihrer Haltung konnte ich sie zwei Tage, nachdem ich sie entdeckt hatte, nicht mehr aus dem Kopf bekommen. Beinahe glaubte ich nicht mehr daran, sie wiederzusehen. Ich wollte sie sehen und das in einer knapp Zweimillionenstadt. Als ich sie tatsächlich ein zweites Mal im gleichen Lokal sah, denn es gab für mich keinen weiteren Ort, an dem ich hätte nach ihr suchen können, kam ein Siegesgefühl in mir hoch. Ich spüre es jetzt noch.

Sie wollte gerade nach ihren Eltern das Lokal verlassen, als ich am Eingang stand – es war Sommer und erinnere mich jetzt noch an den Straßentumult hinter mir. Ich rauchte gerade heimlich eine Zigarette, vom geklauten Geld meiner Eltern, um lockerer auf sie zu wirken, und sagte einfach »Hey«, als sie an mir vorbeilief. Mehr brachte ich nicht hervor. Nicht mehr als ein lächerliches »Hey«.

In ihrem roten Kleid blieb sie hinter ihren Eltern stehen, kräuselte ihre Stirn und lächelte sanft. Dann, bevor sie antwortete, kramte sie etwas aus ihrer Umhängetasche.

»Wie heißt du?«, wollte sie wissen. Im nächsten Augenblick sah ich sie abgebildet auf einer Postkarte, in einem dunkelblauen glitzernden Eiskunstlaufkostüm. Sie machte auf dem Foto gerade irgendeine Drehung. Ich kenne mich da nicht aus. Ich hatte mit Eiskunstlaufen nie etwas am Hut. Ich hatte bis dahin nicht einmal selbst auf Kufen gestanden.

In ihrer anderen Hand hielt sie einen Stift und zog die Kappe mit ihren Zähnen ab. Schnell ließ sie sie verschwinden.

»Sag schon. Ich muss weiter und sollte längst schlafen, bevor morgen das Training um sechs beginnt. Es muss dir nicht peinlich sein. Falls das Autogramm für jemand anderen sein soll, gebe ich dir auch eine zweite Karte mit. Ich habe noch zwanzig dabei. Also?«, bot sie mir an, während ich schwieg wie ein Idiot. Ich hätte mit vielem gerechnet. Einem bloßen »Hey« zurück oder einem »Lass mich in Ruhe«. Aber dass sie glaubte, ich wäre ein Fan, der ihr hinterher spionierte, nur um ein Autogramm zu erhalten – nein, damit hatte ich nicht gerechnet.

»Also. weißt du«, begann ich irgendwann das Schweigen zu brechen und nahm einen letzten Zug von meiner Zigarette. »Wie heißt du?« *Sollte man dich kennen?* wollte ich besser nicht fragen.

»Evgenia d'Ivoi. Was soll die Frage?« Sie neigte ihren Kopf und besah mich mit einem Blick, als wollte sie analysieren, ob ich ganz richtig im Kopf war. »Willst du nun ein Autogramm oder nicht?«

»Mit deiner Nummer wäre ich vorerst zufrieden«, antwortete ich schelmisch und lachte. *Ich Trottel.* Aber gut, sie lachte ebenfalls, schob dann ihre Signierkarten zurück in die Tasche.

»Du hast keine Ahnung, wer ich bin«, stellte sie leise wispernd fest. »Mein Glück. Der erste Mensch, seit ich in Almaty bin. Und das ist mittlerweile eine Seltenheit. Verrat mir deinen Namen und ich überlege mir, dir meine Nummer zu geben«, pokerte sie mit leicht erröteten Wangen und einem Leuchten in den Augen, das ich den gesamten Abend und den Abend vor zwei Tagen nicht in ihrem Gesicht gesehen hatte.

»Kyrill, ich heiße Kyrill, nett dich kennenzulernen.« Sinnigerweise reichte ich ihr meine Hand, obwohl es mir im Nachhinein peinlich war. Da stand ich in einem schwarzen T-Shirt mit einem Metalbandnamen darauf, dunklen Jeans, die mir fast bis in die Kniekehlen rutschten, und hielt mich für den geilsten Typen der Welt. Was sie an mir interessierte, weiß ich nun: Die Tatsache, dass ich sie nicht kannte. Nichts von ihr wusste. Sondern sie als gewöhnliches Mädchen sah.

»Hey, Kyrill. Dann …« Sie schnappte sich meine linke Hand, kramte erneut den Stift aus der Tasche und schrieb ihre Nummer auf meinen Handrücken. »Hier, meine Handynummer. Nicht nach 22 Uhr anrufen, ja? Ich brauche wirklich Schlaf. Lass was von dir hören.« Kaum hatte sie ihren Stift in ihre Ledertasche zurückgeschoben, schenkte sie mir ein Lächeln und ging auf einen dunklen Wagen zu, der plötzlich am Straßenrand hielt. Ihre Eltern vermutlich.

»Werde ich.«

Keine Ahnung, ob sie meine Worte noch hörte.

Da es bereits kurz vor 22 Uhr war, lagen die Chancen schlecht, ihr noch am selben Abend eine SMS zu schreiben. Daher ließ ich es. Schließlich wollte ich gegen diese eine Regel nicht verstoßen. Ich schrieb ihr am nächsten Morgen und wartete bis Mittag – geschlagene vier Stunden – auf eine Antwort.

Training, tut mir leid. Ging nicht eher. Hab mich über deine Nachricht gefreut.

Kann man bei dem Training zusehen? Gestern Abend hast du mich neugierig gemacht.

Bin noch drei Tage in Kas. Morgen passt. Du musst aber zeitig aus den Federn. Nach sieben wird keiner eingelassen. Top Secret.

Dann bin ich prominent? Sollte ich einen Ausweis am Eingang vorzeigen?

Nein, sag einfach, du sollst nach den Stunden den Icebear fahren. :D

Icebear? Darunter konnte ich mir wenig vorstellen. Trotzdem wollte ich sie nicht fragen.

Dann muss ich zum Personaleingang.

Nein, frag nach Melanikowa. Jeder kennt sie. Ich muss los. Bis vielleicht morgen. Und nicht vor der Arena rauchen.

Eines musste ich ihr lassen: Sie war selbstbewusst, locker und hatte Humor. Ganz anders als das ruhige Mädchen, das ich am ersten Abend gesehen hatte. Dass sie sich irgendwann zu einer herablassenden Furie entwickeln würde, hätte ich niemals erwartet. Ich hätte hunderttausend Rubel dagegengesetzt.

Als ich am nächsten Tag drei Reihen hinter Evgenias Trainerin im Tribünenraum Platz nahm, sah ich sie. Evgenia in schwarzen Leggings, einem enganliegenden Rollkragenpullover, das dunkle Haar zu einem Zopf zusammengebunden auf der Eisfläche. In ihren weißen Schlittschuhen umrundete sie die Fläche, um sich im nächsten Moment mit Leichtigkeit in der Luft um ihre eigene Achse zu drehen. Ehrlich gesagt konnte ich den Quatsch von Eiskunstläufern im Fernsehen, den sich meine Oma reinzog, nie nachvollziehen. Sie aber live und lebendig vor mir zu sehen, wie sie in graziler Haltung über das Eis glitt, war … Es beeindruckte mich sehr. Ein anderes Wort lässt sich dazu nicht finden.

Sie bemerkte mich nicht, dafür ihre Eltern neben der Trainerin, die Evgenia in einer kurzen Pause einen Tee brachten.

Die schneidenden Blicke in meine Richtung gefielen mir nicht. Doch Evgenia sah sie nicht, wie auch, sie war vollkommen in ihrem Element. Stürzte einmal, sodass ich einen leisen Zischlaut von mir gab, aber erhob sich sofort wieder mit einem Abwinken. Musik von einem Streichorchester, normalerweise ein Graus für meine Ohren, war zu hören. Immer und immer wieder, als sie ihre Choreografie einstudierte. In dem Moment war ich beinahe von der Musik hingerissen, so wie niemals zuvor.

Nach ihrem Training stellte mir Evgenia ihre Trainerin Melanikowa vor. Ein rothaariges Biest, Anfang vierzig, das geradezu vom Eiskunstlaufen besessen war. Streng, hübsch, aber zugleich ein Miststück. Sie strahlte kaum Wärme oder Freundlichkeit aus.

Noch am selben Abend trafen wir uns in ihrem Hotel, sie erzählte mir viel von ihrem Hobby, ihren Erfolgen, wirkte dennoch immer bescheiden. Prahlen lag ihr nicht, in keinster Weise. Ich erzählte ihr von meinem Studium in St. Petersburg, meiner Familie, die auf dem Land lebte. Ich hatte nicht das große Glück, reiche Eltern zu haben. Wir lebten eher ärmlich, wie der Großteil der Landbevölkerung am Stadtrand. Dennoch versuchten meine Eltern, uns drei Kindern alles mit harter Arbeit zu ermöglichen. Allein dank eines Empfehlungsschreibens meines Lehrers hatte ich ein Stipendium für die Universität erhalten.

Von den verrückten Erlebnissen, Diebstählen, Graffititreffen, Besäufnissen am See, den nächtlichen Partys – eben was man alles unter dem Einfluss seiner Hormone verbockt – erzählte ich ihr.

Sie hing mir an den Lippen, als spräche ich von einer anderen Welt. Sehr schnell wurde mir klar, dass sie das nicht kannte, sie ständig von den Trainingsstunden, dem

Weltruhm und ihren strengen Eltern erdrückt wurde. Sie tat mir leid. Wozu hatte man schließlich eine Jugend, wenn man sich nicht austoben konnte? Keine Fehler machen durfte? Nicht frei war?

Noch an diesem Abend, nach einem langen Spaziergang durch die Stadt, küsste ich sie. Ich wollte es einfach. Sie ebenso. Das konnte ich an ihren verstohlenen Blicken sehen. In einer Bar gab sie sich für älter aus und trank mit mir ihren ersten Vodka. Danach war sie völlig von der Rolle. Teilweise hatte sie ein schlechtes Gewissen sich selber und ihren Eltern gegenüber.

»Wir sollten zurückgehen.«

»Und du solltest mehr Spaß haben. Regeln sind da, um gebrochen zu werden«, antwortete ich ihr in der Fußmeile und hielt ihre Hand. Ihre Finger schoben sich zwischen meine, als sie abrupt stehenblieb.

»Du hast recht.« Sie blickte an mir vorbei, auf die Menschen um uns herum. »Ich mache nie etwas Verrücktes. Nie. Wie die dort drüben.« Sie deutete auf drei Jungs, die lachend auf ihren Skateboards durch die Passage fuhren und Bier tranken, dazu einen Ghettoblaster auf der Schulter trugen. »Und die beiden.« Sie zeigte auf zwei Mädchen, die sich beim Fahrradfahren an den Händen hielten und lachten. »Ständig muss ich aufpassen. Auf was?« Anscheinend stellte sie sich die Frage selber. Okay, es war nicht fair von mir, sie nicht an die Zeit zu erinnern. Es war zehn vor 22 Uhr und wir hätten längst ihr Hotel aufsuchen sollen. Als sie aber vorschlug, einen weiten Drink zu holen, um mit mir um die Häuser zu ziehen, lehnte ich den Vorschlag nicht ab.

Ich hätte es tun sollen. Noch an dem Abend gegen 23:20 Uhr, als ich sie zurückbrachte und sie sich heimlich ins Hotel schlich, hörte ich wenige Minuten später eine üble Wuttirade einer aufgebrachten Frau. Sie wies ihre Tochter eindeutig in die Schranken. Und ich hörte Evgenia, selbst auf knapp fünfzig Meter Entfernung, durch die geöffnete Balkontür weinen.

Die nächsten zwei Tage trafen wir uns tagsüber, heimlich, was sich schwierig gestaltete. Ich weiß nicht, warum ich das tat, schließlich hätte ich mir zu der Zeit eine andere suchen können, deren Eltern halb so streng waren. Aber ich mochte sie, nein, war bis über beide Ohren in sie verknallt, seit ich sie auf dem Eis gesehen hatte.

Wir trafen uns immer in der Nähe des Hotels, um rumzuknutschen und einmal sogar, um zusammen schwimmen zu gehen, da ihre Eltern an einer langweiligen Touristenrundfahrt teilnehmen wollten, Evgenia aber vortäuschte, Kopfschmerzen zu haben. Es war spaßig wie nie zuvor. Scheiße, wenn ich daran zurückdenke, kommt es mir vor, als sei es gestern gewesen.

Am letzten Abend nahm ich sie zu den fünf Freunden mit, mit denen ich die Reise machte. Wir pennten in einer heruntergekommenen Jugendherberge, trotzdem waren wir frei und kamen von zu Hause weg.

Am Lagefeuer am See sehe ich Evgenias Augen noch jetzt leuchten. Sie sang zu bekannten Titeln mit, lachte, trank Wein und sprang mit zwei anderen Mädels um das Feuer. Golden stoben die Funken in den Nachthimmel, während sie mir versicherte, dass ihre Eltern bereits schliefen. Mir kam es so vor, als würde ich sie Schritt für Schritt in eine verbotene Welt locken. Obwohl sie so verboten nicht war. Denn sie log mich an. Ihre Eltern mussten bereits nach ihr suchen. Das erfuhr ich sehr viel später.

Als ich sie küsste, enger in meinen Arm zog, flüsterte ich ihr ins Ohr: »Ich will kurz mit dir allein sein.«

Ein Kuss auf ihre Lippen und sie öffnet ihre Augen. Mit einem sanften Lächeln, die Wangen bereits vom Alkohol gerötet, angelte sie sich eine Zigarette aus meiner Jackentasche und zündete sie an.

»Was hasd du vor, Casanova?«, wollte sie wissen und pustete mir mit einem Hustenanfall den Rauch ins Gesicht.

Schnell nahm ich ihr die Kippe aus den Fingern. »Lass das. Sportler sollten nicht rauchen.«

»Wer hat dir'n das gesagt? Ich kenne ne Menge, Menge, Menge Läuferinnen, die alle rauchn. Ja, wirglich«, lallte sie angetrunken und kicherte. »Nicht jeden Dag, aber ab'n zu. Mal machd das nichds.«

»Hoch mit dir.« Bevor sie weiter rauchen konnte, warf ich die Zigarette in den Sand und trat sie aus. Um mit ihr den letzten Abend zu genießen und sie nicht vollkommen betrunken im Hotel abzusetzen, reichte ich ihr Wasser. »Trink das, dann gehen wir ein paar Schritte, nebol'shoy«, wisperte ich leise in ihr Ohr und küsste ihre Wange.

Sie schloss ihre Augen und seufzte leise. »Du kannst so gut küssen.«

»Spasibo .« Ich grinste, dann umfasste ich ihre Hand, um sie durch die dicht bewachsenen Dünen zu führen. »Denkst du, wir werden uns wiedersehen?«, fragte ich im Gehen.

»Möchdest du denn?«, stellte sie mir die Gegenfrage.

Und wie ich wollte. »Ja oder ja? Antworte schon.«

Sie kichert. »Ja, Kyrill. Ich will dich wiedersehn. Moskau und St. Pedersburg liegen zwar weid, weid, weid voneinander entfernt, aber ich bin ab und zu in Pedersburg. Drei Mal im Jahr. Training, Arena, du weißd schon.«

Viel zu selten, wenn es nach mir ginge. Ja, im Urlaub war alles perfekt. Man sah sich, wann man wollte, wohnte nicht weit voneinander entfernt, konnte machen, was man wollte – zu jeder Zeit. Zu Hause sah es ganz anders aus. Aber ich wollte sie wirklich wiedersehen, am liebsten täglich. Und ich spürte, dass sie es auch wollte.

»Noch'n Jahr und ich könnde ebenfalls nach St. Pedersburg ziehen, mich dort an einer Uni bewerben. Dann sähen wir uns jeden Tag«, malte sie sich unsere Zukunft aus. Was nie eintraf.

»Wir finden einen Weg. Denn ich will ...« Mit den Händen schob ich gerade die Rohrkolben und das Schilfgras beiseite, als ihre Hand aus meiner glitt, etwas knackte und sie schmerzerfüllt aufschrie.

Sie musste mit ihrem Fuß über eine Wurzel, einen Stock oder Stein, was weiß ich, gestolpert und umgeknickt sein. Das Knacken versprach keine Zerrung oder Stauchung, sondern einen Bruch. Wie gelähmt starrte ich auf sie herab. Nadja und Cemal kamen angerannt, da sie ihren Schrei gehört haben mussten.

»Was ist passiert? Den einäugigen Holzfäller gesehen?«, scherzte Nadja. Dann machte sie auf der Stelle große Augen, als sie Evgenia zwischen dem Schilf liegen sah. »Scheiße.«

»Helft mir, sie hochzuheben!« Mein Blick richtete sich zu Cemal, der nickte, dann unter ihren rechten Arm griff. Wie wild schluchzte, wimmerte und jammerte Evgenia, als ich sie mit Cemal hochzog.

»Es tut so höllisch weh. Mein Fuß. Oh Gott. Mein Fuß. Ist er gebrochen?«

»Sch, beruhige dich. Atme durch. Wir bringen dich in ein Krankenhaus. Es ist alles nicht so schlimm, wie es aussieht«, redete ich beruhigend auf sie ein und fuhr über ihre Stirn. »Das wird wieder.« Was wohl eine Lüge war.

»Kannst du gehen?«, fragte Nadja und schaute ebenfalls, als würde sie mit ihr mitleiden.

Kaum setzte Evgenia ihren Fuß auf den Sand, schrie sie wieder auf.

»Also eher nicht«, rutschte es mir heraus. Wir hievten sie behutsam bis zum nächsten Parkplatz, um den Rettungsdienst anzurufen. Keiner hatte ein Auto vor Ort. Wir waren mit dem Bus hierher gefahren. Gefühlt eine Stunde später traf der Rettungsdienst endlich ein. Evgenia wurde fürs Erste versorgt, während uns anderen verboten wurde, mitzufahren, da wir keine Angehörigen waren. Ich hätte den Sanitäter länger zu überreden versuchen sollen, Evgenia begleiten zu dürfen. Der Moment, bevor die Krankenwagentüren mit einem lauten Krachen hinter ihr geschlossen wurden und der Wagen sich mit Blaulicht und Sirenen in Bewegung setzte, war das letzte Mal, dass ich sie sah.

Ich grinse schief, als das Wasser mein Kinn hinab tropft. Vor mehr als elf Jahren. Dieses Jahr werden es zwölf. Ich habe diese Frau nie wirklich aus meinem Kopf bekommen, sie für einen Engel gehalten, der mein persönlicher Teufel werden sollte.

Nachdem ich aus der dampfenden Dusche trete, schlinge ich ein Handtuch um meine Hüfte. Als ich den beschlagenen Spiegel vom Kondenswasser frei wische, blicke ich mir länger als nötig entgegen. Die fünf Jahre in Kasachstan haben mich geprägt. Nicht nur äußerlich, sondern auch innerlich.

Diese Zeit kann mir niemand zurückgeben.

SECHS

Evgenia

Nach meiner Yoga-Stunde, einer Dusche und in einem neuen Businesslook von Yves Saint Laurent begrüßt mich doch als Erstes um halb acht Uhr morgens eine bellende Teppichrolle am Haupteingang des gläsernen Bürogebäudes. Es bellt, jault, zerrt an der Leine und stört mich! Ich weiche dem Vieh mit dem weißen zotteligen Fell aus, dabei verschütte ich meinen Latte – mit Süßstoff und fettarmer Milch.

»Kusch! Mach Platz, du Tier«, sage ich verärgert, damit das Etwas endlich von seinem Platz rückt.

Stattdessen kläfft es weiter wie verrückt. Es sieht schmutzig aus. Hat vermutlich tausend Flöhe, ist unerzogen und es nervt.

»Gott, verzieh dich endlich.« Es rückt einfach nicht von der Stelle und versperrt mir den Weg zur Schiebetür.

Mit seinen treudoofen Augen blickt es mir nun entgegen, giftig und gefährlich. *Mensch, du räudiges Getier, ver-*

schwinde endlich! Wer lässt seinen Hund schon vor dem Gebäude warten! Wer kümmert sich nicht um das Vieh, verflucht!

Als ich langsam an ihm vorbeigehen will, scheint es zuerst zu funktionieren und ich atme auf. Ich mache einen großen Bogen um den Hund. Als ich mich zur Hälfte an ihm vorbeigeschoben habe, fängt er jedoch wieder an zu jaulen. *Hat er sie nicht mehr alle?*

Ich erschrecke mich, mein Latte schwappt über meine Hand und ergießt sich über mein teures Outfit.

»Du ekelhaftes abartiges Monstrum. Schau, was du angestellt hast!«, plärre ich das Scheißtier an. Ein brauner Fleck, der an Kotze erinnert, ergießt sich über meine teure Bluse! *Gottverdammt! Erst der schlechte Sex, dann der Köter!*

»Mein Bluse! Gott, wie sehe ich aus!«, fluche ich und befördere den Becher in den Mülleimer vor dem Eingang, als eine Frau durch den Ausgang tritt. Mit dunklem glänzendem Haar, ganz Audrey-Hepburn-like, kommt sie auf mich zu. Gerade in dem Moment, als ich mit der Schuhspitze ausholen will, um dem Tier zu zeigen, wer hier das Sagen hat.

»Oh Fillio. Was hast du gemacht? Du solltest nur warten, bis ich die Verträge abgegeben habe«, faselt sie. Sie muss wohl meinen Schwung mit dem Fuß nicht gesehen haben, den ich sofort abbremse. Ich hätte dem Hund die Schnauze poliert. So richtig. Er hat hier nichts verloren.

Sie geht neben ihm in die Knie und knuddelt ihn. Ekelhaft.

»Hat er Schaden angerichtet?«, fragt sie mich, während sie sich von der Teppichrolle abschlecken lässt. Wie abartig. Wie kann sich solch eine Frau mit diesem teuren Kleidungstil, der aufwendigen Frisur und dem perfekten Make-up von dieser Bazillenschleuder das Gesicht ablecken lassen?

»Bis auf, dass es keine Manieren hat und glaubt, mir mit seiner Anwesenheit den Morgen ruinieren zu können, nicht. Meine Bluse ist hinüber. Warum lässt man einen unerzogenen Hund allein vor dem Gebäude warten?«, fahre ich sie an. Habe ich überhaupt eine Wechselbluse in meinem Büro? Ja, oder? Ja!

»Es waren keine fünf Minuten. Verzeihen Sie.« Die brünette Kuh erhebt sich und will sich mit ihrem Bla-Bla entschuldigen. Das kann sie sich an den Hut stecken. »Soll ich Sie entschädigen? Er ist versichert.«

Das interessiert mich nicht!

»Nein, danke. Merken Sie sich für die Zukunft, dass er vor dem Gebäude nichts zu suchen hat.« Ich weiß, dass ich zu grob zu ihr bin. Aber das beflohte Drecksvieh hat es nicht anders verdient.

»Lyubimyy«, ruft plötzlich ein Mann, der eilig aus seinem Lamborghini steigt und die Straße überquert. Teurer Anzug, dunkles Haar, attraktives Gesicht. »Tut mir nochmal leid für die Umstände«, entschuldigt sich die Frau und leint ihr Tier ab, um im nächsten Moment auf den Mann zuzugehen. Dass der Hund plötzlich friedfertig ist und neben beiden sitzen bleibt, kaum, dass sie dem Mann in die Arme fällt, verwundert mich.

Der Typ wirkt sehr groß. Ist sicher einen Kopf größer als sie und hat eine interessante und zugleich verboten heiße Ausstrahlung. Eine *Zehn*, wie ich sie nie zuvor gesehen habe. Er hat dunkle Augen, das Haar halb seitlich und locker aus der Stirn gestrichen. Jede Strähne sitzt perfekt. Dann trägt er diesen Fünf-Tage-Bart, wie ich ihn bei den Männern auf den Covern von Hochglanzmagazinen liebe. Sein Hemd strahlt weiß, während sein Anzug beinahe faltenlos sitzt. Ich glaube, ich träume. Doch er schenkt mir keine Aufmerksamkeit, küsst stattdessen die Frau und greift dann nach der Leine, um seinem *Liebling*, wie er sie nannte, seinen Arm umzulegen und sie in ein Gespräch zu verwickeln. Beide kehren mir den Rücken zu und steuern direkt auf den Sportwagen zu. *Schnösel!*

»Und was ist mit meiner Bluse?«, rufe ich hinterher. Doch keiner der beiden dreht sich zu mir um. Klasse!

Mit einer Vorahnung, dass der Tag eine absolute Katastrophe werden wird, betrete ich das Gebäude und suche den Aufzug auf.

Kurz nachdem ich in meinem großzügig geschnittenen Büro eingetroffen bin, pfeffere ich meine Laptoptasche auf einen Meetingsessel und suche den Wandschrank auf, in dem ich meine Kleidungstücke und persönlichen Gegenstände aufbewahre. Gott sei Dank habe ich eine Ersatzbluse hier, die annähernd zu meinem Look passt. Kaum habe ich den Blazer von den Schultern gezerrt und hektisch meine Bluse aufgeknöpft, klopft es an der Bürotür.

»Nein«, fauche ich.

Dennoch öffnet sich die Tür.

»Dobroye utro«, trällert Jork und kommt in mein Büro. »Dobroye utro.«

Immerfort :›Guten Morgen. Guten Morgen‹. *Hat er sie nicht mehr alle?*

»Bleib dort stehen und wag es ja nicht, einen Schritt weiter auf mich zuzukommen«, warne ich ihn, als ich nur noch im weißen BH vor der Schiebetür meines Schrankes stehe. Erst jetzt sehe ich die Fingerabdrücke auf der Glasfläche. Putzkräfte scheinen wohl ihren Job auch nicht mehr so ernst zu nehmen wie früher.

»Oh là là, da ist aber jemand übellaunig. Untervögelt? Wolltest du nicht den Jungspund angraben?«, fragt er mich schamlos. Aus den Augenwinkeln sehe ich, wie er in seinem Anzug, von dem er zehn Stück zu besitzen scheint, auf mich zukommt.

»Ich bin nicht untervögelt. Nur verärgert über einige Hundebesitzer. Nein, ich korrigiere. Hundebesitzerinnen. Da stand eine Töle am Eingang, die mir den letzten Nerv geraubt hat.«

»Und sie hat dich dazu genötigt, dich hier vor mir umzuziehen?«, will er wissen und verzieht sein ohnehin schon hämisches Lächeln zu einem Grinsen. Er ist nicht der schönste Mann auf der Erde, dafür auch nicht der hässlichste. Eher hohe Stirn, schmale Lippen und längliches Gesicht. Dafür hübsche Augen. Einen dünnen Hals und schlanken Körperbau. Man sieht ihm an, dass er kaum Sport treibt. Er liegt lieber bis eine halbe Stunde vor Arbeitsbeginn im Bett, statt sich ins Fitnessstudio zu quälen. Eben Jork. Professionell und intellektuell absolut ein Ass, nur eben keine Augenweide. Sex hingegen ist mir ihm überdurchschnittlich gut, aber nicht überragend.

Ich drehe mich zu ihm um.

Neben meinen Schultern stemmt er doch seine Hand gegen die Schranktür und lässt seinen Blick an meinem Körper auf und ab gleiten.

»Geht's noch? Rück zur Seite!«, fordere ich ihn garstig auf.

»Nö. Denn wer so übel gelaunt zur Arbeit kommt, sollte mal lockerer werden. Gerade hat Miss Lasarew die unterzeichneten Verträge zur Werbekampagne des neuen Wolkenkratzers eingereicht und du beschwerst dich über ihren Hund.«

»Woher weißt du, dass sie einen Hund hat?« Schließlich stand er kläffend vor der Tür.

»Auf ihrem Handy war das schnuckelige Tier mit ihrem Freund kaum zu übersehen, als sie mir ihre Nummer für Fragen zur Verfügung stellte.«

»Ah.« Ich drehe meinen Kopf von ihm weg. Er kommt immer näher. Noch eine Sekunde und er begrapscht meine Brüste. »Sie soll es das nächste Mal zu Hause lassen.«

»Dir ist schon klar, dass sie eine Kundin ist, die wir nicht vergraulen dürfen?«

Interessiert mich einen Scheißdreck! »Und? Wir haben es täglich mit prominenten und reichen Persönlichkeiten zu tun.«

»Dir ist nicht mehr zu helfen, Genia. Echt nicht. Geh am besten nach Hause und schlaf dich aus. Was auch immer du heute Nacht getrieben hast, du bist vollkommen neben der Spur.«

»Hab du einen Schwachmaten im Bett, der nicht weiß, wo welche Öffnung ist, der dir die halbe Nacht raubt und dich dann beleidigt. Dann will ich sehen, wie du am nächsten Morgen hier erscheinst«, antworte ich ihm und angle mir eine weiße Bluse vom Bügel.

»So schlimm? Dabei hast du dir so viel von ihm versprochen. Du solltest einfach bei dem bleiben, was dir gut tut und was du kennst.« Er schaut mir lüstern entgegen. Meint er etwa sich?

»Du bist abartig. Geh weg.« Mit der Hand, mit der ich gerade in den Blusenärmel geschlüpft bin, schubse ich ihn von mir. »Verrate mir lieber, wer der Begleiter von Misses Lasarew war.«

»Begleiter?«, fragt er, als hätte er keine Ahnung. »Sie war allein da. Jedes Mal. Mich interessiert ihr Privatleben nicht. Datenschutz. Schon vergessen?« Blödmann! »Jetzt komm schon. Wir haben noch zwanzig Minuten, bevor wir in die nächste Besprechung gehen.«

Jork nähert sich mir immer weiter. Sollte ich wirklich? Er würde der erste Grund an diesem grauenhaften Morgen sein, der mich zum Lächeln bringt.

»Fein. Kleidung bleibt an und schnell«, antworte ich ihm mit einem selbstsicheren Lächeln.

»Gerne, dovol'no«

»Ich bin nicht *deine Hübsche*!«, korrigiere ich ihn.

»Halt schon deine Zuckerschnute.« Er umfasst meine Wange und drängt mich zurück, bevor er mich küsst. Mit den Schulterblättern pralle ich gegen den Schrank. Seine Hände finden einen Weg unter meinen Rock, tasten nach dem Strumpfhosenbund und zerren ihn herunter. Ich küsse ihn, auf eine stürmische und zum Teil hemmungslose Art. Mein kompletter Lippenstift dürfte dabei verwischen. Mir egal. Ich will einfach nur gevögelt werden, und zwar richtig.

Mit der Strumpfhose zerrt er meinen Slip herunter und treibt mich dann zum Glasschreibtisch.

»Gleich wird es dir besser gehen, Genia. Versprochen«, säuselt er mir ins Ohr. Ich überhöre sein Geschmalze, lasse mich von ihm zum Tisch dirigieren und sinke mit dem Rücken auf die Glasfläche. Mit geöffneter Bluse liege ich vor ihm, als er seinen Gürtel öffnet. Schräg hinter ihm kann ich durch das milchige Glas Mitarbeiter ahnungslos an meiner Tür vorbeilaufen sehen. Sie wissen rein gar nichts. Der Gedanke turnt mich an. Zwischen meinen Beinen geht er in die Knie und schiebt meinen linken Fuß auf die Tischplatte, dann – gottverdammt – spüre ich seine Zunge über meine Spalte lecken. Feucht, rau und zielsicher trifft sie meine Klit. Mit den Fingern schiebt er meine Schamlippen auseinander und stöhnt genüsslich. Ich lege den Kopf in den Nacken und schaue aus dem Fenster zu den trüben Wolken auf. Dabei habe ich immer noch das Gesicht des fremden Mannes vor Augen. Ich gebe zu, seit langem habe ich keinen so attraktiven Mann mehr gesehen, der es wert war, in Gedanken eine *Zehn* auszusprechen. Er fasziniert mich und zugleich hoffe ich, dass ich ihn wiedersehen werde.

Kaum hat mich Jork mit seinen Fingern gedehnt, während ich in Gedanken an dem Fremden hänge, dringt seine Härte in mich und er umfasst meine Hüfte. »Wenn es nach mir ginge, könnten wir das jeden Morgen als Begrüßung tun.«

»Halt die Klappe, Jork, und mach weiter. Noch zehn Minuten!«, ermahne ich ihn.

»Bin ich eine Maschine?«, fragt er mich, als ich den Kopf hebe und ihn auslache. *Ja, für mich schon.* Ein Gebrauchsgegenstand, den ich jederzeit austauschen kann. Das werde ich ihm jedoch nicht sagen.

»Nein, tut mir leid. Ich will nur die Besprechung nicht verpassen«, antworte ich ihm stattdessen mit einem einfühlsamen Blick. Und er wirkt, denn nun nimmt er mich tiefer, intensiver und jeder Stoß in meine Pussy ist eine Befreiung. Genial. Ich liebe Sex, nicht nur mit ihm. Aber wenn er mich für wenige Momente den Alltag vergessen lässt, ist er etwas Wunderbares.

Ich keuche und als er seinen Daumen vor meinen Augen befeuchtet, um eine Sekunde später mit ihm über meine Klit zu reiben, stöhne ich mit zusammengebissenen Zähnen auf. Er fickt mich wie ein Tier, schnell und hemmungslos, bis ich komme und mich auf dem Glastisch vor ihm winde. Wenige Augenblicke später kommt er ebenfalls in mir und keucht zur Decke auf.

»Geil, echt«, kommt es über seine Lippen.

Gut: Ja. Schnell: Ja. Geil: Nun ja.

»Jetzt kann man dich auf die Menschheit loslassen«, sagt er und hilft mir aufzustehen. Vor mir rollt er das Kondom ab und will es in den Mülleimer unter meinem Schreibtisch befördern.

»Nimm es mit in dein Büro.« *Ich kann hier nichts Stinkendes gebrauchen, das mich an ihn erinnert.*

»Klaro. Bis gleich.« Er wickelt das gebrauchte Kondom in ein Taschentuch, nachdem er seine Hose geschlossen hat, und verschwindet dann aus meinem Büro. Keine lästigen Abschiedsküsse oder geheuchelten Liebesschwüre. Das rechne ich ihm immer hoch an. Von ihm dennoch begehrt zu werden, gebe ich zu, gefällt mir. Mehr aber auch nicht.

Kurz trete ich vor meinen Spiegel im Schrank, um meine Frisur zu prüfen und meine Bluse zu schließen. *Puh, ein Quickie schadet nie.* Dennoch will ich unter keinen Umständen, dass man mir den Sex sofort ansieht.

Ich hole tief Luft, streiche meine Bluse glatt, ziehe meinen Lippenstift nach und suche dann meine Aktenmappe, in der sich meine Präsentation für die Besprechung befindet. Eine schnöde Vermarktung eines Immobilienkonzerns. Es nervt mich, aber wie immer will ich vorbereitet sein.

»Ja, wir würden uns sehr darüber freuen, wenn Sie heute Abend zur Firmenfeier kommen würden. Es erwartet Sie ein großes Büffet, das man sich nicht entgehen lassen sollte. Was sagen Sie dazu?«, fragt mich der schmalzige Typ Mitte fünfzig, mit Glatze und einer Gleitsichtbrille, die sein rundes Gesicht versteckt.

Ich will nicht. Ehrlich gesagt, habe ich andere Pläne. Zugleich weiß ich aber, wie wichtig Kundenpflege ist.

»Nun, ich denke nicht …«, will ich ihm so freundlich wie möglich und zugleich direkt eine Ablehnung verpassen, damit er sich keine Hoffnungen macht, als Jork an mich herantritt, nachdem er seinen Laptop verstaut hat, und mir ins Ohr flüstert: »Dein Typ erscheint heute Abend. Überleg es dir.«

Mein Typ?! Hat er sie nicht mehr alle?

»Sei still!«, warne ich ihn und werfe ihm einen giftigen Blick entgegen.

»Sie meinen Sacharow? Ja, er wird erscheinen, wenn er es einrichten kann. Wenn man ihn sieht, dann täglich nur eine Viertelstunde, dann ist er wieder verschwunden wie ein Maulwurf«, scherzt der glatzköpfige Mann mit zu viel Schweißproduktion.

»Entschuldigen Sie mich einen Moment.« Ich ziehe Jork am Hemdkragen, nicht gerade vornehm, ein Stück von ihm weg. »Du meinst, der Typ von der Frau, die den Kläffer besitzt, erscheint heute Abend?«, hake ich nach. Und erst jetzt fällt mir auf, wie neugierig ich mich verhalte. Viel zu verräterisch, das gebe ich zu. Was soll das? Der Typ ist vergeben und sollte mich nicht interessieren.

»Ganz genau, Sacharow, Neureicher, der mit seiner Kohle nicht weiß, wohin. Du könntest uns und der Firma den Gefallen tun, ihm schöne Augen zu machen. Es kann nicht schaden, wenn er uns seinen Bekannten empfiehlt.«

»Du hast wohl den Schuss nicht gehört!«, antworte ich ihm. »Sehe ich aus wie Flittchen, das sich einem reichen Typen an den Hals wirft?« Schließlich habe ich auch Würde und meinen Stolz zu verlieren. Was interessiert er mich schon? »Er hat eine Frau oder Freundin oder Lebensgefährtin«, kontere ich.

»Niemand hat gesagt, dass du ihn ins Bett zerren sollst.« Jork lacht überheblich, wie immer, wenn er weiß, dass er mich gegen die Wand gespielt hat.

»Also. Herr Kusmin, ja, wir werden sehr gerne heute Abend erscheinen«, bestätigt er die Einladung des Typen mit der Brille.

»Wie schön. Wunderbar. Dann sehen wir uns heute Abend«, will Herr Kusmin sich verabschieden, sammelt zwei der Verträge ein und rollt sie zwischen seinen fettigen Fingern. »Ich freu mich, Sie wiederzusehen.«

Kaum ist er durch die Tür verschwunden, klatscht Jorks Hand auf meinen Arsch. »Super gemacht. Er frisst dir aus der Hand und erwartet dich bereits sehnsüchtig.«

»Bist du nicht bei Verstand?«, fahre ich ihn an. »Ich werde heute Abend nicht kommen. Ich muss den nächsten Klienten bearbeiten und mir nicht an einem Büffet den Magen vollfressen. Geh du hin, aber mich wirst du heute Abend nicht dort antreffen.«

»So spießig. Wirklich. Dann eben nicht. Überarbeite dich, sitz deinen Hintern platt, du bist alt genug. Ich werde vorbeischauen. Kann nicht schaden.«

Mit einem Zwinkern und einer abartigen Geste mit seiner Hüfte, die Sex mit ihm versprechen soll, verlässt er den Raum. Ich bin umgeben von Vollidioten.

Eindeutig!

SIEBEN

Evgenia

Mehrere Male frage ich mich, warum ich vor dem Gebäude stehe. Es ist albern, absolute Zeitverschwendung und idiotisch. Früher, ja früher, wäre ich auf solch eine Einladung sofort angesprungen. Ich war naiv, gutmütig und viel zu blauäugig. Heute habe ich diese Charaktereigenschaften abgelegt. Man sagt, nach sieben Jahren würde sich die Haut erneuern, regenerieren. Genau so lange hat es gebraucht, bis ich zu der selbstbewussten Frau wurde, die ich heute bin. Vom verträumten und treuherzigen Mädchen zur willensstarken Frau, die ihre Ziele verfolgt. Koste es, was es wolle.

In einem petrol schimmernden Kleid, Stiefeletten und mit einer zu einem Zopf an meinem Kopf festgesteckten Frisur, betrete ich mit einem Seufzen das Gebäude.

Zieh es einfach durch, dann gehst du wieder.

Etwas ärgert es mich, dass mich der Mann von der Straße wirklich interessiert. Dass er eigentlich der Grund ist, warum ich mich an diesem Fleckchen Erde befinde.

Aber ich stehe über den Dingen. Ein paar Drinks und nette vorgeheuchelte Plausche später werde ich das Restaurant verlassen, in dem die Veranstaltung stattfindet.

Das dürfte genügen, um den Kunden von unserem Engagement zu überzeugen. Jorks Anwesenheit wird ein Übriges tun.

»Sie sind gekommen, wie wunderbar«, begrüßt mich die Schmalzbacke, bei deren Anblick ich das Kotz-

Nein stopp, denk freundlich.

Aber wie soll ich meine Gedanken blockieren, die genau das feststellen, was ich sehe?

»Gerne. Wie könnte ich diese Einladung ausschlagen. Ist mein Kollege bereits erschienen?«, vergewissere ich mich und blicke mich in dem Restaurant um, an dessen anderem Ende sich ein gigantisches Büffet befindet. Überall sitzen angeheiterte Menschen an einer langen Tafel, unterhalten sich angeregt und lachen. Ich fühle mich komplett fehl am Platz.

»Bisher noch nicht. Ich wollte mir gerade einen Drink holen, bevor ich an meinen Tisch zurückgehe. Möchten Sie auch einen?«

Lieber nicht. »Nein, danke.« Etwas hilfesuchend blicke ich mich in der Location um, die an ein nobles Sterne-Restaurant erinnert. Teure Einrichtung und, wenn ich es genauer betrachte, ein köstliches Büffet, mit einer Eisskulptur, edlem Kavier auf Eis, zu Figuren geschnitzten Früchten und teurem Schinken.

»Ah, du bist auch schon hier.« Jemand tippt mir auf die Schulter. Wie ich es hasse. Sofort fahre ich herum.

»Lass den Blödsinn, Jork. Und oh-« Neben ihm sehe ich Devid stehen, mit Freundin. »Du bist auch hier?«

»Wie sich das anhört. Komm, Natascha, ich nehm dir deine Jacke ab.« Devid wirft mir einen ermahnenden Blick zu und hilft seiner Freundin aus ihrem Parka.

»Dann wollen wir uns mal auf Kosten anderer bedienen. Das Büffet sieht ja gigantisch aus. So etwas habe ich zuletzt in Los Angeles gesehen.« Augenblicklich stürmt Jork auf das Essen zu, bevor ich ihn aufhalten kann.

»Mensch, benimm dich. Wir sind nicht zum Essen hier«, ermahne ich ihn. Ein Klaps auf meinen Hintern und ich keuche mit geweiteten Augen auf.

»Hab dich nicht so. Natürlich sind wir zum Vergnügen hier. Du wirkst schon wieder verklemmt. Noch eine Portion Sex nötig, um dich aufzulockern?«, fragt er mich mit diesem verwegenen Grinsen, wendet sich dann aber den Tschäk-Tschäk und der Pastila zu. Alles Desserts, mit Unmengen an Zucker und Honig, die sofort in Form von Fettpölsterchen auf die Hüfte wandern. Ihn scheint das nicht zu interessieren.

»Mach das noch einmal vor den ganzen Leuten -«, will ich ausholen, als er, ohne sich umzudrehen, nach meiner Hüfte greift und mich zum Büffet zieht.

»Was, meinst du, sollte ich zuerst probieren? Doch lieber Prager-Torte? Nicht einfach.«

»Denk doch nicht bloß ans Essen.« Ich will mich aus seinem Griff zerren, was zwecklos ist.

»Warum nicht? Ich sollte sie probieren. Und für dich nehmen wir …« Er schaut über das Büffet und schaufelt auf einen Teller Piroggen, Blini und gefüllte Eier. Was für eine grausame Schandtat für meine Geschmacksnerven.

»So, wir dürften alles haben. Du siehst unterzuckert aus. Wann hast du das letzte Mal etwas gegessen?«, fragt er mich, als er mich mit den zwei Tellern in der einen Hand und mit der anderen weiterhin fest im Griff zu einem Tisch bugsiert.

»Keine Ahnung. Ist das wichtig?«

»Allerdings. Nachdem wir heute Morgen Kalorien verbrannt haben, musst du deinen Energiehaushalt regenerieren.«

»Was quatschst du für ein Blech?« Warum ist er so aufgedreht?

Am Tisch lenkt er mich auf einen Stuhl, zieht ihn zurück und setzt mir den Teller vor die Nase. Keine zehn Sekunden später erscheint der Kellner, der unsere Getränkewünsche aufnehmen will.

»Zwei Medowucha. Wir sollten es langsam angehen lassen«, spricht Jork zum Kellner, der schmunzelt wie die Katze aus *Alice im Wunderland*.

Vor meinem Teller verziehe ich eine Grimasse. Am besten, ich organisiere mir einen neuen, den Kram kann ich nicht zusammen essen. Süßes und Herzhaftes vermischt ist etwas für Schwangere, nicht aber für mich.

»Das werde ich nicht essen«, protestiere ich, während Jork seine Torte verspeist und Devid mit seiner Freundin an unserem Tisch Platz nimmt. »Ich hole mir etwas anderes.« Ich schiebe den Stuhl zurück, als er ausgebremst wird und ein leises Fluchen zu hören ist.

Jorks und Devids Blicke wandern an mir vorbei direkt zu der Person hinter mir. Warum Jork nun dämlich grinst, kann ich mir nicht erklären.

»Können Sie nicht aufpassen?«, kommt es direkt über meine Lippen. Als ich mich umdrehe, um zu sehen, wer sich hinter meinem Stuhl befindet, könnte ich im Boden versinken. Sacharow, der mich knapp mustert, den Kopf schüttelt und dann an mir vorbeigeht.

Wie peinlich.

»Toller Auftritt, Genia. Von dir kann man etwas lernen«, sagt Devid und lacht über seinen Teller, so dass es jeder hören kann. *Idiot!*

Was soll ich jetzt machen? Mich entschuldigen? Das kann ich nicht. Also, ich könnte schon, aber das sähe so aus, als sei ich schuld daran gewesen, nicht er.

Kurz lecke ich mir über die Lippen, werfe einen feurigen Blick in Jorks Richtung, damit ich nicht auch noch von ihm einen netten Kommentar kassiere, dann sehe ich, wie Sacharow einer jungen Kellnerin, die mit dem Getränketablett ihre liebe Not hat, hilft. Er nimmt ihr das Tablett ab, noch bevor es ihr aus den Händen rutscht.

Sie entschuldigt sich tausend Mal. Beinahe sieht es so aus, als wolle sie vor ihm knicksen. Unauffällig schiebe ich mich näher auf die Situation zu und beäuge das Trampeltier.

»Nicht so schlimm. Passen Sie das nächste Mal auf, keinen Beluga Gold zu verschütten. Einige könnten sich über Sie lustig machen«, sagt er mit einem weichen Schmunzeln und überreicht ihr das Tablett. Freundlich lächelt er ihr entgegen und wendet sich von ihr ab, als sie eifrig nickt und sein Lächeln erwidert.

Als er auf das Büffet zugeht, folge ich ihm unauffällig. Ich komme mir vor wie eine Vierzehnjährige, die ihrem Schwarm hinterher läuft. Verstohlen drehe ich mich um, um zu sehen, ob seine Frau ebenfalls anwesend ist. Bisher kann ich sie unter den knapp sechzig Gästen nicht entdecken.

Als er bloß eine Serviette greift, sich aber nichts vom Essen nimmt, schaue ich aus den Augenwinkeln vor der Käseplatte zu ihm. Er sieht mich nicht. Oder will mich nicht sehen.

Ich stelle mein vegetarisches Menü zusammen, das ich jeden Mittwoch esse, dann sehe ich, wie er doch wenige Obststücke in eine Schüssel füllt.

Wäre da nicht die runde ältere Frau, die sich nun zwischen uns drängelt, würde ich ihn ansprechen. *Würde ich? Sicher. Was hätte ich zu verlieren? Er könnte sich ja bei mir entschuldigen.*

Doch die Plantschkuh schiebt sich mit ihrem fetten Arsch direkt zwischen die Obst- und Gemüseauslagen. Als ich mir noch etwas auffülle und zu ihm blicke, ist er verschwunden.

Ich drehe mich um, dann sehe ich ihn in seinem silbergrauen Anzug, das dunkle Haar glänzend unter dem gedimmten Licht, auf den Audrey-Hepburn-Verschnitt zugehen, der am Tisch Platz nimmt und ihm entgegen lächelt. *Wann ist sie gekommen? Gerade eben?* Er stellt die

Obstschale vor ihr ab, beugt sich über den Tisch, streichelt über ihre Hand. *Das war's wohl.*

Mürrisch gehe ich auf meinen Tisch zu.

»Er steht nicht auf dich. Das braucht er nicht mal mit Worten mitzuteilen. Er hat dich komplett ignoriert. Und du dich im Übrigen lächerlich gemacht.« Jork kann auch nie seine Klappe halten.

»Und? Was will ich von ihm? Er hätte sich entschuldigen können, mich angerempelt zu haben. Beinahe wäre ich vom Stuhl gerutscht«, antworte ich ihm, greife nach meiner Gabel und stochere wild im Salat herum.

»Sehe ich das falsch? Du hast ihn bei deinem hektischen Aufstehen angerempelt. Du solltest dich bei ihm entschuldigen. Siehst du das auch so, Devid?«

Devid kaut seinen Schaschlikbissen und nickt nur. »Sie müsste sich entschuldigen«, spricht er mit vollem Mund, dann nimmt er einen Schluck von seinem Wein.

Natascha beäugt mich von der Seite und zuckt mit den Schultern. Dabei schaut sie schnell von mir zu Devid, als würde ich sie gleich für ihre nichtssagende Meinung vierteilen. Dass sie mich nicht mag, beruht auf Gegenseitigkeit.

Warum sehen es alle verkehrt? Aber gut, ich will keine Szene machen. Stattdessen leere ich in großen Schlucken den Medowucha, der würzig-süß meine Kehle hinabrinnt. Das alkoholische Honiggesöff passt vielleicht zu Jorks Desserts, die er jedes Mal vor der Vorspeise isst, nicht aber zu meinem Salat.

Ich verziehe meine Mundwinkel, tupfe sie dann mit der Serviette ab und bestelle als Nächstes … Was hatte Sacharow gesagt? Richtig, er sprach von Beluga Gold, einem der teuersten Vodkas. Wenn er das hier finanziert, dann genehmige ich mir einen. Auf diese Art revanchiere ich mich bei ihm für seine ignorante Art.

Doch es bleibt nicht bei einem. Nach dem dritten, einem Hauptgang und der Suppe sehe ich das abstrakte Bild einer Winterlandschaft doppelt. Die Berge auf dem Bild bekommen Ableger, sodass ich glaube, beinahe in das Gemälde gezogen zu werden.

»So rote Wangen habe ich nie bei dir gesehen«, lacht Devid, der mich eingehend mustert. »Der Vodka scheint wirklich reinzuhauen.«

»Ach nein, dass liegd an der Temberatur in diesem Raum. Ist viel zu heiß hier.« Ich fächere mit der Hand Luft in mein Gesicht, was wohl lächerlich aussehen dürfte.

Devid und Jork tauschen Blicke aus, wie meistens. Sie haben die Gabe, sich Dinge mitzuteilen, ohne sie laut aussprechen zu müssen. Ich mag das nicht. Als hätten sie etwas vor mir zu verheimlichen.

»Ich glaub …« Ich fasse an meinen Kopf und greife nach meiner Handtasche. »Ich sollde gehn. Besser so.« Ich kann keine weitere Sekunde länger auf dem Stuhl sitzen. Es ist bereits kurz vor zwölf, längst Zeit, nach Hause zu fahren, da mich morgen wieder ein stressiger Tag erwartet.

Als ich mich erhebe, kippt die Welt bedrohlich und ich stemme mich am Tisch ab. Der Beluga war trotzdem der beste Vodka, den ich je getrunken habe. Amen. Und nun knockt er mich vollkommen aus.

»Woah, woah, woah. Nicht so schnell«, ruft Jork und springt von seinem Stuhl auf. Als ich zur Seite taumele, bremst er meine ungeschickte Bewegung aus. »Soll ich dich fahren?«, bietet er mir an.

»Und mich dann vögeln?« Ich kichere und wische mit der rechten Hand durch die Luft. »Neeeeeeiiiin«, sage ich gedehnt mit einem Lächeln. »Ich komm allein nach Hause. Hole mir'n Taxi oder so. Geht schon.« Ich hickse auf, dann schiebe ich ihn beiseite. »Bis morgen. Und …« Wieder ein Aufstoßen. »Treibds nich zu wild.«

Ich drehe mich langsam um, fokussiere nur den Ausgang und nicht die sich amüsierenden Gäste links und rechts von mir. Beinahe kollidiere ich noch mit einer Bedienung, der ich im letzten Moment geschickt ausweiche. Als ich dann Bekanntschaft mit dem Garderobenständer mache, fahre ich mir über die Augen. *Gleich hast du es geschafft. Im Taxi kannst du die Augen schließen. Was für ein fieser Abgang.* Jetzt weiß ich, warum ich selten auf harte Spirituosen ausweiche. Ich vertrage sie einfach nicht.

Aber im Sitzen war es kein Problem. Keines, nein.

Ich sehe nur verschwommen eine Person, ein Gesicht, einen Jemand, der mir die Tür aufhält, da ich zuerst gegen die Tür drücke, obwohl sie wohl aufgezogen werden muss. Wer konstruiert solch einen Mist? Türen müssen immer gedrückt werden. Komisch.

Kaum befinde ich mich an der frischen Luft, rempele ich eine Frau an, die mir schnell ausweicht.

»Verseihung. Ähm, können Sie mir sagen, wo …?« Sie geht einfach weiter. Ich sollte am Straßenrand zwischen den parkenden Autos mein Glück versuchen. Irgendwann hält ein Taxi, ganz sicher. Ich schiebe mich an den Wagen vorbei, stütze mich an einer Kofferraumklappe ab und die

Laternenlichter umstrahlen mich wie tausend Glühwürmchen. Aber auf einmal muss ich schlucken, weil sich ein bitterer Geschmack auf meine Zunge legt. Magensäure. *Oh nein – nicht auch das noch.*

Doch bevor ich den Gedanken zu Ende gedacht habe, beuge ich mich nach vorn und übergebe mich neben den Wagen. Keine Chance, es zurückzuhalten. Widerwärtig kriecht das Magengebräu meine Kehle hoch. Hoffentlich hat es niemand gesehen. »Was ist heute für ein Scheißtag? Erst der Hund, dann der Saca, Sacra, Sacher, egal – der Typ, der mich anrempelt, jetzt der Rauschzustand.« Aber es fühlt sich auch witzig an. Wenn ich nur etwas hätte, um die Magensäure dorthin zurück zu spülen, wo sie hergekommen ist.

»Geht es Ihnen nicht gut?«, fragt mich auf einmal eine Frauenstimme irgendwo außerhalb meines Sichtfeldes. Ich drehe mich um, sehe dann die Hepburn auf den silbergrauen Wagen, den ich wohl mit meinem Mageninhalt beschmutzt habe, zugehen. *Oh. Gott, nein. Es ist ein Ferrari.* Ich schaue von dem Auto zu ihr. Von beiden will ich Abstand halten.

»Besd'ns, alles in Ornung«, versichere ich ihr. Viel zu schwungvoll will ich mich wieder der Straße zuwenden, um mir ein Taxi zu angeln. Keine gute Idee. Denn in dem Moment stolpere ich einen Schritt vor, ein Wagen hupt und ich denke nur: *Das war's.*

Licht blendet mich, dann werde ich zurückgezogen.

»Sie leben gefährlich.« Neben mir steht plötzlich Sacharow, der nun ein Taxi zu sich winkt. Augenblicklich hält ein Wagen vor uns.

»Alles in Ordnung mit ihr?«, fragt Prinzessin Liebreizend.

»Ist alles in Ordnung?«, fragt mich sogleich Sacharow. Er sieht mir in die Augen mit diesem intensiven dunklen Blick und wartet auf eine Antwort von mir. Aus der Nähe betrachtet wirkt er noch attraktiver. Seine beinahe schwarzen Augen graben sich in meine, während ein Zucken neben seinem linken Lid zu sehen ist.

»Ja«, antworte ich leise.

»Dann gute Heimfahrt und demnächst weniger Vodka.« Er öffnet die Taxitür und gibt mich frei, lässt mich neben dem Wagen stehen, um sich von mir abzuwenden. Ich sehe noch, wie er aus seiner Anzugtasche tausend Rubel angelt und sie auf dem Weg zum Restaurant einer Bettlerin auf dem Gehweg zusteckt.

Sehr ungewöhnlicher Mann, denke ich, dann fragt mich der Fahrer, wohin ich möchte.

SECHZEHN

Evgenia

ICH ZÄHLE ZWEIUNDZWANZIG STRICHE

Am nächsten Morgen wachte ich verkatert auf und kam eine Stunde zu spät zur Arbeit. In den drei Jahren, die ich schon für Gloss und Richmond arbeitete, war mir das vorher nie passiert. Nie!

Sacharow sah ich kein einziges Mal mehr wieder. Er wird sicher immer noch verärgert sein, da ich ihn angeblafft und seinen Wagen ruiniert habe. Ich hätte mich aus Höflichkeit einfach nur bei ihm entschuldigen müssen. Aber nein, mein Stolz stand mir im Weg. Wer weiß, wie sonst der Abend verlaufen wäre? Am nächsten Tag entzog uns seine Frau den Auftrag der Werbekampagne. Alles meine Schuld, das sehe ich nun ein. Wir hätten den Auftrag gebraucht. Stattdessen haben seine Anwälte vom vierzehntägigen Rücktrittsrecht Gebrauch gemacht und alles gecancelt.

Im Moment ... Ich lehne mit dem Rücken an der kalten Betonwand und starre zum Fenster. Im Moment weiß ich nicht einmal, ob ich mit meinem Job wirklich glücklich war. Während des Studiums fing ich ein achtwöchiges Praktikum in dem Unternehmen an. Dank Xenia, einer Studienfreundin, die mir das Praktikum vermittelt und mir geholfen hatte, einen Fuß in die Firma zu bekommen. Nach dem Ende der acht Wochen schlief ich mit dem Abteilungsleiter und er steckte mir die Information zu, dass demnächst eine Stelle frei würde.

Ich war sofort begeistert und fing als Team-Neuangestellte wenige Monate später an und – gut, ich bin nicht mehr stolz darauf – schlief mich hoch. Mit jedem Mann, mit dem ich schlief, so kommt es mir nun vor, habe ich mich verändert. Ich bin ein absolut selbstsüchtiges Miststück geworden.

In den vergangenen Wochen hatte ich genug Zeit, über mich und alles, was in den letzten Jahren in meinem Leben passiert ist, nachzudenken. Und ich bin mir hundertprozentig sicher, dass ich niemals glücklich in der Firma war. Mir ging es immer nur um meinen Karriereaufstieg, die Bezahlung, neue Outfits, Friseur-, Maniküre- und Kosmetiktermine. Mehr nicht.

Ich lache leise. Meine Welt war so auf materielle Dinge beschränkt, dass ich kaum wirklich gelebt zu haben scheine. Muss ich erst in diesem Kellerloch feststellen, wie kostbar ein Leben ist?

Teilweise frage ich mich, wie ich mich so ändern konnte. Mit jedem Sieg emotional mehr abrutschte, gefühlskälter wurde und die wahren Dinge im Leben nicht mehr zu schätzen wusste.

Ein Moment nistet sich immer wieder in meine Gedanken ein, an den ich mich gern zurückerinnere.

Ein Urlaub vor mehreren Jahren. Ich lag mit einem Jungen in Kasachstan am See. Wir hatten uns eine abgeschottete Bucht gesucht, in der nur wir beide lagen und badeten. Es war nach den letzten harten Jahren des Trainings einer der ersten Tage, die mich das Eiskunstlaufen vergessen ließen. Ich schaute zu ihm und fragte ihn im Gras unter den Kiefern, die Schatten auf uns warfen, was ihn glücklich machen würde. Er besaß diese noch weichen Gesichtszüge, wie sie nur ein Junge mit zwanzig besitzen kann, hatte nur wenig Bartansatz am Kinn und schaute verstohlen mit seinen braunen Augen zu mir. Dabei musterte ich seinen Adamsapfel, sein kurzes dunkles Haar und seinen nackten Oberkörper. Er war nicht dürr, sondern schlank und sportlich. Ob er eine Sportart ausübte, weiß ich nicht. Das werde ich ihn wohl nie mehr fragen können.

Meine Antwort, was mich glücklich machen würde, wäre sofort gewesen, eine Goldmedaille bei den Olympischen Spielen zu gewinnen. Seine hingegen lautete: »Wenn dieser Moment nie vergehen würde.«

Auf einmal kam mir mein Gedanke vollkommen kindisch und idiotisch vor. Wie konnte ich eine Medaille über solch einen schönen Moment stellen? Wie konnte ich das, was ich mit ihm erlebte, hintanstellen? So war ich nun mal erzogen. Ich wusste die kostbaren Momente nicht zu schätzen, die keinen Erfolg oder Siege versprachen.

Bis heute frage ich mich, warum er sich nicht bei mir gemeldet hat. Nachdem ich mir am letzten Reiseabend den Fußknöchel gebrochen hatte, habe ich ihn nie wiedergesehen. Die Türen des Krankenwagens wurden vor seinem Gesicht zugezogen. Immer wieder sehe ich ihn neben dem Sanitäter stehen, mit Selbstvorwürfen und Mitgefühl im Blick. Im nächsten Moment finde ich mich im Krankenhaus wieder. Meine Eltern, die in der Zwischenzeit informiert worden waren und von denen es Vorhaltungen hagelte, die ich überhörte. Die Schmerzen waren unerträglich. Nach dem Röntgen stellte sich heraus, dass ich mir in meinem Leichtsinn mit 0,7 Promille einen komplizierten Bruch eingehandelt hatte. Dreifach war mein Sprunggelenk gebrochen, das nur mit einer OP gerichtet und geschraubt werden konnte. Ich lag drei – oder waren es doch fünf? – Tage im Krankenhaus, bevor ich mit eingegipstem Fuß den Rückflug antrat. Meine Eltern habe ich in meinem Leben nie so wütend gesehen. Sie versprachen den Ärzten viel Geld für eine OP, die Folgeschäden ausschloss. Sie wägten ab, ob eine Behandlung in Russland von noch besseren Ärzten eine Option wäre. Und dann waren da noch die ganzen Befragungen. Sie wollten jedes noch so kleine Detail wissen, was ich an dem Abend gemacht hatte, warum ich getrunken hatte. Wer dieser Junge war, den ich kein weiteres Mal treffen sollte. Warum ich mich ihren Anweisungen widersetzt hatte.

»Kind, du weißt, wie wichtig deine Zukunft ist. Du solltest auf dich aufpassen. Stattdessen hat dich dieser Junge verführt. Er hat einen schlechten Einfluss auf dich. Du bist doch sonst nicht so leichtsinnig«, redete meine Mutter auf mich ein und strich immer wieder Haarsträhnen hinter mein Ohr. Es machte mich wahnsinnig, wenn sie innerlich tobte, ihre Wut aber nicht an mir auslassen wollte. Es gab nie Momente, in denen ich frei und ungehemmt mit ihr reden konnte. Über die Schule, die Jungs, Partys. Alles, über das ich mit ihr reden konnte, waren Dinge wie der nächste Trainingsplan, die gebuchten Reisen, neue Outfits für die Wettkämpfe und Frisuren.

Auch wenn sie nach außen hin die besorgte Mutter gab, war sie im Inneren vollkommen gefühlskalt. So, wie ich es nun wohl auch bin. Mein Vater unterstützte jeden Vorschlag von ihr. Es gab selten Streitigkeiten zwischen ihnen. So auch an dem Tag, als er mit einem Schreiben in mein Zimmer trat, das ich unterzeichnen sollte, damit ich von einem Gynäkologen untersucht werden konnte. Was der Schwachsinn sollte, weiß ich bis heute noch nicht. Doch ich vermute, meine Eltern nahmen an, ich wäre von dem Jungen genötigt und womöglich sexuell bedrängt oder missbraucht worden.

»Nein, das ist nicht notwendig. Ich … ich hatte nicht …« Es war mir so unendlich peinlich, meinen Eltern gestehen zu müssen, noch keinen Geschlechtsverkehr mit einem Jungen gehabt zu haben. Das war die Wahrheit. Daher war jede Untersuchung unnötig. Doch sie ließen nicht locker.

Ich musste die peinliche Untersuchung über mich ergehen lassen, während meine Eltern sich im Anschluss mit dem Arzt unterhielten. Eine Unterschrift von mir und sie ließen endlich locker. Das war einer der grauenhaftesten Tage meines Lebens. In Russland wurde es nicht besser. Ich wartete jeden Tag auf eine SMS von Kyrill, aber erhielt keine. Ich schrieb ungelogen dreißig Nachrichten, auf die er nicht antwortete. Mit jedem Tag, der verging, mit jedem schlechten Wort, das sie über ihn fallen ließen, glaubte ich mehr und mehr daran, dass er nichts weiter gewollt hatte, als mich rumzukriegen. Womöglich hatte er mit mir das Feuer verlassen wollen, um in den Dünen mit mir zu schlafen. Hätte ich nein gesagt? So betrunken, wie ich gewesen war, wohl eher nicht. Hätte er es wirklich ausgenutzt?

All diese Fragen quälten mich von Tag zu Tag, bis ich ihn nach einigen Monaten vergaß und der Medienrummel mich fertig machte. Nachdem russische Ärzte ausgeschlossen hatten, dass ich weiterhin als Profischlittschuhläuferin an Wettkämpfen teilnehmen konnte, nachdem Schweizer und deutsche Ärzte ihre Meinung geteilt hatten, mussten meine Eltern und ich einsehen, dass meine Karriere vorbei war. Mir kam es vor, als wäre es für meine Mutter ein härterer Schlag als für mich. Jeden Tag schloss sie sich einige Stunden in ihrem Arbeitsraum ein, war vollkommen verändert und sprach weder mit mir noch mit meinem Vater. Sie wurde depressiv. Und ich fragte mich, wie solch ein Unfall alles verändern konnte. Knapp ein Jahr später ließen sich meine Eltern scheiden. Es kam mir danach vor, als seien sie nur wegen mir und dem Eiskunstlaufen zusammen gewesen, nicht, weil sie sich liebten.

Von meinem Vater höre ich bis heute nur gelegentlich etwas. Er heiratete eine andere Frau, zwei Jahre später. Meine Mutter blieb allein und haust nun in einer Wohnung, nachdem sie und mein Vater die Villa verscherbelt haben. Ich war froh, mit achtzehn endlich meinen eigenen

Weg gehen zu können. Ich holte mein Abitur nach und zog in eine WG, um in Moskau zu studieren.

Seitdem hält sich auch der Kontakt zu meiner Mutter in Grenzen. Ich glaubte, sie nie wieder stolz machen zu können. Daher arbeitete ich hart für meine Prüfungen und wollte etwas erreichen. Zumindest in einem Lebensbereich wieder erfolgreich sein. Wenn mir das Laufen nicht vergönnt war, dann eine Karriere auf einem anderen Gebiet. Doch ich konnte sie kaum begeistern. Mein Vater freut sich für mich, aber meine Mutter hält meinen Job für die falsche Berufung. Und mir jedes Mal bei Treffen mit ihr anhören zu müssen, was gewesen wäre, hätte ich es nach Vancouver geschafft, ertrage ich nicht mehr. Ich habe sie enttäuscht, das weiß ich. Nur warum kann sie nicht damit abschließen?

In der staubigen Ecke rolle ich mich ein und lausche dem leisen Tropfen von Wasser. Irgendwo in der Nähe muss sich ein Rohr oder Wasserhahn befinden, der nicht richtig zugedreht wurde.

Ich wünschte, Kyrill hätte sich gemeldet. Ich wünschte, ich hätte ihm mehr bedeutet als fünf Tage in Kasachstan. Aber was mache ich mir vor, es war ein Sommerflirt, mehr nicht. Doch wenn eine Liebe so jung und so intensiv ist, vergisst man sie nicht. Man vergisst seine erste Liebe nie mehr in seinem Leben. Und ich habe ihn geliebt. Es ihm jedoch nie gesagt. Nur in einer Nachricht in Wut und Traurigkeit geschrieben. Ein Fehler. Denn wenn er die SMS alle gelesen hat, wird er sich vermutlich noch mehr lustig über mich gemacht haben.

Ich kann nicht sagen, ob die Reise das schönste Erlebnis war oder die härteste Niederlage. Beides davon.

Mein Magen grummelt so laut, dass es selbst die Mäuse verschrecken dürfte. Instinktiv greife ich nach meinem Bauch.

Ich frage mich sehr oft, was ich als Erstes tun werde, wenn ich wieder frei bin. Falls ich jemals freikomme. Mir fallen nur viele banale Dinge ein, wie das nächste Restaurant aufzusuchen und mich vollzustopfen oder in meinem Bett fünf Tage am Stück zu schlafen oder eine Dusche zu nehmen.

Ich gebe die Hoffnung einfach nicht auf, irgendwann frei zu sein. Was auch immer derjenige mit mir vorhat, der mich hier festhält, er kann mich nicht für immer hier einsperren. Ich hoffe es. Was ist, wenn er stirbt? Er krank wird? Dann verhungere ich hier. Niemand weiß, dass er mich gefangen hält. Ohne ihn wäre mein Schicksal besiegelt. Und warum redet er nicht mit mir? Warum spricht er kein Wort? Aus Angst, ich könnte zu viel von ihm erfahren? Ich will einfach nur Antworten. Bloß Antworten.

ACHT

Makar

»Dir gefällt die Überarbeitung?«, frage ich Delina, die die Skizzen auf einem Tisch ausbreitet und nickt. Sie stupst ihre Lesebrille auf die Nase und deutet auf die Räume.

»Ja, die Änderung sieht um einiges vielversprechender aus. Die Zimmer und Gemeinschaftsräume sind gleich viel größer. Sie sollen sich nicht wie eingesperrte Kaninchen fühlen, sondern Zimmergrößen haben, in denen sie sich wohlfühlen.«

Ich segne die Entwürfe für das Kinderheim ab. »Wenn das alles wäre, würde ich mich zurückziehen. Besprich alles Weitere mit Jekaterina. Sie weiß, wie meine Vorstellungen aussehen.«

»Wie du willst. Geht es dir nicht gut?«, fragt mich Delina mit ihrem wissbegierigen Blick. Wie immer trägt sie einen dunklen Knoten, ohne den ich sie nicht kenne. Vermutlich beträgt ihre Haarlänge mehr als einen Meter, aber sie wird es mir nicht zeigen. Ganz die strenge, katholisch-orthodoxe Erziehungsweise ihrer Eltern.

»Bestens, mir geht es bestens«, verabschiede ich mich von ihr. Sie ist eine loyale Mitarbeiterin. Eine der besten, die ich in den letzten fünf Jahren angetroffen habe.

Sie schenkt mir ein Lächeln, beugt sich dann wieder über die Grundrisse, als ich mir ein Wasser in der Küche abfülle und meine Räume aufsuche, zu denen keiner Zutritt hat. Bei Delinas Erwähnung von *eingesperrten Kaninchen* tauchten Bilder in meinem Kopf auf, die ich längst verbannt hatte.

Ich würde einiges darum geben, wenn ich sie für immer vergessen könnte. Ich gebe in meiner Anlage einen Song ein, den ich als Erstes hörte, kaum dass ich frei war. ›Dodged a Bullet‹.

Ruhige Gitarrenklänge, als würde man mutterselenallein einen Highway entlangfahren, mitten in der Wüste Nevadas, dringen an mein Ohr. Eine rauchige Stimme, die an Johnny Cash erinnert.

I'm not gonna try and make it even …

Ich betrat nach meinem Gefängnisaufenthalt als Allererstes eine Tankstelle, in der dieser Song gespielt wurde.

Wie könnte ich ihn vergessen. Diesen Song werde ich niemals vergessen. Als würde Eis vor meinen Augen zerschmelzen, berührte er meine Seele, als ich ihn zum ersten Mal hörte. Ich griff nach zwei Wasserflaschen und hielt vor dem Regal inne. Es dauerte viel zu lange, bis ich begriff, dass ich frei war. Dass ich tun konnte, was ich wollte. Wann immer ich wollte.

Zwischen den dunklen Ledercouchen steuere ich auf meinen Armsessel zu und lasse mich darauf fallen. Mein Blick wendet sich zum Fenster, das Moskau in der Dämmerung preisgibt wie eine Fata Morgana.

Everyone thinks I dodged a bullet, but I think I shot the gun …

Vor knapp anderthalb Jahren habe ich zum ersten Mal Moskaus Boden betreten. Was hätte ich auch sonst in der Hauptstadt Russlands zu suchen gehabt, wenn ich *sie* nicht finden wollte?

Und ich fand sie. Alles, was ich sah, war ein bloßer Schatten ihrer selbst. Sie hat weder ihr Leben im Griff, noch erinnert sie mich an die junge Frau, die ich einst kennengelernt habe. Wie konnte sie zu *dem* werden?

Ich sollte niemals vergessen, dass ich fünf Jahre in Kasachstan festsaß, während sie tun und lassen konnte, was immer sie wollte. *Wie in Gottes Namen kann sich eine Frau zu einer derart widerwärtigen Furie entwickeln?* Ihr war alles vergönnt. Sie hätte beginnen können, was immer sie wollte. Andere Länder erkunden, Sprachen erlernen, ihre Leidenschaft weiter ausleben. Einfach alles! Während ich, dank ihr, die schlimmsten Jahre durchlitt.

Ich frage mich noch heute, ob Evgenia ein Fünkchen Reue zeigen würde, wenn ich sie darauf anspräche. Ob sie sich überhaupt noch an mich erinnert. An denjenigen, der für ihre Lügen gestraft wurde!

Denn aufgrund falscher Aussagen landete ich am Tag nach dem Unfall am See im Knast. Die Jungendherberge wurde gegen neun Uhr von Polizisten gestürmt, ich wurde gesucht, inhaftiert und zum nächsten heruntergekommenen Polizeirevier gezerrt.

Wie könnte ich den Morgen vergessen. Selbst Cemal, Nadja und zwei andere Freunde sah ich an dem Tag zum letzten Mal.

Wegen einer Anzeige von Evgenia d'Ivoi, die aussagte, ich hätte sie vergewaltigt, wurde ich auf das Präsidium gebracht. Zuerst hielt ich alles für einen Witz und setzte nur ein großkotziges Grinsen auf. Doch ziemlich schnell stellte sich heraus, dass nicht ich derjenige war, der etwas zu lachen hatte.

Es standen eine Anzeige, ein gynäkologischer Bericht und was weiß ich noch alles für Beweise gegen mich, die aussagten, ich hätte Evgenia sexuell bedrängt und gegen ihren Willen mit ihr geschlafen. Egal, wie oft ich versuchte, mich zu verteidigen, es half nichts. Einen anständigen Anwalt konnte ich auf die Schnelle nicht auftreiben, meine Eltern konnte ich erst nach Wochen endlich informieren. Doch sie hätten ihr Erspartes anzapfen müssen, um nach Kasachstan zu reisen. Sie konnten mir nicht helfen, das war ausgeschlossen. Also saß ich in der Klemme, mit dem Vorwurf, ein Vergewaltiger zu sein, der eine Minderjährige angeblich gegen ihren Willen gevögelt hatte. *Wie absurd.*

Doch recht schnell begriff ich, dass die Beamten in Kasachstan die Angelegenheit nicht für absurd hielten. Ich wurde in Haft gebracht. Fünf Tage, ohne dass meine Aussage etwas half. Cemal und Nadja wurden natürlich nicht befragt. Evgenia sah ich kein weiteres Mal, um sie zur Rede zu stellen. Und verdammt, ich hätte sie geschüttelt und gefragt, was der Schwachsinn sollte! Es hätte Aussage gegen Aussage gestanden, wenn nicht der ärztliche Bericht und das Wort ihrer Eltern gewesen wären.

Meine Aussage zählte nichts. Stattdessen wurde ich einem Staatsgefängnis übergeben. Jeder Versuch meiner Eltern und der schlecht bezahlten Anwälte, mich aus der misslichen Lage zu befreien, schlug fehl. Ein Vergewaltiger in Kasachstan zu sein, kam einem Kinderschänder und Massenmörder gleich. Und genauso wurde ich mit zwanzig Jahren im Knast behandelt.

Ich kam in das hinterste Loch, das keine sieben Quadratmeter maß, in dem es nicht mal ein Fenster gab, bezog Prügel, sobald ich nicht parierte und mir wurde gammeliges Essen vor die Nase gesetzt.

An jedem Tag der folgte, fragte ich mich, wann es meinen Eltern gelingen würde, mich aus dem Knast zu holen. Mit jedem neuen Monat wurde mir klarer, dass es ihnen niemals gelingen würde. Ich bekam nicht mal eine Verhandlung, nichts! Ich wurde in Kasachstan behandelt wie ein Stück Vieh der übelsten Sorte. Mir wurden mein Geld, mein Telefon, jedes Hab und Gut abgenommen. In einem modrigen Loch in der Finsternis musste ich mich an den Gedanken gewöhnen, dass mich Gott verlassen hatte. Trotzdem hegte ich die Hoffnung, dass sich alles als Irrtum herausstellen, ich am nächsten Tag mit einer ordentlichen Entschädigung freigelassen werden würde.

Ich lache abfällig.

Das traf nie ein. Fünf Jahre. Fünf Höllenjahre, einen Monat und zwölf Tage musste ich durchleben, bis ich mir einen Weg in die Freiheit erkämpfte.

Da hatte ich also von meinen paar hart erarbeiteten Kröten die Reise nach Kasachstan bezahlt und geglaubt, mich in ein unschuldiges Mädchen zu verlieben, und es dann mit kostbarer Lebenszeit bezahlen müssen. Wie oft ich sie verflucht habe, kann ich nicht mehr zählen. Was hatte ich ihr angetan, dass sie diese Aussage machte?

Nie hätte eine Nacht reiner, klarer und hoffnungsvoller sein können als die, in der ich zur Meeresoberfläche auftauchte, die Lungen bereits mit Wasser gefüllt, kurz vorm Ertrinken. Ich sehe jetzt noch Kassiopeia über mir und Mars von Minute zu Minute weiter nach rechts streifen. Was kann es Schöneres geben als eine hoffnungsvolle Nacht, in der man glaubt, endlich von den Fesseln und Gemäuern befreit zu sein? Es gibt nichts Besseres. Jeder Atemzug war befreiender. Jeder.

Diese eine Nacht prophezeite mir, dass ich jedes Übel hinter mir lassen würde. Genauso kam es. Selbst dem Ertrinken nah wusste ich, Gott hatte mich nicht vollends verlassen und ich würde weiterleben und nicht länger mein Dasein in Gefangenschaft fristen müssen.

Ich nehme einen Schluck aus meinem Wasserglas und hebe meinen linken Fußknöchel auf das Knie. Mein Blick wandert über die strahlenden Lichter Moskaus, wandert weiter zum Nachthimmel hinauf, an dem Venus sich zwischen zwei Wolkenkratzern ihren Weg sucht. Jeden Abend suche ich die Sterne. Keine Ahnung warum, aber sie führen mir jedes Mal vor Augen, dass ich frei bin. Denn in Kasachstan sah ich nicht eine Nacht lang die Sterne. Es gab keine Fenster, nur winzige Ritzen in den gehauenen Gesteinsfelsen, die frische Seeluft durchließen. An den Gestank in der Zelle kann ich mich noch jetzt erinnern. An den feuchten Boden, die raue Kälte im Winter, die unheimliche Stille. Immer noch zähle ich fanatisch Steinplatten oder Ziegelsteine, wie tagsüber in dem Loch. Denn nachts konnte ich mich nur blind vortasten. Irgendwann jedoch kennt man jede Ecke, jeden Riss und jede Wölbung in den Felsen, die Unebenheiten im Boden, in denen sich Pfützen sammeln. Man gewöhnt sich selbst an den Gestank seiner eigenen Exkremente.

Dass Kasachstan nicht zu den fortschrittlichsten Ländern der Welt gehörte, war für mich auch vor meiner Haft kein Geheimnis gewesen. Dass das Land allerdings noch mittelalterliche Inhaftierungen durchzog, schon.

Ich wünschte, sie würde am eigenen Leib erfahren, wie es sich anfühlt, allein, verlassen von der Welt in einem Verlies zu sitzen. Ohne zu wissen, was einen am nächsten Tag erwartet.

Niemals könnte ich das jemandem antun, was mir angetan wurde – nur ihr. Und ich zähle bereits die Tage, bis ihr Alptraum wahr wird. Sie soll so leiden, wie ich gelitten habe, das gleiche Martyrium durchleben.

Wieder nehme ich einen Schluck Wasser und lächle, als ich den Blick hebe. *Noch zwei Monate und drei Tage*. An genau dem Tag, als ich sie zum ersten Mal traf, am 7. Juni, werde ich meine Vergeltung erhalten.

Ein Helikopter umkreist gerade die Hochhäuser, als es hinter mir an der Tür klopft.

»Makar, deine Frau hat angerufen. Ich soll dir ausrichten, ihrer Mutter ginge es in der Zwischenzeit besser und sie fahre nach Hause, um Sachen für sie einzupacken«, sagt Delina, als ich mich zu ihr umdrehe.

»Du kommst allein zurecht?«, erkundige ich mich und erhebe mich aus meinem Sessel im Büro.

»Sicher. Ansonsten frage ich morgen.«

Sehr schön. Sie wird alles ohne mich meistern, wie immer.

Das Glas will sie mir abnehmen.

»Lass nur, ich bringe es allein weg. Ich möchte, dass du in einer Stunde Feierabend machst. Du solltest Zeit mit deiner Familie verbringen. Die Grundrisse können bis morgen warten«, antworte ich ihr, greife nach meiner Umhängetasche und drücke die Taste des Lifts.

»Aber ich möchte …«

»Nein, du möchtest nicht heute Abend fertig werden, Delina. Anweisung«, erwidere ich mit einem strengen Blick, der einem Lächeln weicht, bevor sich die Tür vor mir zuschiebt.

Ich höre sie bis hierher aufstöhnen, dann leise lachen. Sie ist ein Arbeitstier, doch die Zeit mit ihren zwei Kindern ist unbezahlbar.

In der Tiefgarage angekommen, steige ich in meinen Lamborghini und fahre wenige Minuten später vom Zentrum Moskaus nach Rubljowka. Vor dem gelben Anwesen warte ich, bis sich das Tor aufschiebt, dann stelle ich den Wagen im Gartenrondell vor der Tür ab. Als ich klingele, empfängt mich ein Dienstmädchen. Von Jekaterina ist nichts zu sehen.

»Madame ist in der ersten Etage, im zweiten Badezimmer«, sagt das Mädchen, da sie mir vermutlich ansieht, wen ich suche.

»Danke Ihnen.«

Schnell passiere ich die Eingangshalle mit der gläsernen Kuppel und gehe die geschwungene Treppe hoch. Vermutlich hat sie bereits ihren Vater gefunden oder aber er schläft. Keine leichte Persönlichkeit.

»Jekaterina?«, rufe ich sie. Zwei Sekunden später höre ich ein »Hier«. Ihre Stimme hat eine Klangfarbe, die etwas Beruhigendes und zugleich Warmes ausstrahlt, sodass ich ihr Ewigkeiten zuhören könnte. Sofort lächle ich und finde sie im Badezimmer vor, wie sie eifrig Pflegeprodukte ihrer Mutter in einen Kosmetikkoffer einsortiert. Ja, die alte Dame besteht auf ein gepflegtes Äußeres, das merkt man sofort, wenn man sie zum ersten Mal sieht. Immer trägt sie Lippenstift, geht nie ohne eine perfekt sitzende Frisur aus dem Haus.

»Wie war dein Tag?«, begrüßt sie mich, lässt den Koffer auf dem Boden liegen und kommt mit einem Strahlen im Blick auf mich zu. Ihre dunkelbraunen Augen leuchten jedes Mal, wenn sie mich sieht.

»Perfekt. Es lief alles nach meinen Vorstellungen. Wenn das Bürogebäude fertig ist, finanziert es mit den Mieten das Kinderheim von allein. Delina hat mir ausgerichtet, deiner Mutter gehe es besser?«

Sie lächelt, dann legt sie eine Hand auf meine Brust und küsst mich. An der Mitte ziehe ich sie näher zu mir. Der Duft von frischen Magnolien und etwas, das mich an Pfirsich erinnert, dringt in meine Nase. Bevor sie sich von mir zurückzieht, halte ich sie auf, blicke nur in ihre Augen und küsse sie erneut, leidenschaftlich und zugleich ohne Vorbehalte.

»Ja, ihr geht es besser. Sie ist im Krankenhaus vorerst gut aufgehoben. Aber du kennst sie. Sie braucht ihre tausend Cremes, ihre Haarspülungen und Lockenwickler. Am liebsten würde sie alles noch heute hingebracht haben wollen. Ich sollte mich daher beeilen.«

Gerade als sie wieder auf den Kosmetikkoffer zugehen will, der größer als mein Trolley ist, umfasse ich ihr Handgelenk. »Lass das Lenja machen.«

»Sie wird die Hälfte vergessen«, kontert sie. Ich stöhne mit einem Lächeln und schüttele den Kopf.

»Wozu habt ihr sie eingestellt? Nur damit sie die Tür aufhält? Los, lass sie es machen. Das halbe Badezimmer hast du bereits eingepackt. Die andere Hälfte wird sie erledigen. Ich möchte dir etwas zeigen.«

Sie legt ihren Kopf mit einem fragenden und zugleich neugierigen Blick zur Seite. »Was willst du mir zeigen?« Plötzlich spüre ich keinen Widerstand mehr. Stattdessen kommt sie auf mich zu.

»Gedulde dich. Dein Vater schläft?«

»Wie ein Murmeltier mit einer Fahne, die nach Sibirien reicht. Warte kurz.« Sie huscht in ihrem grauen Kleid an mir vorbei, barfuß, weil sie sicher ihre Absatzschuhe gequält haben und bleibt am Geländer stehen. »Lenja? Lenja?« Sie ruft sie ein paar Mal, bevor sie erscheint und Jekaterina ihr die Aufgabe überträgt.

»Bereit?«, frage ich sie und löse dann den Knoten meiner Krawatte.

»Bin ich. Was hast du vor?« Sie weicht mit einem verunsicherten Schmunzeln vor mir zurück. Hinter mir schiebe ich die Badtür zu, damit Lenja uns nicht beobachtet.

»Gedulde dich.«

»Du weißt, dass ich das nicht kann.«

»Du wirst es müssen.« Ich halte ihr meine Hand entgegen, in die sie ihre legt, dann drehe ich sie um, um ihr die Krawatte über die Augen zu legen.

»Das ist keines deiner Spiele, ohne dass du mich vorher darauf vorbereitet hast?«

Ich lache leise. »Wer weiß? Du bist viel zu neugierig.« Ich umfasse ihre nackten Schultern und führe sie vor mir her zur nächsten Treppe. Ich könnte den Aufzug nehmen, aber das wäre zu einfach. Sie soll sich an das Gefühl gewöhnen geführt zu werden, sich auf jemand anderen blind zu verlassen.

Mit ihren Händen tastet sie über das Geländer, um Halt zu finden. »Vorsicht, Treppe«, warne ich sie.

»Wir gehen also in meine Etage«, stellt sie fest und erwartet offenbar eine Antwort von mir.

»Ich denke schon, falls ihr in der Zwischenzeit nicht die Etagen gewechselt habt. In das Schlafzimmer deine Vaters, der gerade schläft, wollte ich eigentlich nicht hereinplatzen.«

»Ah, Schlafzimmer«, kombiniert sie.

Meine Hände liegen warm auf ihrer Haut. Mitten auf der Treppe bleibe ich mit ihr stehen, fahre dann mit meinen Händen ihre Arme hinab und streife mein Kinn über ihren entblößten Nacken. Sofort spüre ich ihr zartes Schaudern. Sie erstarrt in meinem lockeren Griff wie ein scheues Reh.

»Es fühlt sich so gut an«, flüstert sie, als meine Lippen über ihre linke Halsseite streifen, dann ihr Ohr suchen.

»Ja?«

»Ja«, antwortet sie und umfasst mit der linken Hand meine rechte auf ihrem Arm. Ihre Finger gleiten zwischen meine und ich kann spüren, wie ich sie bereits in den Bann ziehe und sie alle Probleme vergisst.

»Wir sollten weitergehen, bevor ich mich nicht mehr zurückhalten kann.« Denn ich spüre, wie sehr ich sie will. Mein Schwanz fühlt sich mit jeder Sekunde schwerer an, heißer, und ich kann mir heute nichts Schöneres vorstellen, als mit ihr den restlichen Abend im Schlafzimmer zu verbringen. Außerdem bin ich gespannt, was sie zu meiner Überraschung sagen wird.

»Wenn wir allein im Haus wären, wäre es kein Problem, hier auf der Treppe.«

»Doch, ich sollte auf deinen Rücken aufpassen«, necke ich sie, löse dann meine Lippen von ihrem Hals und führe sie weiter. Kurz spüre ich ihr leises Ausatmen, wie eine kurze Enttäuschung, weil ich mich wieder von ihr zurückgezogen habe.

»Rücken? Auf den Stufen wollte ich nicht liegen.«

»Wäre auch keine gute Idee. Achtung, Geländerkante«, sage ich und führe sie haarscharf an der Ecke vorbei.

Kaum, dass ich die Schlafzimmertür zugezogen und abgeschlossen habe, öffne ich den Reißverschluss ihres Kleides. Die gesamte Zeit liegt ein Lächeln auf ihren Lippen, ihre Augenbrauen zucken immer wieder, sobald sie meine Berührungen spürt.

»Kann ich die Überraschung nur nackt erhalten?«

Ich schüttele den Kopf, was sie nicht sieht und grinse. »Nein, ganz und gar nicht. Aber es ist anreizender für mich.«

Ich lasse die Träger ihres BHs ihre Schultern herabrutschen und dann ziehe ich ihn ihr aus. Als Nächstes folgt der Slip. In ihrer unversehrten, makellosen Schönheit steht sie vor mir. Schlanke Figur, schmale Taille, schöne runde Brüste und eine Hüfte, bei der die Hüftknochen etwas hervorstechen.

Mit der Binde um die Augen dreht sie ihren Kopf, so als wolle sie wissen, wo ich mich befinde.

»Was hast du vor?«, fragt sie leise.

»Sch, gedulde dich. Nur noch wenige Sekunden.« *Gut, ich dürfte an alles gedacht haben.* Ich habe lange überlegt, ob es die richtige Entscheidung ist. Doch nochmal möchte ich im Leben nicht falsch handeln und einen wichtigen Moment ungenutzt an mir vorbeistreichen lassen.

Ich trete hinter sie, löse die Binde und sage »Warte. Nicht umdrehen.«

Denn hinter ihr gehe ich in die Knie und hole den Ring hervor, den ich seit drei Wochen mit mir herumschleppe. Ich kenne Jekaterina noch nicht lange. Sie ist, wenn man es korrekt betrachtet, meine erste Freundin. Es ist meine erste feste Beziehung überhaupt. Und es fühlt sich richtig an. Zumindest in diesem Augenblick.

Mit dem Ring in der Hand bitte ich sie, sich umzudrehen.

»Ich werde dich nicht fragen, ob du mich heiraten möchtest«, beginne ich, als sie verblüfft vollkommen nackt auf mich herabblickt, »denn ich kann dich noch nicht jetzt heiraten. Zumindest nicht in nächster Zeit. Ich knie vor dir, um zu zeigen, dass du die Frau bist, die ich will. Die ich begehre, mit der ich in Zukunft zusammenleben und mein Leben teilen will.«

Ihre Augenbrauen ziehen sich etwas zusammen.

»Daher: Möchtest du als ersten Schritt meine Verlobte werden?«

Ich kann sie nicht heiraten, bevor ich nicht mit meiner Vergangenheit abgeschlossen habe, von der sie nichts weiß – niemals wissen soll. Zuerst werde ich mit Genia abrechnen. Evgenia! Warum ich immer noch ihren Spitznamen verwende, verstehe ich nicht. Ich hasse es, wenn ich mich dabei ertappe.

Auch wenn ich Jekaterina noch nicht heiraten kann, möchte ich sie an meiner Seite wissen. Dass sie versteht, dass sie die Eine für mich ist.

»Jetzt käme der Teil, in dem du etwas sagen solltest.« Ich blicke in ihr Gesicht. Sie kneift ihre Augen zusammen und atmet tief durch, bevor sie nickt und dann ihre Hand auf den Mund hebt.

»Ja, Makar. Ja, ich will deine Verlobte sein.«

Sie sagt wirklich ja. Innerlich atme ich auf, da mein Antrag schon etwas außergewöhnlich ist.

»Es soll vorerst nicht publik gemacht werden. Erst wenn es so weit ist«, antworte ich ihr und warte auf ihre Reaktion.

»Von mir wird keiner etwas erfahren. Ich schweige wie ein Grab. Es bleibt unser Geheimnis, was es noch interessanter macht.«

»Genauso sehe ich das auch.« Ich grinse, dann greife ich nach ihrer linken Hand und schiebe den Ring mit dem Saphir, der umgeben ist von Brillanten, an ihren Ringfinger.

»Ich weiß nicht, was ich sagen soll«, sagt sie leise, als sie ihre Hand mit dem Finger vor ihr Gesicht zieht und ihn näher betrachtet. »Er ist wunderschön. Danke.«

Ihr scheint der Ring tatsächlich zu gefallen, was mich sehr erleichtert, nachdem ich gefühlt zwei Stunden bei dem Juwelier verbracht habe, der mir immer neue Ringe zeigen musste. Es gab kein Limit, daher fand der Kauf kein Ende und ich war völlig überfordert. Delina hat sich für diesen Ring entschieden, ansonsten stände ich wohl heute noch in dem Geschäft.

Langsam erhebe ich mich, umfasse ihr Gesicht und küsse sie. »Ich danke dir, dass du den Antrag angenommen hast.«

Langsam öffnet sie ihre Lippen, sodass unsere Zungen miteinander verschmelzen und aus einem dankbaren Kuss ein hungriger wird. Meine Hände gleiten über ihren nackten Körper, erkunden jede Stelle, als sie mir das Jackett von den Schultern schiebt.

Geschickt knöpft sie mein Hemd auf, zieht es aus dem Hosenbund und lässt es auf den Boden sinken.

»Du bist das Beste, was mir je passiert ist«, wispert sie vor meinen Lippen, bevor sie in meinen Nacken greift und mich erneut küsst. *Das sollte sie nicht sagen, da sie mich nicht kennt.* Ich gleite mit meinen Fingern ihren Bauch hinab und taste mich bis zu ihrer Pussy vor. *Verdammt, sie ist bereits jetzt feucht, sodass ich in sie eintauchen kann.*

»Leg dich auf das Bett und warte auf mich«, raune ich ihr ins Ohr, kaum dass ich mich von ihren Lippen lösen kann. Ihr Lächeln zieht mich in ihren Bann, dann geht sie auf das Bett zu, um sich darauf hinzusetzen.

Ich hingegen steuere auf den Schrank zu, öffne ihn und greife nach vier Ledermanschetten. Zwei für ihre Handgelenke, zwei für ihre Fußknöchel.

Als sie sich vor mir kniend die Fesseln anlegen lässt und ich sie mit einer Kette über ihrem Rücken verbinde, wirft sie einen Blick über ihre Schulter.

»Du sagst mir, wenn es dir unangenehm wird«, flüstere ich ihr ins Ohr. Ich streife die losen Haarsträhnen ihres Pferdeschwanzes über ihre Schulter und küsse hinter ihr kniend ihren Hals.

Sie lässt sich unter meinen Berührungen fallen. Zugleich spüre ich, dass sie immer noch in Gedanken versunken scheint. Vermutlich wegen meines Antrages.

Ihre Hände auf dem Rücken fixiert mit ihren Fußknöcheln, hat sie kaum Spielraum, um mich zu berühren.

»Werde ich immer tun, das weißt du«, antwortet sie. Ich grinse, dann schiebe ich sie mit dem Oberkörper auf das Bett, damit ich ihren hübschen Arsch betrachten kann. Mit den Fingern streiche ich durch ihre Pussy, bevor ich mich herab beuge und mit meiner Zunge durch ihre Spalte gleite. Kaum treffe ich ihre empfindlichste Stelle, ihre Perle, beginnt sie zu seufzen. Es ist wie Musik in meinen Ohren. Ich befeuchte meinen Zeige- und Mittelfinger und lecke sie weiter. Sie keucht leise und zieht ihre Finger in den Fesseln zusammen.

»Du hast etwas vergessen.«

»Ja, mein geliebter Master«, korrigiert sie sich lauter atmend.

Sie ist für mich die Person, von der ich im Gefängnis geträumt habe. Manchmal halte ich es für Schicksal, für eine Belohnung, nachdem ich glaubte, mein Leben sei vorbei. Es ist merkwürdig, aber zum Teil glaube ich, musste ich durch das tiefe Tal gehen, um die Erkenntnis zu erhalten, was Glück, was Zufriedenheit, was Hoffnung und Erfüllung bedeuten. Ich habe all das definitiv in ihr gefunden. Es gibt nichts, was mich quält. Nur den Gedanken der Rache. Wenn dieser Punkt von der Liste gestrichen ist, kann mein Leben noch lebenswerter werden.

»o Bozhe«, höre ich von ihr, als ich ihren Kitzler fester mit der Zunge umspiele. Dafür kassiert sie fünf Hiebe. Es steht im Vertrag, dass sie nicht unaufgefordert zu sprechen hat, selbst wenn es ihre Lust zum Ausdruck bringt.

Ich steige aus dem Bett und überlege eine kurze Weile, ob ich die Gerte, den Flogger oder womöglich doch den Rohrstock nehme, vor dem sie sich am meisten fürchtet. Über ihre Angst zu regieren, ist etwas, das mich jedes Mal erregt. Also der Rohrstock – beschließe ich und hebe bestimmt mein Kinn. Ich weiß, dass sie in meine Richtung blickt, mir zusieht.

»Wohin sollst du blicken, dovol'no?« *Nein, das hast du nicht gesagt.* Das sagte ich zu Evgenia. Normalerweise benutze ich Kosenamen wie *meine Schöne, Darling, Liebling* und sehr selten *Baby.*

»Ich soll dich nicht anstarren, ich weiß.« Demütig wendet sie ihren Blick von mir ab. Stattdessen richtet sie ihn auf das frisch bezogene weiße Bettlaken.

»Dir ist klar, dass das Konsequenzen hat?«

»Ja, Master.«

Ich grinse, dann wähle ich doch die Peitsche. Vor dem Bett stehend, lasse ich den einen Meter langen Lederriemen durch meine Finger gleiten. Das Leder fühlt sich unglaublich gut an. »Ich möchte, dass du laut mitzählst.«

»Ja, Master«, erklingt es von ihr. Dann höre ich doch ein leises Kichern. Ihr Kichern wird ihr in der Kehle ersticken, wenn sie meine Strafe zu spüren bekommt.

Zwei Mal lasse ich die Peitsche neben ihr durch die Luft rauschen, bevor der erste Hieb ihre Pobacken streift. Gott, sie hat solch einen verdammt geilen Arsch. Jedes Mal, wenn ich sie in der devoten Haltung vor mir sehe, die leicht geöffneten Schamlippen und ihre schlanken Oberschenkel, kostet es mich Überwindung, sie nicht sofort zu vögeln. Aber sie liebt es, wenn ich die Führung übernehme. Sie weiß, dass ich diese Vorliebe niemals ablege. Ich kann mich noch jetzt daran erinnern, dass ich Wochen nach der Flucht auf eine Frau stieß, die ein Zimmer über mir in einem heruntergekommenen Hotel wohnte. Gegen Arbeit durfte ich im Hotel bleiben. Ich fegte die Parkplätze, mähte den Rasen, putzte die Flure. Da ich bis dahin keine Erfahrungen mit BDSM oder überhaupt damit, eine Frau sexuell zum Höhepunkt zu bringen, besessen hatte, war ich mit fünfundzwanzig ein absoluter Neuling. Sie brachte mir vieles bei. Am Ende stellte sich heraus, dass sie eine gelernte Domina war, die für drei Wochen in Baikonur, im Süden Kasachstans gelegen, einen Zwischenstopp bei ihrer Durchreise machte. Sie wollte nach Europa, warum auch immer. Shirin war sieben Jahre älter als ich und es brauchte einige Tage, bis ich sie ansprach. Danach nahm alles seinen Lauf und sie zog mich in die Welt des Bondage und Sadomaso. Langsam und auf eine beinahe witzige Art und Weise. Vor ihren Kunden wirkte sie knallhart, für mich nahm sie sich Zeit und erklärte mir alles. Das weiß ich, da ich einmal bei einer Session zusehen durfte. Ich meine, ich war jung und wollte so vieles aufholen. Und es gefiel mir. Bis mir recht schnell klar wurde, dass ich selbst eine Sub führen wollte. Dass nicht jede Frau dafür geeignet war, war mir bewusst.

Deswegen vertraute ich Jekaterina nach unserem Kennenlernen mit jeder Woche mehr meine Vorlieben an. Sie wollte sie ausprobieren, bis sie sich als die perfekte Unterwürfige für mich darstellte. Ich liebe die Sessions, die Spiele, die Macht über sie zu haben. Sie zu regieren und sie zu dem zu treiben, was sie sich wünscht. Meine Nähe, meine Anerkennung und Zufriedenheit. Sie macht es wirklich hervorragend.

Mit Shirin verbrachte ich damals zwei Wochen, bis sie irgendwann weiterzog. Die Frau werde ich nie vergessen. Sie war unterhaltsam, direkt, nahm kein Blatt vor den Mund und besaß zu ihren schmalen Augen kleine Locken, die ihr jedes Mal ins Gesicht fielen, wenn sie den Kopf schüttelte. Ich habe weder ihre Nummer noch anderweitig Kontakt zu ihr. Sie war eine besondere Frau in meinem Leben, aber keine, in die ich mich verliebte.

Als das glatte Leder Jekaterinas Haut streift, zischt sie: »Eins.« Bisher höre ich kein Zittern in ihrer Stimme. Weitere Hiebe folgen, härter als die vorherigen. Sie zählt mit, während es in meiner linken Hand kribbelt. Auf ihren Pobacken zeichnen sich bereits rote Striemen ab. Ich kann mit ihr mitfühlen. Dennoch werde ich sie bald von der Strafe befreien und sie in eine Belohnung übergehen lassen, die sie nicht vergessen wird. Kaum sind die acht Hiebe beendet, lege ich die Peitsche ab und lecke besitzergreifend über ihre heiße Haut.

»Spasibo, Master«, keucht sie und bettet ihre rechte Wange in die Kissen. Ich kann in ihren Augenwinkeln Tränen aufblitzen sehen. Als ich mit meinen Fingern vorsichtig in sie eindringe und sie blinzelt, beuge ich mich zu ihr vor. Mit dem Daumen wische ich eine Träne fort, die sich aus ihren Wimpern löst.

»Ganz zu meiner Zufriedenheit«, raune ich ihr ins Ohr. Mit der Zunge lecke ich über ihren Hals, sauge die Haut zwischen Ohr und Halsbeuge zwischen meine Lippen, was sie liebt. Das Zucken ihrer Mundwinkel formt sich zu einem Lächeln. Ich liebe ihre Art, ihr zartes Wesen. Sie ist so zerbrechlich und zugleich fügsam. Sie würde mir vermutlich jeden Wunsch erfüllen, sich jeder meiner Vorstellungen und Phantasien beugen. Was ich ihr anerkenne, aber nicht missbrauchen würde. Wie könnte ich einer Frau schaden …? Erst recht, wenn sie sich mir so fügt.

Ich öffne meine Hose, denn mittlerweile spüre ich die Geilheit. Jede Berührung ihres Körpers, der Geschmack ihrer Pussy auf meinen Lippen und der Anblick der Manschetten um ihre Gelenke machen mich umso mehr scharf. Ich könnte mit ihr machen, was ich will. Genau der Gedanke lässt meinen Schwanz noch härter werden.

Als ich meine Hose und Shorts ausziehe, lasse ich sie meine Schwanzspitze spüren. Ihr runder Arsch drängt sich näher in meine Richtung. Eindeutig ein Zeichen, dass sie trotz der Schmerzen nicht genug hat. Mit den Fingern umspiele ich weiter ihre Perle, befeuchte sie und dringe dann in ihre Pussy. Mit einem süßen, kehligen Stöhnen versinkt ihr Kopf in den Kissen. Sie gibt sich mir vollkommen hin, während ich erst zur Hälfte mit meiner Härte in sie eingedrungen bin. Am Nacken bekomme ich sie zu fassen und helfe ihr, sich aus den Kissen zu befreien.

»Ich will, dass du nach jedem Stoß sagst, wie sehr du mich liebst«, fordere ich sie auf. Ihr Nacken versteift sich. Dann jedoch nickt sie.

»Liebend gern, Master.«

Ich stoße meinen Schwanz komplett in ihre Weiblichkeit, die sich verdammt eng anfühlt. Ihre Pussy ist so wahnsinnig eng und erregend, dass ich mit zusammengebissenen Zähnen leise durchatme. Der erste Stoß in sie ist der geilste. Schon immer für mich gewesen. Meine Hoden zucken etwas.

»Ich liebe dich, seit ich dich das erste Mal sah«, sagt sie und beugt ihr Rückgrat durch. »Seit letztem Jahr in St. Petersburg auf dem Eröffnungsball der neuen Operette. Als ich dich auf der Bühne sah und dir der Bürgermeister der Stadt für deine Großzügigkeit dankte.«

Ja, wie könnte ich den Moment vergessen, als sie mich nach der Eröffnung des neuen Operettengebäudes ansprach? Es sprachen mich viele Menschen an, aber nur sie lenkte mein Interesse auf sich.

Ich dringe ein weiteres Mal in ihre Pussy ein, die mir gehört. »Und ich liebte dich bereits, als wir uns das erste mal küssten.«

Dass sie jedes Mal *mein Master* vergisst, ignoriere ich. Vorerst.

»Im Herbst letzten Jahres. Unter dem Pavillon. Es regnete wie aus Kannen, stürmte, und du wolltest mich sehen. Allein.«

Ja, nachdem ich sie ein paar Mal abgewiesen hatte. Es war nicht leicht für mich, mich auf eine Beziehung einzulassen. Aber sie blieb hartnäckig, bis ich sie mit einer Bedenkzeit vertröstete. Daraufhin meldete sie sich nicht mehr. Nach anderthalb Monaten konnte ich nicht länger warten. Ich wollte sie sehen. Sie treffen und in meiner Nähe wissen. Jeder Abstand zu ihr war eine Qual und ich ärgerte mich jeden Tag, sie vorerst zurückgewiesen zu haben. Diejenige, die mir gut tat, die mein Ebenbild und auf Augenhöhe mit mir war.

»Den Kuss werde ich nie vergessen, mein Master.« Wieder dringe ich in sie ein, bevor ich mich aus ihr zurückziehe.

»Warte kurz.« Ich rutsche vom Bett und kehre mit einem Seil, nicht dicker als acht Millimeter, zurück, zusammen mit einem Metallstück, dass ich schon immer verwenden wollte. Durch eine Öse des Analplug ziehe ich das Seil, verknüpfe es dann mit ihrem Pferdeschwanz und führe vorsichtig und mit warmem, nach Vanille duftendem Gleitgel den Plug in ihren Anus. Da sie mir ihren Arsch weiter entgegen schiebt, deute ich es als Zeichen, dass es ihr gefällt. Es macht mich tierisch an, den zu Wellen geformten Plug in ihren hübschen Anus zu schieben, dann das Seil festzuziehen. Als sie den Kopf zur Seite legt und ich ihre geöffneten Lippen sehe, weiß ich, sie wartet darauf, dass ich sie wieder vögele. Mit jeder Bewegung die sie macht, dringt der Plug tiefer in sie. Sie kann sich unmöglich von ihm befreien.

Ich umfasse ihre Hüfte, reibe mit meinem Schwanz zwischen ihren Schamlippen und dringe dann in sie ein. Es fühlt sich noch enger an. Noch intensiver. Mit tiefen Stößen nehme ich sie, lausche ihrem Keuchen, das in ein Stöhnen übergeht. Ich spüre, dass ich sie genau an dem Punkt reize, der sie kommen lässt. Mit den Fingern umspiele ich ihre Klit, würde sie am liebsten lecken, wenn mich nicht die Gier übermannen würde. Unter mir beginnt ihr Körper zu zucken. Ich reibe fester über ihre Perle, feuchter und mit mehr Nachdruck. Wie von Sinnen stöhnt sie plötzlich laut auf, was mich noch mehr anmacht. Ich vögele sie immer schneller und höre das Klirren der Ketten, sehe, wie sich der Plug in ihren Anus schiebt, von ihm umschlossen wird. Der Anblick ist unglaublich geil. Ich brauche nicht lange, bis ich die Hitze spüre, als sich meine Hoden zusammenziehen und ich mit einem tiefen Knurren, das in ein Stöhnen übergeht, in ihr komme. Zu gern würde ich sie küssen, mit den Fingern ihr Haar durchkämmen und über ihren Bauch streicheln. Ich atme zwischen geöffneten Lippen aus und wieder ein, dann ziehe ich mich wie auch den Plug langsam aus ihr zurück. Sie keucht leise.

Als ich sie von den Ketten befreit habe, lege ich mich zu ihr und ziehe sie in meinen Arm. Ihr Kopf ruht auf meiner Brust, während sie meine Hand sucht.

»Es war unglaublich. Alles. Ich …«

»Sch – genieß den Moment, meine Verlobte«, necke ich sie und küsse nun ihre Stirn, als sie zu mir aufblickt. Immer noch liegt das Seil lose um ihren Körper, die breiten Ledermanschetten umschließen ihre Gelenke. Sie rollt sich neben mir zusammen und schließt ihre Augen. Ich kann spüren, wie geborgen sie sich fühlt und jede Wärme von mir aufsaugt.

Mein Blick wandert zur Decke auf. Mit ihr kann ich glücklich werden, mit ihr bin ich ich.

NEUN

Evgenia

»Du scheinst dich sehr gut eingelebt zu haben.« Ich blicke auf die noch vollgestopften Kartons und das Wirrwarr im Haus. Dann wandert mein Blick zu dem Mann im Sessel, der ein Bier trinkt und seine Schweißfüße gediegen auf einem Hocker davor ablegt. Linda hingegen wuselt durch das Haus, als gäbe es kein Morgen mehr. Von der Küche zum Flur, wieder ins Wohnzimmer, dann in das Badzimmer. Sie packt alles aus, was ihr gerade im Weg steht, ohne Sinn und Verstand.

»Ja, es lässt sich allmählich hier aushalten. Wie geht es dir? Auch ein Bier?«, fragt mich mein Vater, als ich auf der noch in Frischhaltefolie eingepackten Couch Platz nehme.

»Nein. Mir geht es gut.«

Sein trüber Blick richtet sich auf mich. Hinter ihm sehe ich auf dem Kaminsims bereits Fotos von mir stehen. Während er nur wenige Bilder von diversen Errungenschaften und Wettkämpfen in meiner Jugend in seinen

Räumlichkeiten aufgestellt hat, hat meine Mutter ungelogen einen Schrein errichtet, der mir jedes Mal bei seinem Anblick Angst einjagt.

Ich sehe mich auf einem Foto, nachthimmelblaues Kleid, dazu das Dekolletee und den Rock mit Glitzersteinen übersät. die Arme von durchscheinendem Tüll umgeben, strecke ich gerade auf meinen glorreichen Schlittschuhen den Pokal der Weltmeisterschaft in die Höhe. Zwölf Jahre sind seitdem vergangen. Der Anblick macht mich jedes Mal traurig.

»Du siehst nicht aus, als ginge es dir gut. Was macht der Job?«

»Läuft.«

»Was macht deine Mutter?«, fragt er mich mit seiner brummigen Stimme. Mit seinem ungepflegten Bart und leicht ergrautem Haar an Schläfen und der Stirn blickt er mir fragend entgegen.

»Lebt. Was sonst? Warum rufst du sie nicht selbst an? Ich habe sie seit fünf Monaten nicht mehr gesehen.« Das war das letzte Mal, als ich hysterisch und aufgebracht ihre Wohnungstür hinter mir zugezogen habe. Sie kann solch ein Monstrum sein.

»Verstehe«, brummt er und genehmigt sich einen Schluck. »Linda, geh es langsamer an. Bring Evgenia etwas zu trinken.«

Ist sie seine Zofe?

»Wie sieht es mit Männern aus? Mal etwas Festes? Familienplanung? Hochzeit? Du bist in dem Alter«, fragt er mich schamlos und betrachtet das Etikett seiner Bierflasche.

»Was möchtest du trinken, Evgenia? Wir haben Wasser, Orangensaft und – äh, Tee ist auch da. Auch Milch, aber die sollte ich nicht anbieten. Bisher kam ich noch nicht zum Einkaufen«, sagt Linda wie aus dem Nichts. Sie ist ins Zimmer geschneit und zählt ihr reichhaltiges Getränkeangebot an den Fingern ab.

»Wasser reicht, danke«, wimmele ich sie genervt ab.

»Sag schon«, drängt mein Vater.

»Wie soll es schon aussehen? Selbst wenn ich etwas Festes hätte, würde ich es euch als Letztes mitteilen«, antworte ich ihm. *Sie haben nichts verstanden. In den gesamten Jahren nicht.*

»Jaaaa, die Antwort habe ich erwartet. Du hast uns nie einen Mann vorgestellt, immer nur gesagt, du hättest niemanden.«

Was auch stimmte.

»Was ist verkehrt daran? Ich bin Ende zwanzig und keine Mitte dreißig mit einer tickenden Uhr in meinem Kopf, die mich zur Vermehrung zwingt!«, rege ich mich auf. Allmählich läuft das Gespräch in eine völlig falsche Richtung.

»Es scheint, dass der Junge dir damals nicht nur dein Fußgelenk gebrochen, sondern auch deinem Verstand geschadet hat«, beginnt er eine Unterhaltung, die ich mir nicht geben will.

»Ihr habt ihn von mir ferngehalten!«, schleudere ich ihm die Antwort entgegen. »Er hat mir mein Fußgelenk nicht gebrochen, das war ich selbst.«

»Wärst du nicht zu ihm gegangen, wäre es nicht passiert«, antwortet er trocken. Verärgert blickt er von seiner Flasche auf, zieht seine Füße vom Hocker und schaut mir eindringlich entgegen. »Du solltest dein Leben überdenken.«

»Bitte, was?«, erwidere ich und springe von der billigen Couch auf.

»Du hast mich schon richtig verstanden«, brummt er und mustert mich von oben bis unten.

»Ich soll mein Leben überdenken, während du auf einer Müllhalde lebst? Dich von Linda bedienen lässt, als hättest du keine Beine? Ich habe mein Leben im Griff. Ich bin erfolgreiche Chefin eines Tochterunternehmens, habe Angestellte unter mir und verdiene ein Gehalt, das du nicht mal buchstabieren kannst. Bloß weil ich euch keinen Mann vorstelle, nicht auf heile Familie mache, zeigst du mir jedes Mal, wie unzufrieden du mit mir bist.«

»Ich bin auch unzufrieden, Evgenia!«, brüllt er mich plötzlich an und erhebt sich ebenfalls. Selbst Linda bleibt mit dem Wasserglas in der Tür wie vom Donner gerührt stehen.

»Du tauchst hier auf, nach zwei Jahren, erzählst mir, es gehe dir um uns. Deine Mutter triffst du sporadisch, du hältst nichts mehr von der Familie.« *Warum sollte ich auch!* »Bist du lesbisch?« *Bitte was?!*

»Nein!«, werfe ich sofort ein.

»Ist etwas bei dir diagnostiziert worden?« *Was soll diese Frage?*

»Ähm, was? Ich …« Schnell greife ich nach meiner Handtasche. »Es war ein Fehler herzukommen. Herzlichen Glückwunsch zum Hauskauf«, schleudere ich Linda entgegen, als ich an ihr vorbeieile. »Ich muss gehen.«

»Mensch, bleib hier!«, ruft mein Vater mir hinterher, was ich sicher nicht tun werde.

»Vergiss es! Ich hätte nicht herkommen sollen, weil du wie Mutter weiterhin verklärte Vorstellungen von meinem Leben und Erwartungen an mich hast. Ich habe keinen Mann, ich brauche keinen Mann! Ich bin ohne ein klassisches Familienleben glücklich!«, antworte ich ihm bissig. »Mir ist diese heile Welt scheißegal!«

Ich schlüpfe in meine Prada-Schuhe, dann angele ich den Autoschlüssel aus meiner Tasche.

»Du hättest viel mehr erreichen können. Einen reichen Mann, Ansehen, weitere Erfolge.«

»Fang nicht wieder damit an. Es ist vorbei, ja! Mehr als ein Jahrzehnt. Ich habe Erfolg in meinem Job.«

»Ein Witz«, kontert er, was mich rasend macht. Er schleppt sich noch mit seinem leichten Bierbauch bis zum Flur. Früher war er ein großer stattlicher Mann mit Charakter und Einfluss. Jetzt ist er bloß ein Schatten seiner selbst. Ungepflegt, in einem ausgeleierten grauen T-Shirt, Jogginghosen und mit Schlappen an den Füßen. *Wo ist der anzugtragende Mann geblieben?*

»Ein Witz? Es ist kein Witz! Ich verschwinde. Erwarte keine Anrufe oder Besuche mehr von deiner einzigen Tochter. Das war's vorerst. Heul dich bei Mama aus. Frohe Ostern!«

Mit einem lauten Knall ziehe ich die Tür hinter mir ins Schloss. Warum erinnert es mich genau an den Moment, als ich vor wenigen Monaten meine Mutter zum letzten Mal sah? Sie haben sich beide nicht geändert. Das werden sie wohl nie!

Verbiestert, engstirnig und intolerant in ihren Einsichten. Dann diese grausigen Fotos meines Erfolges, überall in ihren Zimmern! Ich kann sie nicht mehr sehen! Ich will sie nicht mehr sehen!

Verstimmt gehe ich auf meinen Wagen zu, einen A7, und steige ein. »Scheißtag!«, murmele ich, dann ziehe ich die Autotür zu. Warum akzeptieren sie nicht, dass ich glücklich mit meinem Job bin? Klar ist er nicht das, was ich wollte, aber kaum einer hat das erreicht, was ich erreicht habe.

Plötzlich klopft es an der Autoscheibe.

Linda steht davor und deutet mir, die Scheibe herunterzulassen – was ich auch tue.

»Nimm es dir nicht zu Herzen. Er hat seinen Job verloren und ist deswegen übellaunig.« Übellaunig? Ich könnte lachen, wenn es nicht zum Heulen wäre. »Komm wieder, ja? Von mir aus bist du jederzeit herzlich …«

Bla bla bla. Ich fahre die Scheibe wieder hoch, bevor Linda mir weitere Phrasen an den Schädel wirft und mich damit einzulullen versucht.

Neben ihr setze ich den Wagen zurück und verlasse die Auffahrt des gottverdammt maroden Hauses. Es dürfte Jahre dauern, bis es halbwegs hergerichtet ist. Warum sich mein Vater auf solch ein Projekt einlässt, ist mir ein Rätsel. Er ist bereits Anfang sechzig und sollte sich langsam zur Ruhe setzen. Was mich allerdings am meisten stört, ist seine Erwartungshaltung!

Als sei ich ein Kleinkind, das sich maßregeln lassen muss.

Rasant biege ich auf die nächste Auffahrt. Dass ich dabei einem Fahrradfahrer die Vorfahrt nehme, der dann auch noch stürzen muss, sehe ich nur im Rückspiegel. Selber schuld. Ich könnte ja anhalten, um zu fragen, ob etwas passiert ist, aber warum? Bei dem regnerischen Wetter hat kein Fahrradfahrer etwas auf der Straße zu suchen. Sollen sie die Bahn nehmen oder ein Taxi, nicht mein Problem.

Allerdings stellt sich wenige Minuten später das Problem dar, dass ich glaube, verfolgt zu werden. Ein dunkler Porsche folgt mir seit dem Kaff bis in die Innenstadt Moskaus. Immer wieder flackert mein Blick in den Seiten- oder Rückspiegel. Okay, behalte die Nerven. Ich verlasse die Hauptstraße und biege in Seitenstraßen ein, doch egal, wohin ich fahre, der Wagen folgt mir. Im Prinzip habe ich kein Problem damit, wenn mir jemand in einem teuren Wagen hinterher fährt, doch allmählich wird es unheimlich. Aber als ich in die Tiefgarage meines Wohnhauses einbiege, fährt der Wagen vorbei.

»Seltsam«, murmle ich und blicke mich um. Er ist wie aus dem Nichts gekommen und ebenso wieder verschwunden. Es macht mir etwas Angst, trotzdem ignoriere ich den Verfolger.

»Du hast dir alles nur eingebildet.«

FÜNFZEHN

Evgenia

ICH ZÄHLE ZWANZIG STRICHE

Das dachte ich. Doch es ergibt Sinn. Ja, es würde einiges erklären. Ich habe rücksichtslos den Fahrradfahrer umstürzen lassen, der nicht unter die Räder geraten wollte. Seitdem fuhr mir der Porsche hinterher. Ergibt das wirklich Sinn? Denn wer wartet schon auf jemanden, bis er einen Fehler macht, und verfolgt ihn dann?

In meinem Kopf herrscht das reinste Chaos, während ich mir die Finger reibe. Es ist so kalt. Ich spüre meine Fingerspitzen kaum noch.

Während ich in Erinnerung versunken bin, höre ich das Klacken von Schlössern. Allmählich habe ich es mir abgewöhnt, aufzustehen und meinen Entführer anzusprechen. Die ersten Male habe ich ohnehin wenig von ihm erkannt. Nur einen Bart, helle Haut und ein finsteres Gesicht. Er verschwand aus dem Verlies, kaum dass ich die Metallgitter erreicht hatte. Mit jedem Mal, so kommt es mir vor, ist er vorsichtiger. Gerade so, als ob er befürchte, dass ich ihn erkennen könnte. Es interessiert mich, ja, wirklich, aber nach mehr als zwanzig Strichen habe ich es aufgegeben, ihn identifizieren zu wollen. Wenn ich es bisher versuchte, erhielt ich kein Essen. Wenn ich apathisch sitzen blieb, schon. Also, was ist mir lieber? Ja, Essen zu bekommen. Daher rührte ich mich irgendwann nicht mehr vom Fleck. Ein Mal täglich kommt er vorbei.

Es ist immer dieselbe Person, die vorbeikommt, mir Essen durch den zehn Zentimeter hohen Spalt zwischen Gitter und Pflastersteinen schiebt, dann wieder geht. Manchmal kommt es mir vor, als käme er nur alle zwei Tage vorbei. Man verliert hier drinnen jedes Zeitgefühl. Und mit jedem Mal habe ich mehr Hunger.

Meine Nägel habe ich mir bereits abgepult, weil sie unangenehm lang geworden sind. Ich wünschte so sehr, es gäbe einen Ausweg. Ich wünschte, ich könnte frei sein.

Was jedoch zurückbleiben würde, wäre die Frage, warum ich hier bin. Diese Frage wird mich wohl, wenn ich keine Antwort erhalte, ewig verfolgen. Ich atme die feuchte Luft ein und blicke zu ihm.

Ich weiß, dass er mich ansieht, mich beobachtet. Schiebt er mir die blecherne Schüssel entgegen, geht er kurz darauf. Deswegen scheint er den Anblick zu genießen, bevor er mir das Essen hereinschiebt. Mittlerweile habe ich es mir verboten, ihn anzusprechen oder auch nur in Gedanken zu sagen: »Geh doch!« oder »Glotz nicht so!« Ich schaue ihn bloß an, spüre seine starke Präsenz und das Grummeln meines Magens.

Der Schatten hinter den Gitterstäben verbirgt vollkommen sein Gesicht. Nur das schwache Licht meines winzigen Fensters lässt mich ab und an einen Blick auf ihn erhaschen. Und das eher spärlich. Ich kneife meine Augen zusammen und warte geduldig wie ein gut dressiertes Tier, bis es seine Mahlzeit erhält. Vorwiegend ist es Brot, mal Wasser, mal Früchte. Lächerlich.

Angeblich soll man nach einer Woche hungern keinen Hunger mehr verspüren. Ob es stimmt? Mein Magen schreit vor Hunger, aber mit jedem Tag mehr bekomme ich kaum noch einen Bissen heruntergeschluckt.

Das erinnert mich an einen Hungerstreik vor über dreizehn Jahren. Ich wollte zu dem Geburtstag einer Freundin, Marina, während mich eine Trainingsstunde erwartete. Mitten in der Pubertät, mit vierzehn Jahren, wollte ich es mir ertrotzen. Ich hatte mehr als fünf Trainingseinheiten die Woche und ging zusätzlich jeden Morgen aufs Laufband. Und ich sah nicht ein, weshalb ich nicht – dieses eine Mal, nur dieses eine Mal – das Training ausfallen lassen und an dem Geburtstag meiner Freundin teilnehmen durfte. Einen Tag ein dreistündiges Training ausfallen zu lassen, würde mich nicht zurückwerfen. Meine Eltern sahen es jedoch anders.

Da half kein Hungerstreik von zwei Tagen. Ich durfte nicht zu dem Geburtstag. »Ändere deine Ansicht, deine Einstellung«, diese Worte bekam ich so oft zu hören. Aber es half, schließlich war ich jemand und hatte viel erreicht und große Ziele vor mir.

Ob er weiß, dass ich eine ehemalige Läuferin bin? Ob er meine Hintergrundgeschichte kennt?

Ich weiß es nicht.

Gerade in diesem Moment frage ich mich, wann ich mein goldenes Kreuz an der Kette um meinen Hals abgelegt habe. Ich trug es während jedes Auftrittes. Eigentlich immer.

ZEHN

Makar

Es ist Juni – *der 7. Juni!* – und allmählich erwacht der Sommer. Ich schaue von dem Podium auf die Eisfläche herab. Niemals hätte ich es für möglich gehalten, dass sie überhaupt noch die Eisfläche betritt. Nicht, nachdem überall bekannt geworden war, dass ihre Karriere beendet war. Natürlich wegen eines vorgetäuschten Publicitytricks. Ja, eigentlich wegen mir. Ich habe jede Zeitung gekauft, jede Online-Reportage, alles, was es zu Evgenia d'Ivoi aufzutreiben gab, gelesen.

Recht schnell wurde mir klar, dass ihre Eltern alles arrangiert hatten, um ihr Karriere-Aus überall bekanntzugeben. Dass es sich bei der Ursache um einen Knöchelbruch in Kasachstan handelte, wurde nicht bekannt. Es kam mir vor, als sonnten sie sich in ihrer Medienschlacht, denn die täglichen Reportagen überschlugen sich. Alles, während ich unwissend hinter Gittern saß.

Ich schaue ihr dabei zu, wie sie in ihren dunkelgrauen Leggings und in ihrem schwarzen, enganliegenden langärmeligen Shirt über das Eis fährt. Nie sah ich sie während der Wettkämpfe laufen. Es ist verrückt, aber wie berühmt sie war, erfuhr ich erst viel später. Sah ihr über Videos dabei zu, wie sie einen Preis nach dem anderen abräumte. Sie hat eine unschlagbare Ausstrahlung, die ihr kaum abzuerkennen ist. Selbst jetzt, während sie eher unspektakuläre Figuren und Drehungen macht, zieht sie mich mit ihren Bewegungen in den Bann. Als ich vor vier Jahren ihre Aufnahmen sah, war ich begeistert. Denn sie schwebt mit einer Leichtigkeit über das Eis, die kaum erahnen lässt, wann sie die nächste Drehung oder den nächsten Sprung macht. Sie hat diese unglaublich schlanken Beine und eine lockere, selbstsichere Art, sich auf der Eisfläche zu bewegen, die jeden glauben lässt, diese Bewegungen selber mit Leichtigkeit ausführen zu können.

Doch dem ist nicht so.

Relativ schnell sieht man, welches Training und wie viele Übungsstunden dahinterstecken, um wie sie über das Eis zu balancieren. Für mich ist es ein unfassbares Talent. Und nur deswegen schaue ich ihr jeden Montag und Samstag dabei zu, wie sie sich vollkommen in Gedanken und mit einer federleichten Schnelligkeit über das Eis bewegt. Sie läuft rückwärts, schließt ihre Augen, um unerwartet, im nächsten Moment eine Drehung hinzulegen. Ich habe ihre Trainerin kennengelernt. Melanikowa, die eine strenge Art besaß, sie dafür aber immer nach jedem Sieg umarmte. Immer wieder konnte ich es auf den Aufnahmen von Evgenia sehen. Ihre Trainerin, Anfang vierzig, mit kupfern gefärbtem Haar, das gelockt über ihre Schultern fiel, war gefragter denn je. Sie galt als die beste Trainerin des letzten Jahrzehnts. Dabei besaß sie kaum etwas Herzliches, sondern wirkte wie eine eiskalte Schönheit. Doch immer wieder stach ihr goldenes Kreuz um den Hals hervor. Ganz genau so eins, wie es Evgenia während jedes Laufs trug. Jedes Mal. Egal wie oft ich sie sah. Und dabei erinnere ich mich an die Treffen in Kasachstan mit ihr. Sie trug ihre Kette auch zu jedem Treffen. So wie auch ihr dunkles, beinahe pechschwarzes Haar immer zu einem aufwendigen Knoten zurückgesteckt war. Dass sie heute gefärbtes Haar hat, stört mich zwar wenig, aber ich verliebte mich in das dunkle, pechschwarze Haar und ihre glänzenden Augen. Sie ist heute kaum mehr wiederzuerkennen. Nur an ihren Schrittabläufen.

Als würde sie sich zur Musik von früher ihrem Publikum präsentieren, schlittert sie mit ihren Kufen über das Eis. Oder nein, sie läuft eher für sich allein. Sie wirkt so in Gedanken vertieft, so abgeschottet von der Welt, dass man glauben könnte, es würde sie verletzen, wenn man sie jetzt aus ihrer Welt holte.

Diese Begabung. Das Talent, Menschen in den Bann zu ziehen, nur mit einstudierten Bewegungen, das fasziniert mich noch heute. Immer noch ist sie schlank, trainiert und besitzt diese selbstischere lockere Ausstrahlung. Jedoch nur auf dem Eis. Woanders wirkt sie wie eine emotionslose Eisskulptur.

Sie hätte alles erreichen können. Einfach alles.

Unter mir sehe ich, wie sie weitere Menschen in ihren Bann zieht. Es sind nur fünf Personen anwesend. Es ist halb acht Uhr morgens, an einem Samstag. Die Chancen stehen ziemlich schlecht, dass weitere Besucher die Eisarena stürmen werden. Genau deswegen hat sie sich diesen Zeitpunkt ausgesucht.

Abgeschottet und für sich allein zieht sie ihre Bahnen. Bis auf das Personal schaut ihr niemand zu, nur ich. Es war ein leichter Deal, in die Arena zu gelangen.

Denn heute ist mein Tag. Der Tag der Abrechnung. Und ich werde nicht sanft sein. Auch nicht, obwohl ich beobachte, wie sie – zart wie ein Schmetterling – ihre Arme vom Körper streckt und mit geschlossenen Augen über die Kälte schlittert. So professionell, mit solch einer Grazie und beeindruckenden Leichtigkeit.

Ich sah sie lange nicht mehr von Nahem. Sah ihre blauen Augen nicht mehr, mit diesen leuchtend grünen Sprenkeln darin eingeschlossen. Ich erinnere mich noch an ihre langen dunklen Wimpern, ihre weichen mädchenhaften Gesichtszüge und diese Ausstrahlung. Mehr, als sie jeden Tag auf Aufnahmen zu sehen, auf denen sie siebzehn war, konnte ich nicht. Mit jedem Mal werden Erinnerungen vergangener Zeiten wach.

Warum stehst du noch hier oben? Bring es zu Ende! Ganz genau so eiskalt, wie sie es zu Ende gebracht hat.

Ich krümme die Finger um das Edelstahlgeländer, bevor ich tief durchatme und dann die Galerie verlasse.

Elf

Evgenia

Jedes Mal überkommt mich das Gefühl vergangener Zeiten. Jedes Mal, wenn ich mit meinen Schlittschuhen über das Eis laufe. Ich konnte endlich mit dem Besitzer der Arena verhandeln und darf nun jeden Samstagmorgen vor der Öffnung eine Stunde laufen. Und ich genieße es, nicht ständig um die tollpatschigen Menschen herum zirkeln zu müssen. Oder diejenigen, die glauben, rückwärts laufen zu können würde sie zu Kings auf der Eisfläche machen. *Solche Idioten.* Klar starren mich Menschen an, wenn sie mich sehen. Am schlimmsten ist es, wenn sie es sich herausnehmen, es wagen, mich anzusprechen.

»Sind Sie schon früher gelaufen?«

»Welch eine Begabung.«

»Haben Sie klein angefangen?«

»Ich kenne Sie von irgendwoher.«

Alles nervtötende Anreden, um mit mir in Kontakt zu kommen. Ich schmettere sie immer mit einem »Sie müssen mich verwechseln« ab, verschwinde von der Eisfläche, klemme die Silikonschoner unter die Kufen, damit sie nicht stumpf werden, und suche dann das Weite.

Aber heute ist es anders. Heute kann ich meine Figuren auf dem Eis machen. Die Biellmann-Pirouette, bei der mit den Händen eine Kufe umfasst und in der Drehung über den Kopf gezogen wird, beherrsche ich jetzt noch. Eines meiner Lieblingselemente. Ein Flip ist eine Leichtigkeit und selbst einen dreifachen Salchow und Rittberger kann ich noch im Schlaf. Was wohl daran liegt, dass ich jede Woche trainiere. *Warum?*

Nun ja, es würde mir etwas fehlen, wenn ich es nicht täte. Ich brauche es. Für mich ist dieser Sport wie eine Droge, von der ich einfach nicht loskomme.

Außer Atem verlasse ich nach einer Stunde die Eisfläche und streife mir die Schuhe von den Füßen. Durchgeschwitzt und wirklich glücklich, lächle ich dem Eis entgegen und gebe Dimitri ein Zeichen, dass ich gehen werde. Er nickt mir kurz mit seinem Basecap und seiner dunkelblauen Weste entgegen, dann schlüpfe ich in meine Sneakers und verlasse die Sporthalle. Vor der Tür erwartet mich der pure Sonnenschein. Allmählich wird es Sommer, das spüre ich.

Ich schaue zur Sonne hoch, die noch tief über den benachbarten Häusern hängt, dann suche ich das Café um die Ecke auf, von dem ich mir jedes Mal nach dem Laufen einen fettarmen Latte – natürlich laktosefrei – abhole. Der Typ, der ihn mir jeden Samstag überreicht, kennt mich bereits. Äußerlich eine *Vier*, wenn überhaupt, charakterlich aber eine *Acht*. Er ist immer freundlich, warum auch immer. Als würde er jeden Morgen Pillen schlucken, die ihm dieses überglückliche Lächeln ins Gesicht zaubern. Keine Ahnung wie er das bei seinem sicher schlecht bezahlten Job hinbekommt. Dieses Mal jedoch steht er nicht hinterm Tresen, sondern ein dunkelhaariger gutaussehender Mann. Vermutlich ist er neu eingestellt worden, da mir das Schild für eine neue Aushilfe bei jedem Betreten des Cafés förmlich ins Auge gesprungen ist.

»Wie üblich?«, erkundigt er sich, kaum, dass ich mit meiner Sporttasche das Café betrete, und ich nicke.

»Ja, wie immer, wenn Sie wissen, wie ich meinen Latte immer trinke.« Woher weiß der Neuangestellte, wie ich meinen Kaffee trinke?

Heute will ich den Tag zu Hause verbringen, meine Mails durchgehen, meinem Bruder, der sich in Mexiko aufhält, schreiben, dann erwartet mich eine Hochzeit. Ich will nicht auf diese Hochzeit gehen, werde aber beinahe dazu genötigt. Daher … in Ordnung. Mal vorbeischauen und nach zwei Stunden gehen wird mich nicht töten. Dabei weiß ich, dass sie nur wollen, dass ich ein teures Geschenk dalasse. Ronja und Sven sind so durchschaubar. Sie wissen, dass ich gut verdiene, daher erwarten sie von mir auch ein teures Präsent. Es wird ein Urlaubsgutschein. Sollen sie ihn für was auch immer verwenden.

»Hier, bitte schön«, stört mich der Typ Anfang dreißig mit dem Latte, während ich mein Handy nach neuen Nachrichten durchforste.

»Danke«, murmle ich, ohne aufzusehen. Ich schnappe mir den Becher, dann schiebe ich ihm 350 Rubel über den Tresen. »Stimmt so.«

Wieder an der frischen Luft, verstaue ich mein Handy. Es gibt nicht einen gottverfluchten Tag, an dem ich nicht mit Fragen meiner Sekretärin belästigt werde. Ich weiß ihre Arbeit zu schätzen, die vorrangig aus Fußnägel lackieren und Krankschreibungen besteht, aber sie ist zu nichts zu gebrauchen. Ständig weiß sie nicht, wo sich ein Ordner befindet, wo sie welchen Vertrag suchen muss. Gott sei Dank weiß sie, wo sich die Kaffeemaschine befindet. *Faule Kuh!*

Ich nehme einen Schluck von meinem Kaffee, dabei rempelt mich eine junge Frau mit ihrem Rucksack an. Ich schaue verärgert auf. Sie ist nicht einen Blick wert.

Ich gehe weiter und nehme einen weiteren Schluck. *Mann, meine Knie sind von dem Training lange nicht mehr so weich gewesen.* Ich komme mir vor, als hätte ich zehn Stunden auf dem Eis gestanden. Das Gefühl kenne ich eigentlich, aber heute …

Mein Blick verschwimmt und ich sehe die Häuser vor mir, als wären sie mit einem Weichzeichner bearbeitet worden. *Etwas stimmt nicht.* Der Kaffee sollte mich munter machen, doch nun komme ich mir vor, als würde ich wie Dornröschen vor der Spindel jeden Moment in einen tiefen Schlaf sinken.

Ich gähne, dann blinzle ich angestrengt. *Was passiert hier?*

Neben mir rasen Autos vorbei, ein Fahrradfahrer bahnt sich einen Weg zwischen den Menschen hindurch und ich höre meinen Puls in den Ohren rauschen. Kein gutes Zeichnen.

Ich nehme noch einen Schluck von dem Kaffee, was wohl ein Fehler war, denn keine zehn Sekunden später muss ich mich am Fenstersims irgendeines Fahrradgeschäftes abfangen. Alles wird schwarz. Aufgeregte Stimmen um mich herum übertönen selbst das Rauschen in meinen Ohren.

Irgendwann, ohne dass ich die Augen öffnen kann, hebt mich jemand auf seine Arme und verschafft sich mit einem »Aus dem Weg! Ne po puti.« Platz. So sehr ich auch gegen das Schwächegefühl ankämpfe, es bringt nichts und ich will lieber im Schlaf versinken, als es bloß in Erwägung zu ziehen, die Augen zu öffnen. Es kostet mich zu viel Mühe.

Unter meinem Rücken spüre ich das Holpern eines Wagens. Ich weiß weder, wie ich hierhergekommen bin, noch, ob mir etwas fehlt.

Und wieder lullt mich der Schlaf ein. Ich träume wirres Zeug, das mich laut Luft holen lässt, dann umklammere ich meinen Oberkörper und rolle mich zusammen.

Warum nur habe ich das Gefühl, dass derjenige, der mich in dieses Auto verfrachtet hat, mich nicht nach Hause bringen wird?

Etwas benommen zucken meine Lider. Ich strenge mich an, meine Augen offen zu halten, aber es kostet mich zu viel Kraft. Mit den Fingern taste ich über kühlen Stein. Ich spüre keine Last mehr auf meinen Schultern. *Meine Sporttasche,* denke ich, als ich den Kopf hebe und mich in meiner Umgebung umblicke. Nichts außer Dunkelheit und grauem Stein umgibt mich. Als sei ich in der Hölle gelandet.

Mein Kopf dröhnt, als ständen zwei Elefanten darauf, während ich einfach weiterschlafen will. Aber es interessiert mich viel zu sehr, wo ich mich befinde. Daher recke ich meinen Kopf in alle Richtungen. Weiterhin umgibt mich eine trostlose Verschmelzung von Schwarz- und Grautönen.

»Wo verflucht bin ich?«, flüstere ich und schleppe mich zur nächsten Wand, um meinen Rücken daran abzustützen, der schmerzt, als wäre ich ein Hochhausdach hinabgestürzt.

Ich stöhne leise auf, dann erahne ich ein silbernes Gitter, eine Art Zaun oder Sichtschutz. Dahinter … Ich strenge mich mehr an, um zu erkennen, wer sich dahinter befindet. *Ein Jemand. Ein Mann.*

Auch wenn es mich Mühe kostet, hieve ich mich von dem kalten Boden hoch und gehe auf die Abgrenzung zu.

»Wo bin ich?«, frage ich halb benommen und schwankend die Person hinter dem Gitter, die sich in der Dunkelheit verbirgt. Gott, nicht mal ein seekranker Passagier würde so elend taumeln, wie ich es gerade tue. »Sag mir, sag mir … wo ich bin. Was mache ich hier? Warum bin ich hier?«

Denn an mein Loft erinnern mich die vier Wände hier nicht im Geringsten. Sollte das ein billiger Scherz sein, werde ich den Idioten verklagen, ihn vierteilen und köpfen.

Meine Kehle ist rau, jedes Wort kostet mich Mühe.

Die dunkle Gestalt antwortet mir nicht, aber ich weiß, dass sie noch da ist. *Warum? Warum spricht sie nicht zu mir?*

Ich umklammere zwei der Metallstreben und presse mein Gesicht an den kühlen Stahl. Dabei bemerke ich kaum, wie scharfe Kanten in meine Haut einschneiden.

»Wo verflucht bin ich? Sag schon. Oder kannst du nicht reden? Hat es dir die Sprache verschlagen oder hat deine Mutter dir nicht beigebracht, wie man spricht? Wie man mit einer Frau spricht? Rede endlich!« Die letzten Worte kommen doch etwas wehleidig über meine Lippen. Lange habe ich nicht mehr gebettelt, klang weinerlich oder habe jemanden um Hilfe gebeten. Ich habe alles allein gemeistert. Immer. Seit vielen Jahren.

Okay, der Jemand will nicht mit mir reden.

»Das ist Freiheitsberaubung. Kriminell. Verboten!«, schimpfe ich stattdessen. Immer noch lässt mich die Person ihre gefühlskalte Ignoranz spüren. Dann verschwindet sie. Ich höre Schlüssel klappern und weiß zwei Sekunden später, dass ich allein bin. *Das kann nicht wahr sein! Was nimmt sich diese dumme hinterhältige Person heraus?*

»Gott, ich ...!« Doch ich spreche nicht aus, was ich ihr an den Kopf werfen will. Dafür brummt mein Schädel viel zu sehr.

Ich sitze weitere endlose Stunden in dem schäbigen Loch fest, bis ich wirklich begreife, dass ich hier nicht raus komme. Ich starre die Wände an, zähle zwei Insekten daran, die wohl mehr frieren dürften als ich, aber immer noch die Chance haben, zwischen den Ritzen hindurch in die Freiheit zu gelangen. Also, was soll ich tun?

Ich könnte demjenigen, der mich hier gefangen hält, Geld anbieten. Ich könnte ihn weiterhin anflehen, mich freizulassen. Ich könnte mich sogar nackt vor ihm ausziehen. Würde es etwas bringen?

Mich quält zum Teil die nagende Angst, dass der Jemand weitere Pläne mit mir hat. Er könnte mich körperlich verletzen, foltern, missbrauchen wollen. Andererseits treibt mich die unaufhaltsame Wut, ihn dafür büßen zu lassen.

Denn: Warum ich?!

VIERZEHN

Evgenia

ICH ZÄHLE SIEBZEHN STRICHE

Es sind siebzehn Striche, die ich in dem Rattenloch einen Schritt weit unter dem Fenster spüren kann. Warum ist es hier so dunkel? Ich würde mich selbst über Licht freuen, nur über etwas warme Sonne auf meinem Körper.

Wie ich es liebte, in der Sonne zu liegen. Wenn ich mir doch nur mehr Zeit für diese kostbaren Momente genommen hätte. Immer noch erinnere ich mich an Kyrill. *Warum gerade in diesem Moment? Ich weiß es nicht.*

Es war der erste Abend, an dem er mich küsste. Den Abend werde ich wohl nie vergessen. Kyrill strahlte so viel Wärme aus. Nur warum, warum erinnert man sich so lange an die erste Liebe? Warum prägt sie einen? Verblasst nicht in Gedanken?

Zeitweise frage ich mich, was aus ihm wurde. Hat er sein Studium abgeschlossen? Ist er nun ein erfolgreicher Jurist oder zu seinen Eltern gezogen? Ich weiß, dass er aus eher ärmlichen Verhältnissen stammte. Noch vor wenigen Tagen hätte ich jeden belächelt, der in lumpigen Billigklamotten um die nächste Ecke gebogen wäre oder das ländliche, alkoholabhängige Volk. Es ist kein Geheimnis, dass in Russland die Schere zwischen Arm und Reich stark auseinanderklafft. Es gibt sehr arme Menschen auf dem Land, die sich kaum über Wasser halten können. Selbst Kinder fangen bereits sehr früh an, Alkohol zu konsumieren.

Gott, Genia – hör auf, daran zu denken!

Ihm wird es sicher hervorragend gehen. Er wird mich vergessen haben und sicher schon verheiratet sein. Vermutlich zwei Kinder um sich haben und glücklich sein. *Ja, das würde ich ihm wünschen – sehr sogar.*

Mittlerweile hege ich keinen Jähzorn mehr, sondern würde es ihm gönnen. Jeder Mensch hat etwas Besseres verdient als ich.

Und nachdem ich wirklich jeden durchgegangen bin, dem ich Unrecht angetan habe, kommt es mir vor, als sei er es, dem ich am meisten geschadet habe. Ich kann mir nicht erklären wieso. Nur, dass der Tag im Krankenhaus in Kasachstan der Tag war, an dem meine Eltern wirklich alles getan hätten, um dem Jungen, den Hals umzudrehen. *Wären sie dazu fähig gewesen?*

Aber was hätten sie schon machen können? Wir verließen Kasachstan wieder und ich kam in meine heile Welt zurück. Aber …

Mit rauen Fingern streiche ich mir über die Lippen, als ich in der Zelle auf- und abgehe. Aber … was habe ich damals unterzeichnet? Ich habe nicht ein Wort gelesen. Es hätte genauso gut ein Mobilfunkvertrag sein können. Nein … Dumme Idee. Trotzdem würde ich meine Eltern am liebsten jetzt fragen wollen, könnte ich es.

»Ach …« Ich sinke auf die Knie, dann denke ich an meinen Bruder. Ob er nach mir sucht? Wohl kaum. Wir hatten in den letzten Jahren eher eine sporadische Beziehung. Er ist nicht mal mein Bruder. Eher Halbbruder und Sohn meines Vaters, der mit ihm schon lange abgeschlossen hat. Ich war nie die Freundlichste zu ihm. War ich das je zu jemandem? Wir hatten immer eine distanzierte Beziehung und als meine Karriere begann, wurde er in ein Internat verfrachtet. Gut möglich, dass er mir die Schuld dafür gibt. Allerdings habe ich ihm monatlich geschrieben, ihm Süßigkeiten mitgeschickt. Nein, ich war früher anders zu ihm und er tat mir leid. Ich habe mich immer um einen Kontakt mit ihm bemüht. Dass er jetzt andere Länder bereist, und glaub, dort sein Glück zu finden, kann nicht meine Schuld sein. Ich bin ihm natürlich in den letzten Jahren schnippisch gegenübergetreten, aber habe ihn früher, als wir Jugendliche waren, nie geärgert.

Mittlerweile glaube ich dennoch, dass die Liste der Menschen, die ich vergrault habe, kaum mehr auf einem A4-Blatt Platz haben dürfte. Und es tut mir leid.

Denn ich bin ganz allein an meiner ausweglosen Misere schuld. Allmählich glaube ich, ich habe es wirklich verdient, hier zu sein. Bekäme ich eine Chance: Ich würde alles ändern. Wirklich alles.

ZWÖLF

Makar

Ich habe sie dort, wo ich sie in meinen Gedanken schon immer haben wollte. In einem dunklen, nassen, abgeschotteten Raum, in dem ihr niemand helfen wird. Ihr dabei zuzusehen, wie sie wach wird, fasziniert mich am meisten. Ich bin gespannt darauf, wie sie reagieren wird. Ob sie sofort begreifen wird, dass es keinen Ausweg gibt.

Ich habe lange überlegt, wie ich das Verlies bauen lasse und wo. Fernab von Moskau, fernab jeglicher Zivilisation wird sie hier auf dem Land niemand finden. Sie gehört mir. Mir ganz allein. Und wird mir die Genugtuung verschaffen, mich an ihr rächen zu können.

Auf dem Boden, auf der Seite eingerollt, liegt sie immer noch so da, wie ich sie in die Zelle getragen und abgelegt habe. Sie hat sich nicht einen Millimeter gerührt. Ihr einer Arm liegt über ihren Kopf, der andere vor ihrer Brust angewinkelt. Ich weiß noch nicht, was ich mit ihrer Sportkleidung mache.

Es war der passendste Augenblick, Timur verkleidet als neu Angestellten im Café neben der Eisarena, das Evgenia nach jedem Training besucht, einzuschleusen. Ein loyaler Freund, der meine Absichten kennt und ihr liebend gern den Süßstoff in ihren Kaffee getan hat. Dass es sich dabei um keinen Süßstoff handelte, wird sie bald erfahren.

Auf der Straße bin ich unauffällig neben ihr hergefahren, habe jeden ihrer Schritte verfolgt. Wie ihr Gang wackeliger wurde, sie ihre Balance verlor. Dann aus dem Van zu springen und den Leuten auf der Straße zu erklären, dass ich sie kenne und sie einen Schwächeanfall hat, war leicht. Niemand wurde misstrauisch. Wie auch? Passanten laufen blind an sterbenden Menschen vorbei, schauen bei einem Messermassaker zu, ohne einzugreifen. Die Welt ist krank, verdorben und umgeben von Schaulustigen, die nicht handeln würden, sobald es um ihr Leben geht. Stattdessen boten sie mir sogar ihre Hilfe an. Lachhaft. Besser hätte es nicht laufen können.

Durch das Gitter ist schwer zu sehen, ob sie gerade ihre Augen geschlossen hält oder sie langsam öffnet. Denn es ist so finster, wie es in meiner Zelle in Kasachstan war. Licht werde ich keines anmachen. Niemals. Zu keiner Zeit. Sie wird lernen müssen, in der Dunkelheit zu leben. Sie wird sich an die Feuchtigkeit gewöhnen müssen. Auch, wenn sie der mörderische Hunger halb umbringt. Sie wird bald wissen, wie es ist, wenn man vor Rückenschmerzen kaum mehr sitzen und liegen kann. Alles wird schmerzen, ihre Arme, Schultern, Beine und ihr Kopf. Sie wird den Gestank hassen, bis sie ihn toleriert. Beinahe, und das sage ich gerade in diesem Siegesmoment ungern, tut sie mir leid.

Was sie erleben wird, wird eine harte Lektion für sie sein. Wir werden sehen, wie sie es meistert.

Nachdem sie mich mit vielen Fragen überhäuft hat, verlasse ich den Keller und sichere mich drei Mal ab, dass jede der drei Türen verschlossen ist. An der frischen Luft nehme ich den Anruf an. Jekaterina hat nun zum vierten Mal versucht, mich zu erreichen.

»Hey, was ist los?«, frage ich und wende mich ein letztes Mal zu dem Gebäude um, in dem *sie* sich befindet. Unauffällig, in einem Dorf, dafür in einem neu sanierten Bau mit einer schalldichten Isolierung.

»Makar, wo bist du? Ich habe gerade vier Mal versucht, dich anzurufen.«

Ja, ich bin dreißig Kilometer von Moskau entfernt.

»Ich bin noch unterwegs und werde erst in einer knappen Stunde zurück sein. Ist etwas passiert?« Ihre Stimme klingt sehr euphorisch, beinahe aufgeregt.

»Ja. Ich stehe gerade vor einem Schaufenster. In der Krasnopresnenskaya naberezhnaya 14 und es gibt dort … Nein, es ist falsch anzurufen. Wir haben bereits darüber gesprochen«, will sie das Thema umlenken.

Im Gehen klemme ich mein Handy zwischen Ohr und Schulter.

»Was siehst du dort? Sag es mir. Es ist nicht falsch, dass du anrufst«, versichere ich ihr und lächle, als ich die Fahrertür meines Wagens öffne, meine Sonnenbrille auf die Nase schiebe und auf dem Sportsitz Platz nehme. Der Van ist sicher in der Garage neben dem Haus untergebracht und der Porsche wartet hier seit wenigen Tagen auf mich, damit ich unerkannt zurückfahren kann.

»Ich sehe ein traumhaft schönes Brautkleid. Ich wollte es schon meiner Mutter zeigen und …«

Sie … Sie hat ihrer Mutter hoffentlich nichts davon erzählt? Es war ein Abkommen.

»Es ist schneeweiß, von Perlen und Glitzersteinen übersät, mit einem zarten Tüll und einem umwerfend weit ausfallenden Rock und einer umwerfenden Schleppe.«

Ich runzle meine Stirn und werfe einen letzten Blick zu dem Anwesen.

Sie kann nicht entkommen. Trotzdem plagt mich der Gedanke, dass sie es möglicherweise könnte. Morgen werde ich bei ihr vorbeischauen, wie jeden Tag. Ich weiß, dass ich eine Todsünde begehe, einem Menschen, das nehme, was ihm das Wichtigste ist: seine Freiheit. Aber das muss ich in Kauf nehmen. Wer hat mich aus dem Gefängnis geholt? Wer sich für mich eingesetzt? Niemand.

Ihr war ich egal. Ich verbrachte Jahre in dem Gefängnis! Allein! Bis ich das Klopfen meines Nachbarn hörte. Erst mit der Zeit und nur nachts, wenn uns niemand belauschen konnte, konnten wir uns unterhalten. Er saß bereits länger in dem Gefängnis, aufgrund eines Diebstahls. Er hieß Sergej Iwanow und verrottete zwei Jahre länger als ich im Knast. Was ich an ihm bewunderte, war seine Hoffnung. Er glaubte, freizukommen. Irgendwann. So begann er, mit bloßen Händen und einem abgenutzten Löffel, sich einen Weg ins Freie zu bahnen. Da er allerdings nicht wusste, in welche Richtung sich die Freiheit befand, stellte er zu spät fest, dass er in meine Richtung den Mörtel zwischen den

Steinen auskratzte. Jede Nacht legte er Stein für Stein frei und erarbeitete sich einen Weg in meine Richtung, bis ich von dem Schaben und Kratzen geweckt wurde. Es dauerte gefühlte zwei Wochen, bis er die Wand zu mir durchbrach.

Bis heute frage ich mich, wie seine Freiheit ausgesehen hätte. Wollte er die Mauer durchbrechen, um direkt im Meer Bekanntschaft mit den Fischen zu machen? Er, ein alter Mann. Älter als mein Vater. Ende sechzig, altersschwach, gebildet und mit so viel Mut und so viel weiser und intellektuell bewanderter, als ich es zu der Zeit war.

Wir schafften es gemeinsam, einen Weg zwischen unsere Zellen zu bahnen, kaum da ich begriff, dass es Hoffnung gab, endlich wieder mit jemanden kommunizieren zu können.

Früher waren die Gefängnisse anders als die von heute. Es gab keine Betonmauern, nur Gesteinsbrocken. Es kam mir damals vor, als sei das Gefängnis dreihundert Jahre alt. Gut möglich.

Jeden Abend verbachten wir zusammen. Jede Nacht, bis am nächsten Morgen ein Wärter die Türen unserer Zellen aufschloss. Es war heikel, riskant und potenziell tödlich. Aber wir wurden nie erwischt. Er hatte Rheuma, trotzdem war es ihm das Risiko wert. Nach unzähligen Abenden erzählte er mir von einer Insel. Einer Insel, auf der Schmuggler noch heute ihre Waren lagern. Sie sollte ein Umschlagzentrum für Waffen und Drogen sein. Und er wüsste, wo sie sich befände. Ich glaubte ihm nicht. Ich versah seine Erzählungen mit einem bloßen Lächeln. Aber warum hätte ich ihm auch glauben sollen? Ich hatte endlich Gesellschaft, verrottete nicht allein in einem Gefängnis und hatte jemanden, mit dem ich reden konnte – selbst wenn ich etwas an seiner geistigen Verfassung zweifelte.

Über die zwei Jahre hatte er sich Papier verschaffen können, auf das er eine Skizze malte. Ein Dokument auf einem Stück Zeitung, das er sich von einem Wärter ergaunert hatte und das zu einer wertvollen Schatzkarte wurde.

Denn er behielt recht. Er hatte mit allem recht. Es gab diese Insel. Ich fand diese Insel und alles genauso vor, wie er es mir geschildert hatte. Als Sergej starb – *Gott möge ihn beschützen* – wurde seine Leiche in einem alten Stück Stoff eingenäht. Er sollte direkt im Meer landen, ohne ein Grab zu erhalten. Aber lieber tot auf dem Meeresboden, als dass er in dem Gefängnis länger dahinvegetiert wäre. Ich kroch vor dem Abend durch unseren geheimen Durchgang und arbeitete an den nächsten drei Abenden an dem Ausgang zum Meer, der sich in Sergejs Zelle befand. Meine Finger bluteten, Schweiß rann mir die Wirbelsäule hinab, doch ich schaffte es. Das Erste, was mir auffiel, war die frische, reine Seeluft, die mir ins Gesicht schlug. Es war ein winziges Loch, nicht größer als meine Handfläche. Und ich genoss das kleine bisschen Freiheit.

Ich zog den schweren Felsbrocken näher zu mir, riss mir dabei die Hände weiter blutig, aber das war es mir wert. Hinter mir erklangen irgendwann die Schlüssel der Wärter. Es musste sechs Uhr morgens sein – Zeit für die erste Mahlzeit. Ich zögerte nicht lange und schob mich durch das enge Loch, nicht größer als einen halben Meter, dann sprang ich. *Wir hätten keine drei Tag mehr gebraucht, um frei zu kommen. Er und ich*, ging mir der Gedanke durch den Kopf. Dann wäre Sergej auch frei gewesen.

Wenn er den Mut besessen hätte. Denn ich sprang in eine graue finstere Masse aus Meer und Gesteinsfelsen hinab. Dabei überlegte ich nicht eine Sekunde, dass ich mit dem Kopf auf den Felsen aufschlagen könnte. Ich hatte Glück und landete im Meer. Im eiskalten Wasser. Ich glaubte, von der Kälte jeden Moment gelähmt und in die Tiefe gezogen zu werden. Mir raubte es die Luft zum Atmen.

Dabei sah ich weit entfernt das gegenüber liegende Ufer. Viel zu weit entfernt, um es erreichen zu können. Doch ich wollte es schaffen. Nach zwei Dritteln der Strecke konnte ich nicht mehr. Ich fügte mich in mein Schicksal und glaubte, zu ertrinken und als Fischnahrung auf dem Meeresboden zu verenden.

Irgendwann wachte ich am Strand angespült und vollkommen ausgelaugt auf. Alles schmerzte, sodass ich liegen blieb und weitere Stunden – so kam es mir vor –schlief.

»Wir hatten eine Vereinbarung, Jekaterina«, antworte ich ihr, als ich den Motor anlasse und ausparke. Mehrfach sichere ich mich ab, dass Genia nicht plötzlich am Tor des Gebäudes steht. *Solch ein Unsinn. Sie kommt nicht frei.* Dafür müsste sie drei Schlösser aufschließen können, deren Schlüssel nur ich besitze.

»Ich weiß, niemand sollte davon erfahren. Aber, Makar, es sind nun mehr als zwei Monate vergangen und meine Mutter fragte vor wenigen Tagen scherzhaft, als sie den Ring sah, ob wir beide verlobt seien. Was hätte ich sagen sollen? Sie anlügen? Ah ah, das kann ich nicht. Das weißt du. Und ich freue mich so sehr darauf. Auf die Hochzeit und darauf, es endlich meiner Familie mitteilen zu können.«

Ich biege in die nächste Seitenstraße ein, über mir strahlt die Sonne, als gäbe es kein Morgen mehr. Jekaterina überrollt mich mit dieser Information. Und ich weiß nicht, ob es nicht doch ein Fehler war, ihr zu sagen, dass ich sie heiraten wolle.

Ich mag sie, liebe sie wirklich, nur ist jedes Versprechen für mich mehr wert, als es Geld jemals sein könnte. Sie hat ihres gebrochen.

Ich wische mir übers Gesicht und streiche über meinen Bart, bevor ich einen langsameren Fahrer überhole.

»Es ist nun mal so passiert.«

»Kein Weltuntergang?«, fragt sie und ich höre, wie sich ihre Stimme aufhellt.

Ich hätte sie ohnehin nicht bremsen können. Außerdem möchte ich das auch nicht. Ich habe sehr lange über den Antrag nachgedacht und sie jetzt für ihre Vorfreude zu bestrafen, wäre nicht gerecht. Dann hätte ich ihr Wochen später den Antrag machen müssen.

»Nein. Mach ein Foto von dem Kleid und zeige es deiner Mutter. Wir werden uns heute nochmal zusammensetzen und demnächst einen Termin für unsere Trauung vereinbaren«, antworte ich ihr und sehe vor mir einen eher heruntergekommenen Jeep, der Holz transportiert.

»Meinst du das wirklich? Dann können wir mit den Vorbereitungen beginnen?«

Ein Lächeln wandert über meine Lippen. »Ja, können wir. Genauso, wie du es dir gewünscht hast.«

»Dann schreibe ich mir alles auf, was ich mir wünsche. Und du sagst, ob es zu kitschig ist, zum Beispiel pinke Luftballons in den Himmel aufsteigen lassen.«

»Gott, nein«, unterbreche ich sie und stöhne belustigt. »Kein Pink.«

Sie lacht mit diesem himmlischen Klang in ihrer Stimme, der mich immer an einen Frühlingsmorgen erinnert. Zart, sanft und zurückhaltend.

»Das würde ich dir nicht antun. Auf keinen Fall. Ich danke dir, Makar. Ich freue mich so sehr auf unsere Hochzeit. Es ist ein Wunsch, der in Erfüllung geht.« Kurz legt sie eine Pause ein. »Wir sehen uns gleich und ...« Sie macht eine erneute Pause. »Ich liebe dich.«

Für einen winzigen Moment schließe ich meine Augen und atme tief durch. »Wir sehen uns gleich, mein Liebling.«

Ich lege auf, um mich zu sammeln, da es für mich Welten sind, die ich gerade in meinem Kopf auseinanderhalten muss. Eine Hochzeit steht an. Auf der anderen Seite halte ich Genia gefangen – eine Frau, die ich früher abgöttisch geliebt habe. Nun heirate ich eine andere Frau, die mir das Gefühl, lieben zu können und Menschen zu vertrauen, zurückgeschenkt hat.

DREIZEHN

Evgenia

DER ERSTE STRICH

»Lass mich nicht allein! Nicht hier! Nicht jetzt!«, plärre ich und umfasse die Gitterstäbe fester. »Komm zurück! Sofort!« Ich würde sogar sagen: »Ich befehle es dir«, doch dafür fehlt mir der Mut. Mich beschleicht mit jeder Minute mehr eine beklemmende Angst, hier an diesem schäbigen Ort zu sterben. Oder womöglich niemals mehr das Tageslicht zu sehen.

Es stinkt modrig, dumpf und allmählich lässt mich eine unangenehme Kühle zaudern und etwas frösteln. Man sieht in dem Loch nicht mal die Hand vor Augen.

»Warum tust du mir das an?«, rufe ich in der Hoffnung, der Jemand würde sich endlich erbarmen und wieder zu mir zurückkehren. Wäre da nicht dieser lästige Kopfschmerz, würde ich vor Zorn versuchen die Wand oder das

Gitter einzutreten. Doch jeder Versuch – das weiß ich bereits jetzt – ist lächerlich und zwecklos. »Ich schwöre dir, das wirst du büßen! Bitter. Du kennst meine Anwälte noch nicht. Du hast keine Chance, jemals wieder lebend einen Fuß auf die Erde zu setzen, wenn ich mit dir fertig bin!«, spreche ich in Wut. Dabei merke ich von Sekunde zu Sekunde stärker, dass mir niemand zuhört. Meine Wuttiraden verlieren sich ins Leere, während mir kälter wird. Immer kälter. In meiner Sportbekleidung laufe ich auf das abartig kleine Fenster zu. Was soll das sein? Ein Schacht? Ein Spalt? Es ist ein Witz!

Gott – ich muss so dringend und sehe nicht etwas in der Form einer Toilette in diesem Verlies. *Scheiße. Verdammte Scheiße!*

Ich soll doch nicht in die Ecke des Verlieses machen? Was, wenn doch und er mir dabei zuschaut? *So weit kommt es noch!* Unmöglich. Lieber warte ich auf einen Blasendurchbruch, als mich vor seinen Augen hinzuhocken und mich zu erleichtern.

Dabei wird es minütlich unerträglicher. Aber ich will mir nicht dabei zusehen lassen, mir nicht die Blöße geben. Wieder gehe ich auf die Gitterstäbe zu, um das Dahinter näher zu betrachten. Gut möglich, dass hier noch jemand sitzt und mich im Auge behält. Was, wenn es nur eine Person ist, die mich hier irrtümlicherweise festhält? Sie müssen die falsche Frau gefangen genommen haben. Anders kann es nicht sein. Was habe ich schon verbrochen? Nichts.

Ich bin unschuldig. Vollkommen grundlos hier gelandet. Sie wollten sich sicher ein reiches Millionärsmädchen schnappen oder eine Ministertochter – doch nicht mich! *Ich? Ich habe doch nichts verbrochen.*

Hinter den Gitterstäben ist niemand auszumachen – keine Menschenseele ist zu sehen. *Merkwürdig.* Oder aber sie lungern hinter der massiven Metalltür dahinter herum, die ich nur schemenhaft erahnen kann.

Was mache ich bloß?

Ich halte durch. Wütend und müde zugleich schiebe ich mich von den Metallstäben zurück und nehme in der hintersten Ecke unter dem schmalen Fenster Platz. *Mann, ist das kalt.* Wenn ich mir eine Blasentzündung einfange, ist das ihre Schuld! Ganz allein ihre!

Und wenn es ihnen scheißegal ist? Was, wenn sie es einen Dreck schert und sich kein Mensch mehr hier blicken lässt?

Gott, nein – denk nicht daran, Evgenia. Jemand wird kommen. Jemand muss kommen. Schließlich will dieser Jemand etwas von mir.

Wenn bereits irgendwelche Lösegeldforderungen an meine Eltern überbracht worden sind, wäre das sinnlos. Sie haben keinen Rubel und könnten ohnehin nichts ausrichten. So traurig es klingt, aber ich habe keinen Menschen in meinem Leben, der erpresst werden könnte. Peinlich, oder?

Aber würde ich für eine andere Person Lösegeld zahlen, wenn sie gekidnappt würde? Ich weiß nicht.

Doch meine Eltern haben gar nicht die Möglichkeit dazu. Sie haben alle Preisgelder verprasst, noch bevor ich zwanzig wurde, sodass sie selbst das große Anwesen verkaufen mussten. Nein, es ist unmöglich, dass derjenige, der mich entführt hat, Geld für meine Freiheit von meinen Eltern bekommen wird. Unmöglich.

Was könnte es noch sein? Jork, der sich einen Spaß erlaubt? Er ist manchmal sehr lustig auf seine Art, aufgeschlossen und stets zu Scherzen aufgelegt, aber wenn er das ist, finde ich das überhaupt nicht komisch. Und … und wenn es jemand ist, der meine Vorlieben für BDSM teilt? Wenn es jemand ist, der glaubt, sich aus dem Ganzen einen Spaß machen zu können? Ich kann an den Fingern abzählen, wer es sein könnte. Denn es gibt nur wenige, die von meiner Vorliebe wissen. Ich weiß nicht einmal mehr, wie ich auf diese sexuelle Spielart gekommen bin. Es war mal ein netter Zeitvertreib mit Aleksey.

Er war ein Mann, den ich nach zwei Semestern an der Uni kennengelernt hatte und auf den ich mich einließ. Wir trafen uns das erste Mal in der Mensa. Er stand hinter mir und war so aufmerksam, meinen Kaffee nicht nur zu bezahlen, sondern ihn auch auf seinem Tablett mitzunehmen.

»Vergiss deinen Kaffee nicht«, sprach er fast schmeichlerisch in mein Ohr, sodass ich Gänsehaut bekam. Himmel, war ich zu der Zeit jung, erst einundzwanzig, während er bereits siebenundzwanzig war. Aber recht schnell verlor ich mich in seinem schön geschnittenen Gesicht, in den blauen Augen, den Grübchen in seinen Wangen und dem dunkelblonden Haar. Immer wenn er grinste, besaß er etwas Verwegenes. Ich liebte seine Art.

Nicht lange nach dem dritten *über den Weg laufen* tauschten wir unsere Nummern aus und verabredeten uns mit anderen Freunden auf einer Party.

Noch am selben Abend bemerkte ich, dass er nahezu umzingelt war von Frauen, denn er war intelligent, sah gut aus, hatte Charisma und besaß die Fähigkeit, andere in seinen Bann zu ziehen.

Doch an diesem Abend nahm er mich mit auf sein Zimmer der Universität und überfiel mich angetrunken auf seinem Bett. Irgendwelche abstrakten Bilder hingen an seinen Wänden, sein teures Fahrrad an der Decke und dann gab es dort noch eine schwarze Ledercouch. Ich legte mich auf sein Bett und er lag keine zwei Sekunden später über mir und küsste mich.

»Weißt du, was mir gefällt?«, fragte er mich, als er sich über mir erhob. Ich runzelte die Stirn und schüttelte den Kopf.

»Nein, was?«

Er stand auf, dann besah er mich mit einem Blick, den ich nicht deuten konnte.

»Sag schon. Mach es nicht so spannend.« Ich schob mich auf die Ellenbogen, obwohl sich sein Zimmer um mich zu drehen schien. Ich hatte viel zu viel getrunken.

»Auf das hier.« Er holte aus seinem Schrank ein Paar polierte Handschellen. Simpel und für mich im ersten Moment nicht angsterregend. Doch aus dem einfachen Spiel, ans Bett gefesselt zu sein, dem anderen willenlos ausgesetzt zu sein, wurde mit jedem Treffen mehr. Es kamen neue Spielzeuge zum Einsatz. Eine Federgerte, Augenbinden, Ledermanschetten, Vibratoren und einige interessante Dinge mehr. Er war durch und durch ein Liebhaber von BDSM und es machte mir keine Angst. Nein, zu der Zeit war ich neugierig und dummerweise bildete ich mir ein, die

Einzige für ihn zu sein. Obwohl er mir immer wieder sagte, dass er nicht der Beziehungstyp war, da es nicht in seiner Natur läge, fühlte ich mich immer schlechter. Ich wusste, er traf sich mit anderen, auch wenn es mir nicht gefiel. Da ich nicht die verklemmte Spießerin sein wollte, habe ich lange zugesehen, bis ich ihm sagte: »Ich kann das nicht mehr. Ich habe versucht, auf diese Art mit dir Zeit zu verbringen. Aber klopft es an der WG-Tür, steht bereits das nächste Mädchen dahinter, das auf dich wartet. Entweder, du entscheidest dich für eine Beziehung oder ich gehe.«

Sein Gesicht sehe ich noch jetzt vor mir. »Du stellst mir ein Ultimatum? Ich habe dir von Anfang an gesagt, dass ich nicht beziehungsfähig bin, Evgenia.« Dabei kam er auf mich zu, mit einem ungewissen Funkeln in seinen Augen. Teilweise wirkte er enttäuscht, teils angegriffen.

»Ich stelle dir kein Ultimatum. Wir beenden das, da ich das nicht kann. Ich kann nicht dabei zuschauen, wie du dich mit anderen Mädels triffst.« Und wieder klopfte es an der Tür des Gemeinschaftsraumes. Selbst er verdrehte die Augen, als er öffnete und eine Frau dahinterstand. Sie hatte blond gefärbtes Haar und war in Rock und Bluse, hatte sich Bücher unter den Arm geklemmt. Klasse, ich wusste genau, was sie studieren wollte. Sicher nicht den Buchinhalt.

»Warte kurz, Marija.« Er schlug die Tür zu und kam näher. »Du bist intelligent und von Anfang an etwas Besonderes für mich gewesen, daher habe ich anfangs Abstand von dir gehalten. Du verbringst Tage in der Bibliothek, bist an deinem Abschluss interessiert, während die anderen nur an Party denken. Ich wusste, es würde nicht funktionieren«, sagte er und das nicht gerade traurig. Er besaß eine Art, die mich alles vergessen ließ.

»Ich will dir kein Ultimatum stellen. Du kannst keine Beziehung eingehen und ich kann nicht länger eine von vielen sein. Ich sollte gehen«, antwortete ich ihm und tastete mit den Fingern nach dem Türknauf.

Er sog scharf die Luft zwischen den Lippen ein und blinzelte mir entgegen, wie er es öfters tat, wenn er sich unter Druck gesetzt fühlte.

»Dann lass es uns versuchen«, sagte er.

»Was versuchen?«, hakte ich nach und neigte meinen Kopf.

»Lass uns zusammen sein, nur wir beide.«

»Und du wirst keine andere mehr treffen?«

»Nein«, lachte er. »Das macht man nicht in einer Beziehung. Wir hängen nicht mehr nur ab, und haben nicht mehr nur unseren Spaß, sondern führen eine Beziehung.«

»Das kannst du nicht. Das hast du selbst gesagt«, konterte ich und musterte seine Gesichtszüge.

»Richtig, aber mit dir will ich es versuchen.« Dann umfasste er meine Wangen und küsste mich.

Es endete dennoch in einem Desaster. Er war – wie er selbst sagte – kein Beziehungstyp und nach knapp sieben Monaten betrog er mich. Danach kehrte ich ihm den Rücken zu.

Doch er war es, der mich immer mehr in die geheimnisvolle Welt des Bondage und der Lustspiele zog. Es war unglaublich, welche kostbaren Momente wir zusammen verbrachten. Nach ihm traf ich keinen weiteren Mann, der diese Kunst beherrschte. Vermutlich traf ich danach nur noch die falschen Männer, mag sein, aber in mir kam das Gefühl auf, plötzlich nicht mehr gut genug zu sein. Und ich hasste dieses Gefühl und hasse es auch jetzt noch.

Schläfrig schaue ich mich erneut in dem dunklen Kellerloch um, bevor ich mich dazu entschließe, mich hinzulegen und auf die Seite zu rollen. Dieses Narkotikum, das mir verpasst wurde, macht mich immer noch müde, selbst wenn draußen die Sonne scheint. Erst jetzt bemerke ich, wie mir Tränen über die Wangen laufen, als ich an Aleksey denke – an früher … *Es fehlt mir einfach nur etwas Schlaf, nicht mehr*, rede ich mir ein, bevor ich die Augen schließe.

Am nächsten Tag – zumindest glaube ich, dass es der nächste Tag ist – werde ich geweckt, als ein klapperndes Geräusch an meine Ohren dringt. Zu spät begreife ich, dass es eine Wasserflasche ist, die zu mir über die Pflastersteine rollt.

Wie gelähmt erhebe ich mich, wische mir über die Augen und streiche mein zerzaustes Haar aus dem Gesicht. *Verdammt, wie lange habe ich geschlafen?* Mir kommt es wie eine halbe Ewigkeit vor. Dabei ist der Boden kalt, mein Rücken schmerzt und ich sehe nicht mal einen Lichtstrahl, der sich durch das mickrige Fenster verirrt. *Ist es Nacht? Oder sehr früh am Morgen?*

»Trink«, dringt die tiefe Männerstimme an mein Ohr, kaum dass die Plastikflasche meine Fußknöchel erreicht hat. Ich schaue zu den Gitterstäben und sehe dahinter undeutlich ein Gesicht.

»Lass mich doch einfach wieder raus. Ich mache keine Probleme«, verspreche ich ihm. »Ich werde weder jemandem etwas sagen, noch zur Polizei gehen. Du hast mein Wort. Aber bitte lass mich gehen.«

Ein leises Stöhnen ist zu hören, bevor der Jemand verschwindet.

»Bitte!« Ich springe auf, wodurch mein niedriger Blutdruck mich kurzzeitig in den Wahnsinn treibt und mir schwarz vor Augen wird. »Komm schon. Ich habe nichts verbrochen. Du hast jetzt noch die Chance, mich ohne Konsequenzen gehen zu lassen. Bitte, lasse mich nicht länger in diesem Loch hocken.«

Ich gehe auf die Gitterstäbe zu und suche ihn. Doch niemand ist zu erkennen.

»Bitte. Es ist so kalt hier und …« Ich wende mich dem Inneren der Zelle zu, »nass und ich habe kaum Licht. Ich weiß nicht einmal mehr, welche Uhrzeit wir haben. Ich schwöre dir, ich werde niemandem von der Entführung erzählen. Niemandem«, spreche ich das letzte Wort gedehnt aus.

Ist er stumm? Behindert? Stottert er? Oder ist er bereits verschwunden?

Zumindest erhalte ich keine weitere Antwort und blicke stattdessen in die gnadenlose Finsternis, die mir allmählich Angst macht. Es ist rund um die Uhr dunkel an diesem Ort. Es erinnert mich an Kindertage, in denen ich die Kellertreppe hinuntergeschickt wurde, um etwas aus dem Vorratsraum zu holen. Ich zitterte jedes Mal so unglaublich sehr vor Angst und sah mich in jeder Ecke um, um mich zu vergewissern, dass kein Mörder oder Gespenst in den dunklen Ecken auf mich lauerte. Nun sitze ich schon eine ganze Weile in der Finsternis. Und es macht mir Angst. Große sogar.

Mit tränenverschleiertem Blick wende ich mich von den Gitterstäben ab. Selbst wenn er meine Tränen sieht, erweichen sie ihn nicht genug, um mich gehen zu lassen. Ich fahre durch mein Haar, das einem verworrenen Fischernetz gleichkommen dürfte, dann gehe ich wieder auf das Fenster zu.

Er wird mindesten zweimal die Woche vorbeikommen müssen. Kein Mensch hält länger als zwei bis drei Tage ohne Wasser durch. Ansonsten stirbt er. Zugleich habe ich solchen Hunger. Mein Magen gibt seltsame Geräusche von sich. Was gäbe ich für ein Frühstück in meinem Lieblingsrestaurant? Alles.

Auf dem Boden kauernd ertaste ich einen Stein, nicht größer als eine Murmel, den ich aufhebe. Wenn ich länger in diesem Verlies gefangen gehalten werde, sollte ich nach jedem Aufwachen oder sobald ich draußen etwas Sonnenlicht sehe, einen Strich unter das Fenster machen. Wer weiß, wie lange ich hier festgehalten werde. Sicher nicht länger als zwei oder drei Tage – zumindest wird es dem Jemand sicher lästig werden, hier mehrmals die Woche vorbeizukommen und mir Wasser zu bringen.

Und dass er mir Wasser gebracht hat, ist ein Zeichen, dass er mich nicht sterben lassen wird. Zumindest nicht gleich…

NEUNZEHN

Makar

»Was sagst du? Meinst du, wir sollten die Orlow neben Solojew sitzen lassen?«, fragt mich Jekaterina, die mit einer nervtötenden Hochzeitsplanerin im Veranstaltungsraum herumläuft. Die Planerin tut nichts weiter, als die Kosten in die Höhe zu treiben, während ich aus den geschwungenen Fenstern des barocken Festsaals schaue. Er liegt unmittelbar im Zentrum Moskaus, einer von mir verhassten Stadt. St. Petersburg ist meine Heimat.

Ein Schatten nähert sich mir von der Seite.

»Die Entscheidung überlasse ich dir«, antworte ich Jekaterina. Heute ist nicht mein Tag. Ich habe seit Monaten schlecht geschlafen. Ein böses Omen dafür, dass die Hochzeit doch eine falsche Entscheidung ist? Oder doch das schlechte Gewissen, Evgenia nunmehr siebenunddreißig Tage eingesperrt zu haben?

Sie lebt, sie durchleidet alles, was ich durchlitten habe, dennoch kommt es mir vor, als würde ich mich mit jedem

Tag selbst bestrafen, nicht sie. Ich vermute immer noch, dass sie nicht mal weiß, warum ich sie festhalte.

»In Ordnung. Wir setzen sie zusammen. Die Kinder kommen bitte an diesen Tisch. Tischnummer sechzehn. Genau dort drüben. Das dürfte alles so passen.«

»Wunderbar, einfach wunderbar«, dringen die Worte der Planerin an mein Ohr, die mich an meine ehemalige Lehrerin erinnert.

»Blumen haben wir bereits bestellt, das Tischservice ist bereits ausgewählt, die Stuhlhussen, das Banner …«, zählt Jekaterina an ihren schmalen Fingern ab, während ich auf die Stadt blicke. Es ist später Nachmittag und bald gegen sechs Uhr. Ich sollte zurück zu Evgenia, um zu sehen, dass sie noch lebt und ihr Essen vorbeizubringen. Sie isst in letzter Zeit immer weniger, eigentlich kaum mehr.

»Nimm es mir bitte nicht übel, lyubimets, aber ich habe noch einen wichtigen Termin. Wir treffen uns später in deiner Wohnung«, verspreche ich ihr, als ich ihren etwas enttäuschten Blick sehe. »Wir sind bereits drei Stunden hier und es wurde alles geplant, wie du es dir vorgestellt hast. Falls du Änderungen wünschst, hat Madame Blinowa sicher morgen Zeit für dich.«

»Richtig, Sie können sich bei Fragen immer an mich wenden. Möchten Sie morgen, dass die Blumen pfirsichfarben sind, lässt sich das noch alles arrangieren. Nur bis Freitag muss ich alles wissen, damit nichts schiefläuft. Und es soll auf solch einer prächtigen Hochzeit nichts schieflaufen, nicht wahr?«

»Wie recht sie haben«, antwortet ihr Jekaterina und dankt ihr für ihre Hilfe. Danach verabschiede ich mich mit einem Kuss von ihr.

»Heute Abend, nur wir zwei«, raune ich ihr ins Ohr.

»Wenn du den Bart bis dahin loswirst, ja.«

»Nein«, erwidere ich ihr. »Der bleibt bis zur Hochzeit stehen.« Ich zwinkere ihr entgegen, greife nach ihrer linken Hand und gebe ihr einen Kuss auf den Handrücken. »Ich werde nicht lange brauchen.«

Sie nickt und lächelt mir freudestrahlend entgegen. Wie immer sitzt ihr dunkles Haar perfekt. Sie trägt nahezu jeden Tag eine andere Frisur, das Haar selten offen.

»So lange werde ich mich noch gedulden.«

»Wie romantisch«, wirft die stupide Planerin ein, was mich innerlich die Augen verdrehen lässt.

Als ich den großen Prachtsaal verlasse, in dem bereits Handwerker Glühbirnen in den Kronleuchtern austauschen, höre ich von Jekaterina noch die Worte: »Er plant sicher eine Überraschung für mich, deswegen ist er seit Wochen so geheimnisvoll. Ich liebe diese Art an ihm.«

Wenn sie wüsste.

An der Tür angekommen, begegne ich zwei von Jekaterinas Freundinnen – sie sind wie meistens aufgedreht, aufdringlich und kaum zu stoppen in der Planung.

»Das wird ein Traum werden. Wirklich. Wenn oben die silbernen Kugeln an der Decke hängen und die Blumenbouquets auf jedem Tisch stehen, dazu die Lichterketten, sieht es aus wie in einem Märchenland«, sagt Miljena zu Natalja, bis sie mich entdecken und stehen bleiben.

»Hey, Makar, willst du schon gehen?«, fragt mich Miljena mit ihren süßem Blick.

»Ganz danach sieht es aus. Ihr kommt allein zurecht. Dabei braucht Jekaterina meine Hilfe nicht mehr.«

»Sag das nicht, ihr ist deine Meinung wichtig«, fügt Natalja hinzu und lacht. »Ihr seid *das* Traumpaar. Die Hochzeit wird wunderschön werden.«

»Sie hat in dir den besten Traummann gefunden.«

Allmählich sind es mir zu viele Wörter, die mit *Traum* beginnen, sodass ich mich lächelnd an ihnen vorbeischiebe.

»Ihr Mädels könnt das ohnehin viel besser als ich. Davon bin ich überzeugt.«

Sie nicken, dann umarmen sie mich, um sich von mir zu verabschieden, und ich kann kurz darauf die Stufen zum Haupteingang des Gebäudes hinabgehen.

»Wir werden dir zeigen, wie viel besser wir das können, schließlich kommt auch die Presse«, ruft mir Miljena hinterher. »Und da muss alles perfekt sein.«

Ganz genau das ist es, was mich am meisten stört. Ich brauche keine Reporter, die von unserer Hochzeit Wind bekommen haben. Aber klar, Jekaterina ist die Tochter eines Abgeordneten. Daher nicht unbekannt. Doch mir länger darüber Gedanken zu machen, bringt nichts. Stattdessen suche ich Timur auf, der vorm Haupteingang eine raucht.

»Du siehst fertig aus. Strengt dich die Vorbereitung etwa an?«, fragt er und lehnt gelassen an der Hausfassade, dann stößt er Rauch zwischen seinen Lippen aus.

»Wir sollten losfahren und nach ihr sehen.« Er ist eingeweiht und weiß, dass ich Evgenia gefangen halte. Er ist mein bester Freund, den ich nach meinem Ausbruch aus dem Gefängnis in Russland kennengelernt habe. Seitdem weicht er mir kaum von der Seite. Er arbeitet für mich, für mein Imperium, das ich mir aufgebaut habe, und ist einer der wenigen Menschen, denen ich vertraue. Mit seinem dunkelbraunen Haar, dem eher schmalen Gesicht und dem zum Teil wissbegierigen und sarkastischen Blick folgt er mir ergeben überall hin.

»Dann sollten wir das tun. Möchtest du fahren oder soll ich?«, bietet er mir an. »Schließlich bezahlst du mich. Andererseits weiß ich, dass du deine Luxusgefährte gern selber fahren möchtest.« Er nickt in Richtung des geparkten Lamborghini.

»Ich fahre. Was soll die Frage? Hast du unsere Konten gecheckt und Delina bereits Bescheid gegeben, dass sie sich vorerst um das Bauvorhaben kümmern soll? Wenn ich verreise, kann ich den Architekten kaum auf die Finger schauen und ich möchte …«

»… dass alles so umgesetzt wird, wie du es dir wünschst. Ja, habe ich. Sie hat alle Befugnisse und kümmert sich um das Bürogebäude wie auch um das Kinderheim. Mann, wirkst du angespannt.«

Wie sollte ich das auch nicht sein? Die Hochzeit war erst nach Evgenias Lehre geplant, nicht jetzt. Nicht zu einem Zeitpunkt, an dem ich schlecht verreisen kann und ein Auge auf sie haben muss. Jekaterina hat mit ihren Eltern bereits die Flitterwochen geplant, was mir nicht gefällt. Aber es länger hinauszuzögern, bringt auch nichts.

»Bin ich auch, da alles nicht nach Plan läuft«, antworte ich im Gehen und entriegele meinen Wagen. »Ich wollte alles getrennt halten. Die Hochzeit sollte erst nach Genias Bestrafung stattfinden.«

»Du nennst sie wieder so«, fällt mir Timur ins Wort und öffnet die Beifahrertür.

»Was meinst du?«, frage ich ihn im Wagen.

»Öfters nennst du sie bei ihrem Spitznamen. Sie tut dir leid, seit Tagen. Sieh es doch ein. Du hattest deine Rache, deine Vergeltung. Es ist mehr als ein Monat vergangen, seit du sie entführt hast.«

Ich starte den Motor und blicke in seine Richtung. Mit seinen grünen Augen wirft er mir einen fragenden Blick entgegen.

»Was?«, frage ich zurück.

»Willst du sie nicht gehen lassen? Willst du sie wirklich die fünf Jahre, die du in Kasachstan einsitzen musstest, verrotten lassen?«

Ich fädele mich in den Straßenverkehr ein. Nein, ich könnte keinen Menschen, nicht mal sie, solch eine lange Zeit einsperren. Niemand hat das verdient.

»Bisher war es noch nicht lange genug.«

»Sicher. Weil sie dir viel mehr Zeit gestohlen hat.«

»Die Diskussion hatten wir bereits«, antworte ich ihm knapp, bevor er wieder beginnt, mit ihr Mitleid zu bekommen.

Neben mir angelt er sein iPad aus der Tasche und öffnet die Ansicht der Überwachungskameras, die das Gelände des Gebäudes, in dem Evgenia gefangen gehalten wird, aufnehmen.

»Sie wird nicht mehr lange dort sitzen.«

»Für meine Begriffe hat sie sich geändert. Das ist doch genau das, was du wolltest.«

Ich schnaube und biege dann auf die Kreuzung ab. »Das sehe ich nicht so. Wenn sie freigelassen wird, wird sie immer noch jedem, den sie verabscheut, hochnäsig und arrogant gegenübertreten.«

Sie ist zu einem wahren Biest geworden.

»Das weißt du nicht. Nur pass auf, dass es dich nicht verändert. Ein Monat Gefangenschaft ist eine lange Zeit. Wenn du sie freilässt, wird sie vieles ändern, das verspreche ich dir. Das menschliche Hirn ist lernfähiger, als du glaubst. Sie hatte genug Zeit, um alles zu überdenken. Vielleicht ist sie sogar darauf gekommen, dass sie dir Unrecht getan hat?« Er blickt zu mir und zuckt mit den Schultern. »Sie ist nicht blöd. Sie wird sich daran erinnern, dich in den Knast gebracht zu haben. Das kann keiner vergessen.«

Selbst wenn sie sich daran erinnert, wird sie mich nicht mehr wiedererkennen.

»Ich will nichts Überstürztes tun. Denn ich werde sie kein zweites Mal einfangen. Ich habe lang genug auf den Moment gewartet, ihr das heimzahlen zu können, was sie mir angetan hat. Sie hat mir meine Freiheit, meine Hoffnung, mein Leben gestohlen. Ich kann sie nicht so einfach gehen lassen. Was aus ihr in all den Jahren geworden ist, ist ein weiterer Grund, sie länger einsitzen zu lassen«, antworte ich ihm und gebe Gas, kaum dass wir Moskaus Randbezirke verlassen haben. »Nein, ich denke nicht, dass sie so weit ist, Reue zu zeigen.«

»Was, wenn sie sie nie zeigen wird?«, hakt Timur nach und verstaut dann sein iPad. »Es ist alles sauber. Niemand ist auf dem Gelände zu sehen, bis auf einen Fuchs. – Es gibt Menschen, die ändern sich, ja. Und es gibt die Sorte Menschen, die ändern sich nie. Wenn sie erfährt, wer ihr das angetan hat, wird sie eine Horde Anwälte losschicken. Du könntest wieder im Gefängnis landen.«

»Wie oft sagst du das nun?«, frage ich ihn lächelnd und blicke zu ihm rüber, als wir durch einen Wald rasen. »Ich weiß, was ich tue. Ich weiß, dass ich dafür wieder hinter Gittern lande könnte. Aber das werde ich nicht, weil sie nie erfahren wird, wer sie eingesperrt hat.«

Das siegessichere Gefühl, die Kontrolle zu haben, verschafft mir Frieden, um mit der Sache abzuschließen.

In einer Seitenstraße neben dem Gebäude steigen wir beide aus und suchen wie immer den Eingang auf. Das winzige Fenster, das ihr bleibt, befindet sich direkt gegenüber vom Hauseingang Richtung Wald. Es dämmert bereits und die ersten Sterne funkeln über den wenigen Gebäuden des Dorfes, das abgelegener nicht sein könnte. Ich halte Timur, der im Flur warten soll, die Tür auf, dann steige ich die Kellerstufen hinab. Mit einem Stück getrocknetem Fleisch und Brot in der Hand – nicht mehr, als ich früher erhalten habe.

Ich schließe die erste Feuerschutztür auf, durchlaufe einen dunklen Gang, den ich bereits in- und auswendig kenne, bevor ich die zweite Metalltür öffne und dann meine Schritte mäßige. Ich will sie nicht verschrecken, sie auch nicht wissen lassen, dass ich anwesend bin.

Als ich dritte Tür leise öffne und den Zellenbereich betrete, sehe ich sie schlafen. Es gab öfters Momente, in denen ich glaubte, sie sei tot, weil sie am Boden lag.

Doch mit jeder Sekunde, die vergeht, kann ich deutlicher ihre Atemzüge hören. Der Traum ist ein Ort, der einen die Geschehnisse um einen herum vergessen lässt. Genau der Ort, um frei zu sein.

Nachdem ich ihr eine Weile beim Schlafen zugesehen habe, atme ich lauter durch. Ich sage es ungern, aber sie ist äußerlich immer noch die Frau, die junge Frau, die ich in Kasachstan kennengelernt habe. Jedes Mal, wenn ich sie besuche, wird sie ihr ähnlicher. Sie erinnert mich immer mehr an früher.

Und beinahe, auch wenn ich es nicht laut aussprechen möchte, finde ich sie genauso hübsch und anziehend, wenn ihre Lippen kein Wort verlässt. Ihre hilflose Lage macht es mir noch schwerer, bei klarem Verstand zu bleiben. Schließlich war sie meine erste Liebe. Das erste Mädchen, das ich geliebt habe, auch wenn wir uns nur wenige Tage kannten. Ich möchte so oft die Uhr zurückdrehen und sie fragen, was passiert wäre, wenn ihr Knöchel nicht gebrochen wäre. Was wäre aus uns geworden? Klar waren wir jung, dennoch … Ein Teil von mir hätte zu dieser Zeit alles versucht, um sie wiedersehen zu können. Ein Teil … der, wie ich befürchte, immer noch in mir existiert.

»Steh auf. Und iss!«, werfe ich ihr dir Worte an den Kopf, nachdem ich die Verliestür zum ersten Mal geöffnet und ihr das Brot wie auch das Fleisch in einer sauberen Schüssel in das Zelleninnere geschoben habe. Schnell schließe ich die Tür wieder und warte ab, was passiert. Dabei verziehe ich mich in die Dunkelheit.

Sie regt sich zuerst kaum, sondern scheint nur zu blinzeln. Vielleicht hat Timur recht. Ich hatte meine Genugtuung, meine Vergeltung. Ich sollte sie nicht länger in diesem Keller festhalten. Sie bewegt sich nicht, trotzdem weiß ich, dass sie wach sein dürfte. Ihre Sportbekleidung ist bereits von Löchern übersät, sie dürfte sicher um die zehn Duschen brauchen, um sich überhaupt wieder als Mensch zu fühlen. Und ihr Haar … In der Dunkelheit erinnert es mich an das dunkle Haar von früher.

Als sie sich nicht erhebt oder irgendwie rührt, seufze ich leise. So leise, dass sie es nicht hört. *Du bekommst kein Mitleid.* Ich frage mich, wie es die Wärter jeden Tag in dem Gefängnis, in dem ich einsaß, aushielten. Waren sie aus Stein? War es ihnen egal, ob die Insassen litten oder starben, so wie Sergej? Sergej, dem ich so viel zu verdanken habe. Es sind nun Jahre vergangen, dennoch denke ich stets an seinem Todestag an ihn, wie auch, wenn ich zu der Insel fahre. Zu der geheimen Insel, von der ich ohne ihn nichts wüsste.

»Jetzt iss schon«, sage ich, als ich mich von den Erinnerungen trennen kann. Mir bleibt nicht mehr viel Zeit. In einer Stunde muss ich mich mit Jekaterinas Eltern treffen. Ihrer Mutter geht es zwar nicht besser, trotzdem hellt sich ihre Stimmung jeden Tag mehr auf, was wohl an der nahenden Hochzeit liegt. In sieben Tagen wird es so weit sein und ich heirate meine Geliebte.

Ich weiß nicht, was sie tun oder sagen würde, wenn sie von Evgenia und der Gefangenschaft wüsste. Sie würde mich verurteilen, auch wenn sie mich wie einen Gott anhimmelt.

Als sich Evgenia wieder nicht rührt, würde ich am liebsten in die Zelle gehen. *Ist es ein Trick? Eine List? Oder fehlt ihr etwas?*

Ich ziehe die Augenbrauen zusammen und sauge scharf die Luft ein. Sonst erhob sie sich immer und war hungrig oder durstig. Als ich eine Wasserflasche in das Verlies rolle, die gegen sie stößt, bewegt sie sich immer noch nicht.

Verdammt! proklyataya, was wenn sie krank geworden ist oder doch stirbt? Ich hasse sie für das, was sie mir angetan hat, doch sterben lassen wollte ich sie nie.

Ich schlucke hart und streiche mir über meinen Bart, der mir bereits bis über die Hälfte des Halses gehen dürfte. Ich habe ihn absichtlich wachsen lassen, damit sie mich nicht erkennt.

»Mach schon!«, rufe ich lauter durch die Metallstreben. »Trink schon!«

Ich höre sie schwach atmen, dennoch bleibt sie auf dem Boden liegen, der eiskalt sein dürfte.

Ohne lange zu überlegen öffne ich die Tür des etwa fünfzehn Quadratmeter großen Verlieses und ignoriere den Gestank, gehe neben ihr in die Knie, um sie an der Schulter zu mir zu rollen.

»Wach auf!«, sage ich bestimmend. Ich drehe sie auf den Rücken. Ihr Haar ist vollkommen verfilzt, ihr Gesicht und ihre Hände sind verschmutzt. Aus dem Augenwinkel sehe ich gerade so die Striche unter dem Fenster. *Ganz genau so, wie ich sie in meiner Zelle in Stein eingraviert habe*, denke ich und lächle knapp.

Als ich meine Finger an ihren schmalen Hals lege und mich zu ihr herunter beuge, um ihren Puls zu prüfen, trifft meinen Kopf ein harter Schlag.

Verflucht! Mir wird schwindelig, während meine Schläfe und mein Schädel zugleich pochen. Ich kann den Schmerz im ersten Moment nicht einmal identifizieren. Doch dann verstehe ich: Sie hat mich überrumpelt und ist mir entwischt. Gerade sah ich sie noch auf dem Boden liegen und jetzt höre ich, während ich zu Boden sinke, das Klappern des Gitters, das sie hinter sich zugeschlagen hat. Ohne ein Wort zu verlieren, flieht sie. *Oh Gott, mein Kopf schmerzt wie seit langem nicht mehr.* Und trotzdem kommt es mir so vor, als hätte ich es verdient. Ich taste mit den Fingern über den Boden und fühle dann die Kanten eines Pflastersteines, den sie vermutlich aus dem Boden freigelegt haben muss. *Cleveres Mädchen.* Ich wusste, ein Betonboden wäre die bessere Lösung gewesen – nur wollte ich es nicht glauben.

Während ich mich auf dem Boden aufstemme, hoffe ich, das Timur sie bemerkt und sie aufhält. Er muss einfach!

ZWANZIG

Eugenia

WENIGE AUGENBLICKE ZUVOR

Ich warte geduldig in meiner zusammengekauerten Position, bis er erscheint. Irgendwann, das weiß ich, wird er die Zelle betreten, da er mich nicht sterben lassen will. Wenn er mich tot sehen wollte, hätte er mich in den ersten Tagen meiner Gefangenschaft umgebracht.

Ganz genau so, wie ich es mir erhofft habe, ruft er nach mir. Ich rege mich nicht einen Millimeter und bleibe liegen, als sei ich tot. Ich atme ruhig und warte auf die nächste Reaktion. Mit meiner linken Hand umklammere ich den Pflasterstein. Er fühlt sich kalt und kantig an. Ich habe lange genug an meinem Plan gefeilt, um hier herauszukommen. Und ich muss herauskommen. Ich will nicht für Ewigkeiten hier eingesperrt sein. Alles wäre mir lieber, als hier dahinzuvegetieren. Was ist das für ein Leben?

Als er nach Minuten die Tür aufschließt, schlägt mein Herz immer schneller. So laut, dass ich fast glaube, er könnte es hören. Da ich meine Augen geschlossen halte, aber seine Anwesenheit spüre, blinzle ich schwach. Er zieht an meiner Schulter, um mich auf den Rücken zu drehen. In dem Moment öffne ich meine Augen und ramme ihm mit letzter Kraft den schweren Stein gegen den Kopf. Und es gelingt mir. Er gerät ins Taumeln, umfasst seinen Kopf, als ich aufspringe und meine Freiheit wittere. Ich kann kaum glauben, dass mein Plan gelungen ist. Ich renne wie besessen in den dunklen Gang vor der Zelle und suche die Türen, deren Schlösser ich immer nur einrasten gehört habe. Tür eins sehe ich im Dunklen bereits wie ein Luchs.

Mein Adrenalinspiegel dürfte immens hoch sein, da meine Finger zittern, als ich die Klinke der zweiten Tür herunterdrücke. *Bitte, es ist dieser Moment – dieser eine Moment, den ich habe, um freizukommen.*

Ich wünschte, ich wäre ruhiger, konzentrierter, aber alles, was mich vorantreibt, ist das Verlangen, endlich frei zu sein. Im nächsten dunklen Gang taste ich nach einer weiteren Tür. Als ich sie erreiche, atme ich auf, denn sie ist ebenfalls unverschlossen. Dahinter befindet sich eine Treppe.

Es ist ein komisches Gefühl, nach Tagen das Gebäude näher zu erkunden, in dem ich gefangen gehalten wurde.

Auch wenn sich meine Beine weich wie Gelee anfühlen, auch wenn ich glaube, jede Stufe zu stürzen, weil ich sie zu hastig nehme, komme ich meinem Ziel immer näher. Das weiß ich.

Mir schießen Tränen in die Augen, als ich das Erdgeschoss erreiche und einen sehr schön renovierten und eingerichteten Flur sehe. Es brennt kein Licht. Das macht nichts. Ich habe gelernt, in der Finsternis zu sehen. Es ist wie ein Wunder, wie ein Traum, dass ich mich tatsächlich in einem Haus befinde, nicht in einem heruntergekommenen Industriegebäude. Das kann nur eine Illusion sein. Nicht, dass hier noch eine Familie glücklich lebt und von meiner Existenz nichts wusste.

Etwas verirrt blicke ich mich in dem großzügig geschnittenen Flur um, bis ich die Hintertür sehe. Niemand ist zu erkennen. Er muss allein sein. Und ich hoffe, mein Treffer gegen seinen Schädel wird ihn so lange schachmatt setzen, bis ich in Freiheit bin.

Als ich die Tür mit einem hübschen Türblatt aus Glaselementen erreiche, drücke ich die Klinke herunter und sie öffnet sich.

»Gott sei Dank. Danke, danke, danke«, flüstere ich zu mir selbst und stürme auf ein in kompletter Dunkelheit liegendes Gartenstück mit hohen Bäumen und gepflegtem Rasen. Es befindet sich eine Dornenhecke um das Gelände, die ich unmöglich überwinden kann. Daher entscheide ich mich dafür, sie langsam und vorsichtig entlangzugehen. Gut möglich, dass es mehrere Geiselnehmer gibt. Denen will ich sicher nicht vor die Füße fallen. Im Schatten verborgen nähere ich mich einem hohen Tor, das hoffentlich ebenfalls unverschlossen ist. An einer Kiefer schiebe ich mich langsam auf das Tor zu. Mein letztes Hindernis, dann bin ich frei. Mein Blick klettert an der modernen Hausfassade empor. Große Fenster, ein neu gebautes Haus mit zwei Balkonen. Es kommt mir vor wie in einer Scheinwelt, da das Gebäude nicht im Ansatz einem Gefängnis gleicht.

Als ich das Tor zwischen den Buchsbäumen erreicht habe und den Knauf drehe, bewegt er sich. Erst jetzt bemerke ich Kameras, die an der Hausfassade installiert worden sind.

Das wird dich dennoch nicht aufhalten.

Der Knauf dreht sich zwar, aber das Tor lässt sich nicht öffnen. *Verdammt! Bitte geh auf!* flehe ich es in Gedanken an. Doch es rührt sich nicht. Ich werfe einen letzten Blick über den gepflasterten Weg zum Hauseingang und sehe niemanden. Daher … *Klettere darüber!*

Koste es, was es wolle. Ich will einfach nur weg hier, so schnell es geht, bevor er mich findet und weitere Wochen, Monate, Jahre gefangen hält.

Ich umfasse die gedrehten Gitterstäbe und setze meine Füße auf die Querstreben. Sportlich war ich schon immer, daher wird das Tor kein Hindernis für mich sein. Allerdings gibt es klappernde Geräusche von sich, die jeden hellhörig machen könnten. *Das muss dir egal sein.*

Ich will nur frei sein. Ich überwinde das Tor, als wäre es ein Kinderspiel und lande auf der Straße. Meine Leggings haben bereits Löcher, mein Shirt könnte mit ihnen in Konkurrenz gehen.

Ich blicke mich nach links und rechts um. Es ist eine gottverlassene Straße, auf der ich das nächste Gebäude erst hundert Meter entfernt stehen sehe.

Ich habe mir in Gedanken ausgemalt bei niemandem zu klingeln. Ich kann niemandem trauen, niemandem, da ich nicht weiß, ob sie für den Entführer arbeiten, daher wollte ich die Straße so lange entlanglaufen, bis mich jemand mitnimmt oder ich einen Bus, ein Taxi oder eine Bahnstation auffinde. Doch direkt an der Straße würde er mich sofort entdecken, daher muss ich mich weiter abseits aufhalten.

Aber Gott, ich bin frei. Frei wie ein Schmetterling, der unter einer Glasglocke gehalten wurde. Ich renne über die Straße direkt auf das nächste Haus zu, um mich im Gelände dahinter auf ein Feld zu begeben. Ich muss mitten auf dem Land sein. Gott weiß wo. In dem Weizenfeld, das sich vor mir auftut, fühle ich mich vorerst aufgehoben und beschützt, trotzdem werfe ich immer wieder Blicke über die Schulter und schaue mich um.

Da ich mich von den Lichtkegeln der Straßenlaternen fernhalte und mir meinen Weg durch das Feld schlage, wird mich hier niemand vermuten.

»Behalte die Nerven, du bist so weit gekommen. Dich wird hier niemand finden«, sage ich so leise wie möglich zu mir selbst. Vom Rennen hat sich ein fieses Seitenstechen in meine linke Seite eingeschlichen. Selbst wenn ich die Nacht im Feld schlafen muss, werde ich das tun. Ich habe schlimmere Nächte hinter mir und was gibt es Schöneres als eine Nacht in Freiheit? Als ich viele Meter hinter mir gelassen habe und einfach nicht mehr kann, sinke ich im benachbarten Feld, auf dem Mais wächst, nieder und lege mich auf den Rücken.

Erst jetzt, und das viel zu spät, spüre ich die milde Nachtluft, die befreiende, herrlich frische Luft, die ich einatme, und sehe über mir die Sterne funkeln. Sie sehen so wunderschön aus. Nie hatte ich ihnen zuvor Beachtung geschenkt, aber heute, genau heute – so kommt es mir vor – strahlen sie für mich, für mich allein noch heller, noch intensiver. Ich verschränke die Arme vor der Brust und lausche meinen eigenen Atemzügen. Dabei sehe ich unentwegt zum Sternenhimmel auf, bis ich irgendwann auf der harten krustigen Erde einschlafe und mich selbst zwischen den Maispflanzen geborgen fühle wie früher in meinem Kinderbett.

Am nächsten Morgen werde ich von Vogelgezwitscher und einem leicht aufkommenden Wind geweckt. Meine Augen fühlen sich tränenverkrustet an, meine Haut ist spröde und trocken und meine Kopfhaut juckt, dennoch bin ich glücklich. Ich beobachte eine Weile, wie sich die Sonne ihren Weg über das Feld bahnt, bis mir bewusst wird, dass ich immer noch auf der Flucht bin und ich mich erhebe.

Dabei ist es mir egal, wie ich aussehe. Ich brauche ein Bad, muss meine Zähne schrubben und mein Haar bändigen, trotzdem ist es mir ganz gleich, wie mich andere Menschen ansehen werden. Sie sollen erstmal durch diese Hölle gehen, durch die ich gegangen bin.

Am Feldrand fahren Autos entlang. Ich hoffe, dass einer der Fahrer Erbarmen hat und mich mitnimmt. Früher hätte ich jedem Einsiedler, jedem Tramper am Straßenrand den Vogel gezeigt. Heute hoffe ich sehr auf die Menschlichkeit der Leute. Und darauf, dass kein Vergewaltiger meine Lage ausnutzen wird. Aber ich sehe weder begehrenswert noch sexy aus, sondern erinnere an eine arme, bedürftige Frau.

Ich stehe eine Weile an der Straße, ohne dass mich jemand mitnimmt. Vermutlich glauben die meisten, ich sei eine Bettlerin, bis sich endlich ein Transporter erbarmt anzuhalten. Und Gott, ich danke ihm, da ich nicht einen Rubel in der Tasche habe.

»Wohin willst du?«, fragt mich ein kräftiger Typ Mitte fünfzig mit einem Schnauzer, der mich früher *Igitt!* hätte rufen lassen. Ich lächele ihm dankbar entgegen und nenne dann meine Adresse.

»In das Reichenviertel?«, erkundigt er sich. »Was hat solch ein verkommenes Mädchen dort zu suchen?« Das werde ich ihm sicher nicht erzählen, er würde es mir ohnehin nicht glauben.

»Nehmen Sie mich nun mit oder nicht? Es genügt, wenn Sie mich im Zentrum aussetzen, Sie müssen mich nicht bis vor die Haustür fahren.«

»Los, steig ein. Ich muss zum Logistikzentrum in Moskau, danach musst du selber zusehen, wie du klarkommst«, brummt er und öffnet mir von innen die Beifahrertür.

»Ich danke Ihnen.« Ich werde es wiedergutmachen, bald, sobald ich in meiner Wohnung angekommen bin, meine Kreditkarten, Dokumente und Kleidung gepackt habe. Momentan habe ich nichts, rein gar nichts. Nicht mal etwas, um meine Dankbarkeit auszudrücken.

Ich muss mich auf einer Bundesstraße befunden haben und es muss weiß Gott wie früh sein. Sechs Uhr morgens oder so.

Ich steige in den Wagen, in dem mich ein Duftgemisch aus Qualm und Limonade empfängt. Mir egal, solange er mich nach Moskau fährt. Kaum habe ich die Wagentür geschlossen, gibt er Gas und fährt weiter.

»Danke«, sage ich erneut und schnalle mich auf dem abgenutzten Beifahrersitz an, der schon bessere Zeiten gesehen haben dürfte.

»Welchen Tag haben wir heute? Ist es bereits Juli?«, will ich wissen, als ich auf seinem Armaturenbrett 6:17 Uhr ablesen kann. Ich lag gar nicht mal so daneben mit meiner Zeitschätzung.

Er wirft mir einen skeptischen Blick aus seinen schmalen Augen zu. Er ist dick oder hat wohl eher einen klassischen Bierbauch und wirkt nicht für Scherze aufgelegt. Er könnte mein Vater sein. Zuerst schaut er ernst, doch dann beginnt er zu lachen.

»Du siehst aus, als seist du der Natur entkommen und fragst mich, welches Datum wir haben?« Wieder lacht er und schüttelt seinen Kopf belustigt. »Wir haben den 14. Juli, Fräulein.« Schon lange hat mich niemand mehr Fräulein genannt, aber ich finde ihn witzig. Er strahlt zumindest keine Bedrohung aus und die Bilder seiner Kinder, die über dem Armaturenbrett klemmen, sagen aus, dass er seine Familie liebt und überall hin mitnehmen will.

»Danke.« Gut, ich dachte ohnehin schon, dass es längst Juli ist.

»Du bedankst dich viel zu oft. Woher kommst du? Warum siehst du so heruntergekommen aus? Man sollte kein Survivaltraining in den Wäldern machen. Das ist tödlich. Es gibt immer noch Bären in den Gegenden.«

»Das werde ich das nächste Mal bedenken«, antworte ich ihm scherzhaft. Ich kann ihm nicht erzählen, was mir passiert ist, das kann ich wohl niemandem sagen.

»Gut, dass du es abgebrochen hast«, murmelt er und kurze Zeit darauf steuert er den Wagen Richtung Moskau. Vor mir erheben sich die hässlichen Plattenbauten der Menschen, die sich nur ein Leben am Stadtrand leisten können. Dafür legt sich das Sonnenlicht wie ein goldener Schleier über die Stadt.

Nachdem ich weitere Konversation mit dem Fahrer geführt habe, weiß ich, wie er heißt, dass er außerhalb Moskaus wohnt und Lieferant für eine Metallindustrie ist, aber kaum davon leben kann. Wie versprochen lässt er mich am Logistikzentrum raus und lacht über mich, als ich mich wieder bei ihm bedanke.

»Sei nicht zu freundlich, das könnte für manche Menschen eine Einladung sein«, verabschiedet er sich von mir und raucht am Wagen stehend genüsslich eine Zigarette.

»Versprochen, ich arbeite daran«, rufe ich lächelnd, als ich im Gehen auf die nächste Haltestelle der Metro zusteuere. Ohne ihn wäre ich wohl nicht hier, daher bin ich wohl so euphorisch und würde ihn am liebsten vor Freude umarmen. Es gibt doch hilfsbereite Menschen da draußen, die weniger haben als ich und trotzdem bereit sind, viel zu geben – für nichts. Früher hätte ich diese Menschen verhöhnt, heute …

Wovon willst du eigentlich deine Karte bezahlen? Du hast nichts. Und von hier aus zu laufen, bedeutet einen Fünfkilometermarsch – drängt sich mir plötzlich ein Gedanke auf, als ich auf die Station zulaufe.

Ich schlucke hart und reibe über meine kühlen, schmutzigen Arme. Gott, was gäbe ich für eine Dusche. Eine einfache Dusche, meinetwegen unter einem Wasserfall im

Dschungel. Denn der Dreck juckt wie Mückenstiche auf der Haut. An der U-Bahn-Station angekommen, gehe ich auf den Automaten zu. Zone eins kostet … zweihundert Rubel. Und ich habe nichts. Es ist wirklich wenig Geld, weniger, als ich es einem Taxifahrer in den Rachen werfen müsste, aber … Ich senke meinen Blick und mache Platz für den nächsten Fahrgast, der ein Ticket ziehen will.

Ich könnte schwarzfahren, aber nein, das kommt nicht infrage.

»Hier Miss, aber keinen Schnaps davon kaufen«, werde ich plötzlich in meinen Gedanken gestört. Eine Mutter mit zwei Kleinkindern, eines noch im Kinderwagen, reicht mir doch tatsächlich dreihundert Rubel. So viel, wie zwei Packungen Milch kosten. Gott, mir ist das unglaublich peinlich. Aber in meinem Outfit dürfte ich aussehen wie eine Bettlerin. Verschmutzt und in verschlissener Sportkleidung, die eigentlich das Vierzigfache von dem gekostet hat, was mir die Dame entgegenstreckt. Drei Scheine. Ich müsste sie nur nehmen.

»Das ist sehr freundlich. Aber das kann ich nicht annehmen«, entschließe ich mich und trete einen Schritt zurück. Im gleichen Moment saust eine Bahn ohrenbetäubend laut an mir vorbei.

»Nehmen Sie schon. Sie sehen aus, als hätten Sie kein Geld dabei. Irgendwann können Sie sich bei einem Menschen revanchieren, der sich wie Sie in dieser Lage befindet.« Sie lächelt mir entgegen. Sie könnte fast meine Mutter sein, sieht übermüdet und nicht gerade wohlhabend aus. Aber …

»Ich werde mich revanchieren, auf jeden Fall. Wie heißen Sie?«, möchte ich wissen.

Der kleine Junge neben ihr beginnt plötzlich zu quengeln und will zum Shop mit den Süßigkeiten.

»Das spielt keine Rolle«, antwortet sie, da sie wohl ahnt, dass ich mir das Geld nicht schenken lassen möchte. Als sie sich verabschiedet und geht, sehe ich aus ihrer Parkatasche ein Dokument herausragen, auf dem der Name eines Kindergartens steht. Perfekt. Somit weiß ich, wie ich sie finden werde.

Schnell ziehe ich ein Ticket, dann rauscht schon meine Bahn an, in die ich springe.

Ich sollte die Eisarena meiden, an der er mich aufgefunden hat, beschließe ich, als ich auf dem Sitz in der Bahn Platz nehme. Eigentlich sollte ich nicht einmal zu meiner Wohnung fahren. Er wird wissen, wo ich wohne – was mir ehrlich gesagt Angst macht. Aber ich brauche wichtige Dinge wie Kreditkarten, Kleidung, Schuhe, Geld und Schlüssel. Ob mein Wagen noch vor der Arena parkt? Ob Jork mir bereits tausend Nachrichten auf dem AB hinterlassen hat? Glauben sie, ich hätte den Job gekündigt und haben bereits Ersatz gefunden?

So viele Fragen gehen mir durch den Kopf, als ich mit vielen Menschen in einer Bahn quer durch Moskau fahre. Ich habe einen Plan und habe keine Möglichkeit, ihn zu ändern. Sollte er mich finden, bin ich erledigt, wenn nicht, werde ich untertauchen und ihn finden. Ich will wissen, wer mir das angetan hat. Ich muss es wissen. Ansonsten verfolgt mich diese Frage bis zum Ende meines Lebens.

Deshalb werde ich zur Polizei gehen und eine Anzeige schalten. Ich muss, auch wenn mir mein Verstand immer wieder rät, vorerst zu fliehen und jede Anzeige unrelavant erscheint, meine Freiheit genießen.

EINUNDZWANZIG

Makar

»Ganz große Klasse, du bist ein guter Beobachter, das muss ich dir lassen«, lobe ich Timur, der mit mir zum Wohnhaus von Evgenia fährt.

»Ich war nur kurz hinterm Busch. Was kann ich dafür, wenn sie in diesen drei Sekunden …«

»Drei Minuten«, korrigiere ich ihn und schaue an dem modern beleuchteten Gebäude hinauf.

»Okay, ich war nur drei Minuten schiffen? Du hättest dir den Stein nicht auf den Schädel schlagen lassen sollen. Das sieht im Übrigen«, er verzieht sein Gesicht zu einer schmerzhaften Grimasse, »nicht gerade appetitlich und gesund aus. Du solltest es nähen oder kleben lassen. Das ist doch die moderne Technik heute. Es wird nichts mehr genäht, sondern geklebt, als sei man ein Stück Papier und kein Lebewesen.«

»Timur«, knurre ich, um seinen Redeschwall zu unterbrechen.

»Ja, anwesend.« Neben mir salutiert er genervt und verdreht die Augen. »Wir gehen jetzt hoch, nimm das Taschentuch und press es auf die Schläfe.«

»Wir gehen nicht da rauf. Ich will nur wissen, ob sie zu Hause oder bereits weitergezogen ist.«

»Ist sie. Wäre ich an ihrer Stelle, würde ich es tun.« Neben mir verschränkt Timur beide Arme und grinst schief. »Lass mich am besten nachsehen. Womöglich erkennt sie dich noch. Setz dich in den Wagen und höre Jazz oder Elektro.«

Mir gefällt das alles nicht. Erstens hätte sie niemals fliehen dürfen, nicht vor der Hochzeit! Und ich hätte nicht so dämlich sein dürfen, die Zelle zu öffnen. Egal wegen welcher Umstände, ich wollte die Tür niemals öffnen. Nicht, bevor ich sie gehen lasse. Timur streicht sein dunkles Haar aus der Stirn, wirft mir einen letzten Blick zu und klingelt dann bei einem anderen Namensschild, um sich als Paketdienst auszugeben – zumindest kann ich bruchstückhaft Worte wie „Paketdienst“, „Lieferung an einen Nachbarn“ hören. *Clever, wirklich, aber ob er dadurch herausfindet, ob Evgenia bereits zuhause ist?*

»Los, setz dich in den Wagen!«, ruft er mir entgegen, als die Haustür sirrend geöffnet wird. Ich atme einmal tief durch, presse weiterhin das Taschentuch gegen die Schläfe und nehme im Wagen Platz – auf der Rückbank, um hinter den verdunkelten Scheiben nicht erkannt zu werden. Es ist halb elf Uhr vormittags. Nachdem wir die gesamte benachbarte Umgebung des Gebäudes durchkämmt haben, Buslinien durchgegangen sind, Taxiunternehmen angerufen haben, gab es nur eine Möglichkeit, wie Evgenia geflohen ist.

Sie hat sich mitnehmen lassen. Genau das hätte ich auch getan. Trotzdem wollte ich sichergehen, dass sie nicht blind in den Wald läuft.

Ungeduldig und mit einem miserablen Bauchgefühl nehme ich auf der Rückbank meines Wagens Platz, der kein Zweisitzer ist, wie man es von einem Sportwagen erwartet.

Im nächsten Moment angle ich mein Telefon aus der Hosentasche, da ich Jekaterina erklären muss, dass ich nicht rechtzeitig zum Essen mit ihren Eltern da sein werde. In einer Stunde werde ich es nicht mehr schaffen.

»Makar«, begrüßt sie mich.

»privet. Hallo. Ich schaffe es nicht rechtzeitig zum Essen, Darling«, entschuldige ich mich und betrachte nun das Taschentuch, das blutdurchtränkt ist. »Mir ist ein wichtiger Termin mit dem Bauleiter dazwischengekommen.«

»Oh«, sagt sie etwas traurig. »Kein Problem. Komm nach, wenn du Zeit hast. Du hast heute Nacht im Hotel geschlafen, richtig?«

Wohl kaum. Ich habe die Nacht die Felder und Dörfer abgesucht.

»Richtig. Es wurde spät und ich musste früh raus. Wir sehen uns heute Abend.«

»Bis heute Abend. Ich liebe dich«, antwortet sie, woraufhin ich lächeln muss. Zwischen den Fingern falte ich das Taschentuch und schaue aus dem Fenster. Noch bevor ich mich von Jekaterina verabschieden kann, sehe ich Evgenia eilig mit einem Koffer und frisch gekleidet über den Gehweg laufen. Dabei sieht sie gehetzt aus und sieht sich alle drei Schritte um.

Fragt sich bloß, in welcher Etage sich Timur gerade aufhält. Ich könnte aus dem Wagen springen, doch dann würde ich mich für sie zu erkennen geben. Das will ich unter keinen Umständen.

Sie überquert die Straße und winkt sich dann ein Taxi heran. Wenn sie jetzt in das Taxi steigt, wird sie für immer in der Zwölfmillionenstadt verschwunden sein.

Verdammt!

Ich steige unbemerkt aus dem Wagen aus, obwohl mein Schädel schmerzt, und nehme auf dem Fahrersitz Platz. Ich will wissen, wohin sie sich fahren lässt, wo sie untertauchen wird, um mir zu entkommen.

Gerade sehe ich Timur das Haus verlassen, als ich den Motor anlasse und dem Taxi folge. Er wird einen Weg finden, allein nach Hause zu fahren. Ich muss ihr folgen und wissen, wohin sie fährt. Beinahe kommt es mir mit jedem Tag mehr vor, als sei ich davon besessen. Aber das spielt für mich keine Rolle. Ich will und brauche die Kontrolle über meine Vergeltung, meine Vendetta, und gerade ist alles aus dem Ruder gelaufen. Trotz klaffender Platzwunde gebe ich Gas, um zu dem Taxi aufzuschließen und ihm durch den turbulenten Verkehr Moskaus zu folgen. Ich hasse Moskau! Ich bin nur wegen Jekaterina und *ihr* hier.

Nach mehreren Kilometern durch den Stadtverkehr hängt mich das Taxi wegen mehrerer roter Ampeln ab, sodass ich fluchend auf das Lenkrad einschlage.

Das darf nicht wahr sein! Ich kann sie nicht erneut verloren haben! Wenn sie schlau ist, wird sie Moskau verlassen und ich sie vorerst nicht mehr wiederfinden.

Plötzlich unterbricht ein weiterer Anruf mein innerliches Fluchen.

»Ja?« Ich gehe ran und schalte das Telefon auf laut.

»Hier ist das Catering, wir hätten noch ein paar Fragen zum Hauptgang, da einige Gäste auf Schweinefleisch verzichten möchten.«

Fuck! Das wird sie mir büßen! Ich werde sie finden und wieder einfangen. Bald. Sehr bald – das schwöre ich bei Gott. *Das schwöre ich bei Sergej.*

Am Abend biege ich in die Auffahrt von Jekaterinas Eltern ein – mit frisch verarztеter Wunde, die man kaum mehr sieht und einem Gefühl von Enttäuschung, weil ich Evgenia verloren habe. Ich habe vergebens jedes Hotel um ihren Wohnbereich abgesucht, bin zu ihren Eltern gefahren, um nachzusehen, ob sie sich bei ihnen aufhält. Doch ... nichts. Rein gar nichts. Sie ist gut darin, vom Erdboden zu verschwinden, das muss ich ihr lassen.

»Du bist da«, begrüßt mich Jekaterina an der Tür ihrer Eltern und winkt mich herein. »Wir dachten uns, wenn du schon nicht zum Mittagessen kommen kannst, dann zum Abendbrot.«

Ich betrete das Haus, obwohl ich mich viel lieber in mein Penthouse zurückgezogen hätte. Jekaterina weiß nichts von ihm. Sie glaubt immer noch, ich würde mich in ein Hotel zurückziehen, um dort zu arbeiten, dabei brauche ich einen Rückzugsort, um alles zu koordinieren. Timur ist längst zu Hause und steht nicht länger vor Evgenias Wohngebäude, das zu einem der teuersten in der Stadt zählt. Delina ist längst eingeweiht, da ich sie seit über vier Jahre kenne, und holt sämtliche Informationen ein, um sie ausfindig zu machen. Sie ist nicht nur eine hervorragende Sekretärin, sondern auch eine gute Informatikerin, die jeden, und ich meine wirklich jeden Menschen ausfindig machen kann. Seit ich sie aus einer misslichen Lage gerettet habe, hat sie mir ihre Arbeit angeboten – offiziell, wie auch inoffiziell.

»Du siehst angeschlagen aus. Oh mein Gott, dein Kopf!«, stößt Jekaterina, die ein glitzerndes dunkles Abendkleid trägt, aus. »Ist dir etwas passiert?«

»Mir geht es hervorragend. Ich bin vor wenigen Stunden unglücklich gestürzt«, werfe ich ein und streife mein Jackett von den Schultern, das ohnehin das Zeitliche gesegnet hat. Es ist von Löchern übersät und Schweiß durchtränkt, dazu kommt noch das Blut, das sich wohl schwer auswaschen lassen wird.

»Ich werde mich kurz umziehen, dann bin ich bei euch. Es war ein anstrengender Tag, Liebes.« Ich schenke Jekaterina einen Kuss und umfasse dabei ihre Schultern. Ich liebe sie, liebe sie auf meine Art, aber gerade möchte ich nicht hier sein. Gerade möchte ich wissen, wo sich Genia aufhält. Es sind noch sieben Tage bis zur Hochzeit. Sieben Tage, in denen ich alles wieder in Ordnung bringen kann oder sie für immer verlieren werde. Sie hat Geld, das weiß ich, und Möglichkeiten, Russland zu verlassen. Doch ich habe auch meine Möglichkeiten, um sie zu finden. Und das werde ich.

Unter der Dusche fahre ich mir übers Gesicht, Wasser tropft meinen Bart hinunter, den ich lang genug habe stehen lassen. Als ich aus der Dusche trete und nur mit einem Handtuch um die Hüfte geschlungen vorm Spiegel stehe, schalte ich meinen Rasierer an und lasse die Spuren der vergangenen Wochen verschwinden. Was sind schon acht Wochen gegen fünf Jahre! Nichts, rein gar nichts.

Ich stutze meinen Vollbart, der mich immer mehr wie einen Hipster aussehen lässt, und kürze ihn auf eine angemessene Länge, die gepflegt aussieht und zugleich nicht alles preisgibt. Ich will nicht, dass sie mich erkennt, noch nicht. Mehrfach streiche ich über meine Bartstoppeln und blicke mir im Spiegel entgegen. Die Narben auf dem Unterarm, die ich mir an den scharfen Steinkanten zugezogen habe, übersehe ich eigentlich jedes Mal. Nicht aber heute.

Ich kneife die Augen zusammen, denke an das, was passiert ist und … »Ich werde sie finden. Ich bin noch lange nicht mit ihr fertig«, murmle ich leise dem Spiegel entgegen, als ich den Bart zu einem etwas längeren Wochenbart getrimmt habe.

Dann suche ich das Ankleidezimmer auf, um mir einen frischen Anzug anzuziehen und Jekaterina wie auch ihre Eltern im Speiseraum aufzusuchen.

ZWEIUNDZWANZIG

Evgenia

»Hier lässt es sich aushalten«, seufze ich glücklich und lasse mich in die Laken zurücksinken.

»Was hast du gesagt?«, fragt Jork am Telefon, der mich bereits seit zehn Minuten mit Fragen wie ›Wie geht es dir?‹, ›Wo bist du?‹ und ›Wo warst du?‹ nervt.

»Nichts. Ich habe nichts gesagt. Stell den Wagen bitte in die Tiefgarage meiner Wohnung. Ich werde ihn abholen, sobald ich kann. Bitte platziere die Schlüssel hinter dem Hinterrad«, antworte ich ihm und lächele vor mich hin. *Ein Bett, ein richtiges Bett, nur für mich allein.* Ich habe seit Wochen ein Bett und eine Dusche vermisst. Mehr brauche ich zum Leben nicht.

»Wird gemacht. Wann lässt du dich wieder blicken?«, will er wissen und ich höre in seiner Stimme den belustigten Klang, der mir zeigt, dass er glaubt, dass alles wieder so wird wie früher.

»Gar nicht mehr. Ich kündige. Noch morgen. Und dann suche ich mir einen neuen Job.« Ich wälze mich mehrmals in den frischen, wohlduftenden und so sauberen Laken.

»Du kündigst? Warum? Ich dachte, du seist nur krank gewesen?«

Schön wäre es.

»Ich … ich ähm, habe ein besseres Angebot gefunden, versteh das, bitte ... Wenn du mir den Wagen bitte zur Wohnung fahren könntest, wäre das wirklich super. Du musst es nicht tun, nur habe ich gerade nicht die Möglichkeit, ihn selbst abzuholen«, spreche ins Telefon.

»Das lässt sich einrichten. Sag nicht so oft ›bitte‹, sonst werde ich noch ganz verlegen.«

Ich lächele in mich hinein, dann legt er auf.

»Es ist ein Traum«, wispere ich und schaue den kleinen Spotlichtern an der Decke entgegen. »Es ist viel schöner als ein Traum.« Erneut rolle ich mich im Bett herum. Es ist so weich, so wundervoll weich wie ein Nest. Ich lache, dann erhebe ich mich und schnappe mir die neue Haar-Coloration. Was ich vermisst habe, ist mein dunkles Haar, nicht dieser gefärbte Ombré-Look. Mein Haar ist ohnehin verfilzt und vollkommen hinüber. Außerdem will ich nicht sofort erkannt werden – nicht von ihm erkannt werden. Ich werde jede Möglichkeit nutzen, um mich zu verändern.

Im Bad massiere ich mit Handschuhen die Haarfarbe ein, als mich eine fremde Nummer anruft. Was, was wenn er es ist? Diese Frage werde ich mir wohl jeden Tag stellen. Ich möchte wissen, wer mir das angetan hat, aber nicht mit ihm reden. Nein, niemals.

»Ja?«, gehe ich zaghaft ans Telefon, dann erkenne ich Maschas Stimme – die Stimme meiner persönlichen Sekretärin.

»Ich möchte nicht lange stören und Ihnen nur ausrichten, dass beide Überweisungen getätigt worden sind.«

»Perfekt. Sie sind wunderbar, wissen Sie das?«, antworte ich ihr, stelle das Telefon auf laut und ziehe das Handtuch, mit dem ich meine Haut vor Farbflecken schütze, fester um meinen Hals.

»Das haben Sie noch nie gesagt«, antwortet sie kleinlaut, aber sie scheint sich zu freuen.

»Jetzt wurde es Zeit. Ich danke Ihnen. Genießen Sie den Abend, bis bald.« Ich lege schnell auf und schaue mir im Spiegel entgegen. Noch nie ist mir aufgefallen, wie wunderschön blaugrün meine Augen sind. Auch wenn ich immer noch müde und ausgelaugt wirke, könnte heute kein besserer Tag sein. Ich bin in einem Hotel, kann getrost fünf Jahre von meinem Ersparten leben und habe zwei Menschen glücklich gemacht, die mir geholfen haben. Dem Transporterfahrer und der netten Frau von der U–Bahn–Station. Ich möchte nicht, dass sie wissen, woher das Geld kommt, nur, dass sie sich darüber freuen. Sie haben es beide verdient.

Nach zwanzig Minuten spüle ich die Coloration aus und sehe seit Jahren wieder meine Naturhaarfarbe, dunkel, beinahe tiefschwarz, im Licht glänzen. Als ich mich umgezogen und mein Haar hochgebunden habe, suche ich das Restaurant des Hotels auf. Ich habe solch einen Hunger. Zwar habe ich in meiner Wohnung schon Müsliriegel in mich hineingestopft. Trotzdem gibt es nichts Besseres als warmes, frisches Essen. Kein getrocknetes Fleisch, kein Brot mehr.

Am Büfett bin ich so gierig, dass ich mir fast jede der köstlichen Speisen auf den Teller lege. Das werde ich jetzt jeden Tag tun. Jeder Tag könnte mein letzter sein und warum nicht das Leben genießen? Vorerst bin ich in dem neuen und noch unbekannten Hotel an der Stadtgrenze Moskaus sicher – vorerst. Bis ich weiterziehe und in St. Petersburg von vorn anfange. Zuvor möchte ich alles genießen, was ich bisher nicht genossen habe, als ich blind war und nicht wusste, wie wunderbar jeder einzelne Moment sein kann. Und in drei Tagen treffe ich mich mit meinen Eltern. Darauf, sie beide zusammen an einem Tisch sitzen zu sehen, freue ich mich am meisten, da ich sie seit Jahren nicht mehr zusammen gesehen habe.

Makar

»Vorletzter Abend, Freund. Der vorletzte. Ist dir das klar? Übermorgen ist alles vorbei.« Timur feiert mit den anderen die Nacht, als sei es seine letzte vor der Hochzeit.

»Könntest du etwas weniger lautstark durch das Hotel posaunen, dass ich übermorgen heirate?«, frage ich ihn und hebe eine Augenbraue, bevor ich einen Schluck von meinem Vodka nehme. Für gewöhnlich trinke ich keinen Alkohol. Er trübt nur die Sinne und man ist nicht mehr Herr über sich selbst. Außerdem liebe ich es, bei klarem Verstand zu bleiben und die Kontrolle zu behalten. Anders Timur. Der hat bereits den dritten Drink intus.

»Davon erfährt niemand etwas. Wie auch?« Er blickt in der Location umher, die gut gefüllt ist. »Die hören uns eh nicht. Aber wann heiratet schon ein Sacharow? Wohl nie. Du bist im Übrigen der begehrteste Junggeselle des Monats. Das schreibt zumindest das Magazin hier. Schau selber.« Er wirft mir irgendein Heft auf den Tisch, in dem ich nicht einmal blättern will. »Seite zwölf. Du wirst sehen, was sie über dich schreiben.« Er schlägt die Seite auf, aber in dem Moment wird mein Interesse abgelenkt.

Das ist ein Traum – das kann unmöglich wahr sein!

Vor mir sehe ich, einige Tische entfernt von uns, Evgenia hinter einem eingedeckten Service Platz nehmen. Sie hat dunkles Haar, das im Licht schimmert wie früher, und dieses sanfte beinahe zurückhaltende Lächeln. Ich glaube, das ist eine Illusion. Es kann nicht anders sein! Mein Blick wandert von ihr, die nun die Kellnerin freundlich begrüßt, zu Timur.

»Du wusstest es und erzählst mir hier von irgendwelchen Magazinen. Du wusstest ganz genau, dass sie hier ist«, sage ich mit einem rauen Ton in meiner Stimme.

Timur grinst breit, lehnt sich dann in seinem Stuhl zurück und reckt seinen Hals. »Ja, ich wusste es ganz genau. Ich wollte dir die Möglichkeit geben, sie heute wieder einzufangen oder sie für immer gehen zu lassen.«

Ich atme kontrolliert leise durch, dann wandert mein Blick wieder zu Evgenia, die ihre Karte zuklappt und mich nicht im Geringsten zu erkennen scheint. Durch meine Veränderung wird sie mich auch nicht erkennen, was ein Pluspunkt für mich ist. Nur … sie jetzt vor mir zu sehen, in Reichweite, so nah, dass ich sie mir packen und ins nächste Verlies sperren könnte, ist ein Gefühl, das sich kaum beschreiben lässt.

»Dich lässt es immer noch nicht los, nicht wahr?«, fragt mich Timur, der sein Vodkaglas an die Lippen hebt und mir in seinem grauen Anzug entgegenblickt, als warte er auf eine verräterische Reaktion von mir.

»Wie könnte mich das loslassen? Du würdest sie an meiner Stelle auch nicht gehen lassen.«

Alles erinnert mich an die Zeit vor zwölf Jahren. Ich sitze mit Freunden an einem Tisch, während sie zusammen mit … *einem Freund*? – zu Abend isst.

»Wir sollten anstoßen«, ruft Sören und erhebt sich von der Tafelrunde, um im nächsten Moment mit einem Löffel gegen das Glas zu schlagen, das klirrt. Aus dem Augenwinkel sehe ich Evgenia zu uns blicken, wie auch die anderen Gäste, die in dem Lokal essen. »Heute ist der vorletzte Tag, der vorletzte«, betont er und lächelt breit, »an dem Makar noch tun und lassen kann, was er möchte. Er wird jedoch übermorgen die schönste Frau, die je gesehen habe – und das ist nicht gelogen –«, er zwinkert mir entgegen, »heiraten und sie zur Frau nehmen. Mensch, hast du ein Glück. Also Jungs, feiern wir Makar und suchen dann den nächsten Stripschuppen auf!«

Was?

Mir entgleisen die Gesichtszüge, als ich Sörens Worte höre.

»Ja, der Junge hat sich etwas ganz Besonderes einfallen lassen«, raunt mir Timur entgegen und ich sehe das Leuchten in seinen Augen. »Nicht, dass ich etwas dagegen hätte, aber er will heute eine Party steigen lassen, egal ob du dafür bist oder nicht.«

Ganz genau das befürchte ich auch und es sollte so nicht passieren. Alles läuft aus dem Ruder – genau so, wie ich es mir *nicht* vorgestellt habe.

»Dass wir hier sitzen und du wusstest, das Genia, ich meine Evgenia, hier sein würde, darüber reden wir später«, sage ich zu Timur, der mir ein knappes Lächeln schenkt und sich in seiner Überlegenheit sonnt. Dann erhebt er sich ebenfalls, wie alle Männer am Tisch. Wir sind zu zehnt und nur ich bleibe sitzen, während die anderen anstoßen.

»Du wolltest deine Vergeltung, du hast sie bekommen. Wenn du weiter gehst, bist du gnadenloser als der Graf«, flüstert mir Timur entgegen, bevor er mit allen anstößt.

»Welcher Graf?«, frage ich und erhebe mich, um ebenfalls mit den Jungs anzustoßen.

»Der Graf von Monte Christo. Genauso verlief dein Leben. Er hat zwar seine Feinde über die Klinge springen lassen, sie in den finanziellen Ruin getrieben, aber Mercedes verschont. Genau das wirst du auch tun. Du hattest deine Rache.«

Wenn er wüsste, wie tief das Verlangen geht, sie weiter leiden zu lassen.

»Auf Jekaterina und Makar!«, ruft Dimitri laut und wirkt bereits jetzt, um halb zehn abends, betrunken wie ein Stadtsoldat. »Wir sollten umziehen. Die nächste Location aufsuchen, wo die Frauen für uns tanzen.«

Das dürften jetzt auch die letzten Gäste gehört haben.

Mein Blick wandert erneut zu Evgenia, die mit ihrem Freund, den ich, wenn ich mich recht erinnere, schon einmal gesehen habe, isst. Ihr Haar ist verändert, sie wirkt losgelöster, aber zugleich vermutet sie hinter jeder Ecke ein Monster – das ist kaum zu übersehen.

»Das wirst du mir büßen«, raune ich Timur ins Ohr, als ich mit meinem Wasser anstoße. Sollen sich die anderen Vodka ohne Ende reinschütten, ich habe gelernt, mir nicht länger die Sinne vernebeln lassen zu müssen.

»Sei entspannt. Wir verlassen das Restaurant wieder. Jetzt genieß den Abend, lehn dich zurück, bleib locker«, antwortet er mir.

Das kann ich nicht, da ich von ihrer Anwesenheit in diesem Raum weiß.

»Wir sollten umziehen, los geht's«, schlägt Victor vor, den ich nur wegen des Bürogebäudes kenne. »Packt eure Sachen.«

Ich reibe mir übers Kinn und warte, bis der Letzte seine Jacke angezogen hat und das Restaurant verlässt. Am Ende bezahle ich die Rechnung und werfe einen abschließenden Blick auf Evgenia, die sich lachend mit ihrem Freund unterhält. Dann aber schaut sie zu mir und springt vom Stuhl auf. *Nein! Sie soll dort bleiben, wo sie ist!*

»Mister Sacharow«, begrüßt sie mich und bleibt neben mir am Ausgang des teuren Restaurants stehen.

Sie ignorieren kann ich nicht.

»Mit wem habe ich die Ehre?«, frage ich sie stattdessen und blicke ihr streng entgegen.

»Wissen Sie nicht mehr wer ich bin? Evgenia d'Ivoi. Ich habe für Sie gearbeitet – für Ihre Frau – und ich möchte mich für damals entschuldigen. Ich hätte Ihren Hund nicht so anfahren sollen. Mittlerweile habe ich selber eine Katze und wollte mich für mein Benehmen entschuldigen«, fließt es aus ihr heraus wie bei einem Wasserfall. »Und alles Gute für Ihre Hochzeit. Nein, man gratuliert dem Bräutigam und richtet Glückwünsche an die Frau aus.«

Ich stehe vor ihr und blicke auf sie herab. Das Schicksal ist ein mieser Verräter und genau deswegen könnte ich Timur köpfen, der hinter der Glastür grinst und sich eine Zigarette angezündet hat.

»Danke. Ich wünsche Ihnen einen schönen Abend«, antworte ich ihr, um ihr aus dem Weg zu gehen. Ich mag auf sie grimmig oder sogar verärgert wirken, aber sie ist geflohen und für mich ist die Zeit der Abrechnung noch lange nicht verstrichen. Sie hat keine Ahnung, was ich durchlebt habe. Nur wegen ihr. Und nun steht sie vor mir, als wüsste sie nichts davon. Sie erkennt mich nicht einmal, was mich beruhigt.

»Danke, den wünsche ich Ihnen auch. Vielleicht begegnet man sich mal wieder. Ich werde nicht mehr in meiner Firma arbeiten, aber man trifft sich immer zwei Mal im Leben.«

Sie schaut mich mit ihren ozeanblauen Augen an, mit diesem Lächeln wie früher, dieser lockeren Gestik, und hat nicht die geringste Ahnung, was ich ihr angetan habe. Möglicherweise sollte ich meine Vergeltung überdenken. Für mich ist sie immer noch eine wunderschöne Frau, sie hat schlanke Beine und Arme und in ihrem dunklen Kleid wirkt sie auf mich wie damals in Kasachstan. Sie hat dieses beinahe herzförmige Gesicht mit diesen vollen Lippen und den großen, unschuldigen Augen.

»Was halten Sie davon, wenn Sie uns heute Abend begleiten? Wir wollten in der nächsten Bar etwas trinken gehen. Nur falls –« Mein Blick wandert zu dem Mann an dem Tisch, der … Stimmt, er muss ihr Arbeitskollege sein. Oder ehemaliger Arbeitskollege.

»Liebend gern«, antwortet sie mir. »Ich verabschiede mich von Jork und würde mitkommen. Nur … ist es nicht ein Junggesellenabschied?«, fragt sie mich. »Ich will nicht stören.«

»Ganz und gar nicht. Sie stören überhaupt nicht«, antworte ich ihr mit einem dunklen Lächeln und strecke ihr meine Hand entgegen. »Nenn mich Makar, das wäre mir lieber.«

Sie nickt und lächelt mir entgegen, wie vor dem Restaurant in Kasachstan, als sie mir eine Signierkarte überreichen wollte.

»Evgenia. Warten Sie kurz, also du.« Wieder dieses wunderhübsche Lächeln, das mir ein schlechtes Gewissen verschafft und mich zugleich alles von früher vergessen lässt.

Sie eilt an ihren Tisch zurück, um sich von ihrem Freund zu verabschieden und ihn fest zu umarmen. Soweit ich es das letzte Mal gesehen habe, hat sie ihn damals nur schnippisch angefahren, ihn nie umarmt oder sich bei ihm bedankt.

»Danke für den Wagen. Wir sehen uns.«

»Ah, er. Ich verstehe schon.« Dieser Typ wirft einen Blick zu mir und beinahe sehe ich darin die Drohung, sie ihm besser nicht wegzunehmen. *Aber das werde ich, das kann ich dir versprechen.*

Ruhig warte ich an der Eingangstür und sehe Delina neben Timur Zeichen machen, es abzubrechen. Dafür dürfte es zu spät sein. Sie war sicher diejenige, die Timur verraten hat, wo sich Evgenia aufhält. Daher wird sie meine Entscheidung dulden müssen, ob es ihr gefällt oder nicht.

»Bist du fertig?«, frage ich Evgenia, die einen dunklen Parka über ihr Kleid zieht und dann ihre Handtasche unter den Arm klemmt.

»Ja, das bin ich.«

Wie schön – denke ich, als ich ihr die Tür aufhalte und sie an mir vorübergeht. Sie gehört mir und ich werde sie nicht mehr so schnell aus den Augen verlieren. Der Graf mag sich zwar an Menschen mit ihrem Tod gerächt haben, ich aber werde sie weiterhin im Auge behalten und sie wie ein Luchs bewachen. Ständig. Immer und überall.

»Das hättest du nicht tun sollen«, flüstert mir Delina ins Ohr, als wir in die Limousine einsteigen und Evgenia bereits neben Sören und Timur Platz nimmt.

»Es ist meine Entscheidung. Du hast sie gefunden und ich werde und kann sie nicht mehr gehen lassen.«

»Du heiratest übermorgen. Was hast du geplant? Die Hochzeit abblasen?«, fragt sie mich mit ihrer doch eher strengen Art. Sie ist ein konzentrierter, freundlicher und rational denkender Mensch, was es ihr leicht machen würde, Evgenia wieder aus dem Wagen zu befördern. Ich aber kann das nicht. Ich teile mit ihr eine Vergangenheit und ich will wissen, was sie aus den vergangenen Wochen gelernt hat.

»Überlasse das mir. Ich werde meine Hochzeit nicht absagen. Dafür bleibt alles unter uns. Zu Jekaterina …«, ich blicke ihr finster entgegen und streiche über meine Lippen, »… kein Wort.«

»Verstanden, Chef. Trotzdem …«

»Wir feiern. Jetzt steig schon ein.« Ich halte ihr die Tür der Limousine auf und bitte den Fahrer einzusteigen, damit wir endlich den Ort verlassen können.

»Ich heiße Evgenia, hallo, Sören. Hallo, Dimitri, Zakhar und Timur«, begrüßt Evgenia meine Freunde.

Ich halte mich zurück, fange mir öfters zweifelnde Blicke von Delina ein und lehne mich in meinem Sitz zurück, um Genia weiter im Auge zu behalten.

Der nächste Haltepunkt befindet sich vor einem Nobelstripclub, den nur Timur ausgewählt hat, nicht aber ich.

» Jetzt, Leute! Ja, jetzt kommt die Party richtig in die Gänge! Denn, Ladies und Gentlemen, wir haben ihn erreicht – den berühmten Club RASPUTIN! Alle aussteigen, sofort.« Timur, der nun alle aus der Limousine winkt, ist bereits betrunken wie ein Seemann. »Komm schon und setz mal ein Lächeln auf«, sagt er zu mir, als ich aussteige.

Doch ich lächle nur innerlich, denn ich bin wirklich gespannt, wie Genia auf den Club reagieren wird.

»Und drinnen wirst du etwas trinken, verstanden? Du rennst mir schon viel zu lange nüchtern durch die Welt.«

»Halt dich zurück und das meine ich ernst, Timur. Ich weiß, was ich tue«, ermahne ich ihn, kaum dass alle ausgestiegen sind.

Abwehrend hebt er beide Hände in die Luft. »Schon gut. Spaß scheint dir wohl unbekannt zu sein«, reizt er mich.

Ich grinse, dann schiebe ich ihn beiseite. »Ich weiß mich zu amüsieren.«

Im Club, der nur für uns reserviert wurde, warten bereits die Ladies auf der Bühne auf uns, die jedem zum Empfang erstmal einen Shot Vodka in den Mund schütten. Diese Station ist sicher auf Timurs und, wenn ich raten dürfte, auch auf Pauls und Sörens Mist gewachsen. Wenn es nach mir gegangen wäre, hätte ich keinen Stripclub aufgesucht. Erst recht nicht mit Evgenia, die sich überall umblickt, als könnte sich hinter jeder Tür ein Geist verstecken. Als sie merkt, dass keine Gefahr auf sie lauert, legt sie ihren Mantel ab und lässt sich Vodka in den Mund füllen.

»Gut, danke, das genügt«, sagt sie mit vollem Mund und gibt mit ihren Händen Zeichen, damit die halbnackte Dame sie nicht bis zur Bewusstlosigkeit abfüllt.

»Danke, ich verzichte«, sage ich ihr, als sie mir einen Schluck verpassen will.

»Jetzt sei nicht so. Ein Schluck. Er wird dich nicht töten.«

»Nein, aber ich dich«, antworte ich Timur, der neben mir steht und nun lacht, als würde ich meine Worte nicht ernst meinen.

»Gut, dann nehme ich deinen Shot mit. Bezahlt ist bezahlt.«

Wieder stellt sich Timur vor die in Dunkelblau glitzernde halbnackte Frau, die ihm Vodka zwischen die Lippen schüttet.

»Ist er immer so?«, fragt mich Evgenia und kichert belustigt.

Ich grinse und würde am liebsten nichts darauf antworten.

»Ja, seit ich ihn kenne. Maßlos, zügellos und unersättlich«, antworte ich ihr knapp, dann gehe ich an ihr vorbei auf Paul zu, um mit ihm die Aktienkurse zu besprechen und mich nicht länger von Genia in ein Gespräch verwickeln zu lassen.

»Gut, es läuft gut an der Börse. Der Automobilmarkt läuft super, der Goldpreis auch, also kein Grund, sich Sorgen zu machen. Falls du doch verkaufen willst, können wir morgen darüber reden«, sagt Paul. Er trägt einen dunkelblauen Anzug, in dem er etwas hager wirkt.

Im Club nehmen wir auf roten Couchen Platz, die von buntem Licht beleuchtet werden. Es ist ein klassischer Nobelclub, bei dem es mich wundert, dass zwei Frauen ihn freiwillig betreten haben. Delina bleibt keine Wahl, aber Evgenia könnte jederzeit gehen.

»Los, Mädels, schwingt eure Hüften!«, ruft Timur, der mit einer Vodkaflasche an der Bühne steht, dann neben mir Platz nimmt. »Was schaust du so? Das brauchen die. Zur Motivation.«

Sicher. Ich werfe ihm einen skeptischen Blick entgegen und nehme einen Schluck aus meinem Glas. Beim ersten Schluck bemerke ich, dass ich nicht Wasser, sondern Vodka trinke. *Danke, bester Freund* – denke ich und hebe eine Braue, aber lasse mir nichts anmerken. Morgen steht noch ein arbeitsreicher Tag an, daher will ich es heute nicht zu weit treiben und sturzbetrunken ins Bett fallen.

Während Musik läuft und die Bühne in einem funkelnden Licht erstrahlt, lehne ich mich zurück. Direkt neben Paul und Dimitri sitzt Evgenia, die sich köstlich zu amüsieren scheint und mit beiden unterhält, als würden sie sich bereits seit Jahren kennen.

Endlich tanzen die Girls an ihren Stangen oder legen eine heiße Show bei einem Chair–Dance hin, den sogar ich beeindruckend finde.

»Faszinierend, oder?«, fragt mich unerwartet eine Stimme neben mir, die mich meinen Drink an den Lippen stoppen lässt. *Genia.* »Wie sie das können … Sich so leicht auf dem Stuhl bewegen und sich drehen. Das bedeutet viel Arbeit und Zeit. Ich weiß, wovon ich rede, früher habe ich einen ähnlichen Sport ausgeführt.«

Ich würde einen Chair–Dance zwar nicht mit einer Sportart vergleichen, aber gut, dass sie sich herabsetzt. Aus dem Augenwinkel blicke ich zu ihr und nicke. Eiskunstlaufen ist mit dieser eher einfachen Art und Weise, sich zu bewegen, nicht zu vergleichen, nicht einmal ansatzweise.

»Und was für eine Sportart hast du früher ausgeübt?«, will ich wissen und hefte meinen Blick weiterhin auf die Bühne. Langsam lasse ich den Vodka meine Kehle herunterlaufen und spüre wieder dieses bekannte Gefühl.

»Keine besondere. Und du? Betreibst du besondere Sportarten?«, fragt sie mich.

Keine besondere? Sie ist Weltmeisterin gewesen und sagt mir, dass sie keine besondere Sportart ausgeübt hat? Sie muss wirklich bekehrt worden sein, was sie sympathisch macht. *Scheiße verflucht, mit jeder Stunde mehr.*

»Keine besonderen, nein. Ich kam nicht dazu früher. Heute jogge ich im Park oder gehe ins Fitnessstudio«, antworte ich ihr trocken. Ich lehne mich an ihr vorbei, um zu Timur zu schauen, der kurz grinst, sich dann aber weiter mit Delina unterhält. Schachzug – und ein cleverer.

»Entschuldigst du mich?« Mir wird das allmählich zu viel und ich brauche einen Raumwechsel. Ich erhebe mich und verlasse den ohrenbetäubend lauten Partyraum, um die Toiletten aufzusuchen. Wie alles in diesem Club sind selbst die Waschräume nobel in einem Bordeauxton gehalten, es gibt Sandstein und breite Waschbecken. Als ich mein Gesicht mit kaltem Wasser abspüle und mir dann im Spiegel entgegenblicke, wünschte ich, sie wäre noch im Verlies und nicht hier. Aber Genia ist hier. Hier bei mir und ich sollte wieder zu Verstand kommen. Doch der Vodka, den mir

Timur verabreicht hat, lässt mich nicht klar denken. Alles, wirklich alles, erinnert mich an früher. Sie ist so schön wie früher, so freundlich und aufgeschlossen, und dabei auf ihre Art zurückhaltend und dankbar, was sie verdammt anziehend macht.

»Komm wieder runter«, knurre ich, während ich meine Hände abtrockne, dann öffne ich die Toilettentür. Direkt neben mir taucht Genia aus der Damentoilette auf.

»Hey«, sagt sie zu mir, so, wie ich sie zum ersten Mal in Kasachstan angesprochen habe.

»Hey. Gefällt dir der Abend?«, will ich wissen und bleibe neben ihr stehen.

»Er ist anders als erwartet, aber ja. Tolle Stimmung und klasse Jungs. Sie wissen sich zu benehmen«, antwortet sie ironisch und kommt einen Schritt auf mich zu.

»Das freut mich. Sie sind nicht immer so, nur wenn sie betrunken sind.«

»Oh, kein Problem, ich bin auch etwas angetrunken, daher toleriere ich das.« Sie lacht und dabei sehe ich ihre hellen Zähne aufblitzen. »Weißt du, was witzig ist, Makar?«, fragt sie mich plötzlich und kommt noch einen Schritt näher auf mich zu. »Du erinnerst mich an einen Freund von früher – sehr viel früher. Gott, es dürfte zwölf Jahre her sein. Er war genauso wie du.«

Ich kann nicht länger wegsehen und starre auf ihr Kleid, das ihre helle Haut und Dekolleté zur Schau stellt. *Fuck, sie weg.*

»Wie war er denn?«, möchte ich wissen und schaue kurzzeitig an ihr vorbei.

»Er war …« Sie hält kurz inne und scheint in Gedanken versunken zu sein. »Er war«, beginnt sie wieder. »Die Liebe meines Lebens. Nie wieder habe ich solch einen Mann kennengelernt. Obwohl ich erst siebzehn oder, nein, sechzehn war, werde ich ihn nie vergessen. Leider hat er sich nie wieder bei mir gemeldet. Aber vergessen wir das.« Sie schüttelt ihren Kopf und senkt ihren Blick, als hätte sie etwas Falsches gesagt. »Es ist viele Jahre her. Aber die erste Liebe vergisst man nie, oder?«

Nein, die vergisst man nie – nie mehr. Ich behalte sie im Blick, obwohl es mir so vorkommt, als würde sie meinem ausweichen. Sie hat tatsächlich erwartet, Kyrill würde sich bei ihr nach allem, was geschehen ist, melden?

»Meine habe ich auch nicht vergessen. Sie war etwas Besonderes, auch wenn ich dafür bestraft wurde«, sage ich ihr.

Ich spüre immer noch diese geheimnisvolle Aura zwischen uns, diese seltsame Macht, die sich kaum beschreiben lässt. Als säßen wir gerade jetzt am Lagerfeuer, sie in meinen Armen, betrunken und glücklich.

»Ja, Liebe ist etwas Unbegreifliches. Man wird sie wohl nie verstehen.« Sie hebt wieder ihren Kopf und schaut mir in die Augen. »Aber du wirst heiraten. Du hast deine Liebe gefunden und musst sicher glücklich sein. Was gibt es Schöneres, als eine Hochzeit und der Welt zu zeigen, dass man den passenden Menschen gefunden hat?«

Sie ist kaum mehr wiederzuerkennen. Vollkommen verändert und freundlich.

»Ja, ich bin glücklich. Wir sollten zurückgehen. Die anderen warten bereits auf uns«, antworte ich ihr distanziert, um das Thema zu wechseln, und will an ihr vorbeigehen.

Sie greift im Gehen nach meinem Oberarm. »Ich wollte dich nicht nerven. Es tut nur so gut, jemanden zu treffen, der freundlich ist und einen nicht ausnutzen will. Davon habe ich leider nicht viele kennengelernt.«

Ich atme ihren warmen Duft von Pfirsich und Vanille ein, der mich augenblicklich stehenbleiben lässt.

»Ich bin immer freundlich, denn man weiß nie, was einen in der Hölle erwarten wird. Wird dort mit einem abgerechnet für sein Verhalten auf der Erde?«, scherze ich. »Ich hatte Jahre, in denen ich glaubte zu sterben und bin nun glücklich, frei zu sein.«

»Ganz genauso geht es mir auch. Ich schätze alles viel mehr als früher. Warst du krank?«, fragt sie mich mit diesem ruhigen Klang in ihrer Stimme, der mich dazu verleitet, mich zu ihr umzudrehen.

»Nein«, antworte ich lächelnd. »Nicht krank.«

»Das freut mich.«

Mittlerweile stehen wir nicht mal mehr eine Armlänge entfernt voneinander. »Du siehst ganz genauso aus wie Kyrill früher«, kommt es über ihre Lippen, als sie mich länger mustert und ihre Augen zusammenkneift.

Ein heißkalter Schauder wandert meinen Rücken hinab, als ich ihre Worte höre. Mit dem Namen Kyrill wurde ich seit sieben Jahren nicht mehr angesprochen. Ich habe ihn abgelegt und mir einen neuen verschafft, kaum, dass ich die Insel gefunden hatte. Niemand sollte mich mehr wiedererkennen, nicht einmal mehr nach mir suchen. Meine Eltern waren gestorben und meine Brüder waren verzogen und hatten mich aufgegeben. Ich hatte niemanden, der mich mehr vermisste.

»Kyrill?«, wiederhole ich mit fragendem Blick und mache noch einen Schritt auf sie zu.

»Ja, wenn er zwölf Jahre älter wäre. Ich sollte das nicht sagen und vermutlich liegt es am Alkohol«, entschuldigt sie sich und will sich von mir entfernen.

Ich schnappe mir ihr Handgelenk und ziehe sie zu mir.

Dicht vor mir keucht sie und ich wandere mit meinen Blicken über ihren zierlichen Körper, ihre weichen Rundungen, ihre ausgeprägten Wangenknochen und die verboten geschwungenen, vollen Lippen.

»Sprich ruhig weiter, aber weiche mir nicht aus«, raune ich ihr entgegen und senke meinen Kopf langsam.

»Das tue ich nicht. Ich bin nicht ängstlich«, flüstert sie und hebt eine Braue, als wolle sie mich verspotten. Dann spüre ich ihre Finger auf meiner Wange, wie sie sich höher über mein Gesicht schieben und mein Haar nach hinten streifen.

»Du wurdest verletzt?«, fragt sie und sieht nun die geklebte Platzwunde, die sicher noch schwach im Licht schimmert.

»Ja, ich bin übel mit dem Kopf gegen einen Hängeschrank gestoßen«, antworte ich ihr und fühle, wie sie mein Haar durchkämmt. Langsam und so gefühlvoll. Doch anstatt das Ganze abzubrechen, legt sich meine linke Hand um ihre Hüfte, die andere umfasst ihr Kinn, hebt es an und ich – *ich kann nicht länger standhaft bleiben* – lege meine

Lippen auf ihre. Ich will noch einmal wissen, wie es sich anfühlt, sie zu küssen. Nur einmal. Ein letztes Mal.

Sie will sich kurz zurückziehen, gibt aber dann in meinem Griff nach und kaum, dass sie ihre Lippen öffnet und sich ihre Hand in meinem Nacken verliert, verschmelzen unsere Zungen zu einem lockeren, leichten Kuss – der beinahe zurückhaltend ist.

Ich spüre ihre Wärme, ihre Lippen auf meinen, atme ihren Duft ein und ziehe sie näher an mich. Eigentlich würde ich sie hinter Gittern sehen wollen, doch gerade kann ich nicht anders. Ich habe sie geliebt und sie war das Mädchen, das ich wollte, für das ich alles getan hätte.

Sie schmiegt sich an mich und ich schmecke den Alkohol auf ihrer Zunge, als der langsame Kuss in einen intensiveren übergeht und unsere Zungen so selbstverständlich, als würden wir uns jeden Tag küssen, miteinander verschmelzen.

Ein Räuspern ist zu hören. Ich öffne meine Augen und sehe Delina etwa zehn Meter weit von uns entfernt stehen. Abrupt löse ich mich von Genia und weiche einen Schritt zurück.

DREIUNDZWANZIG

Evgenia

Es ist wie im Märchen. Wie ein Märchen, das bereits erzählt wurde, aber dessen Ende noch offen bleibt. Es kommt mir alles so vertraut vor. Er kommt mir vertraut vor und eigentlich ist es ein Fehler, ihn zu küssen, ihm mein Vertrauen zu schenken, schließlich sollte ich vorsichtig sein. Mein Peiniger könnte mich jederzeit ausfindig machen, mich beobachten.

Ich lehne mich näher an Makar, lasse sein Haar durch meine Finger gleiten und umspiele mit meiner Zungenspitze seine. Niemals zuvor konnte einer so gut küssen, niemals roch einer so gut nach einer Mischung aus Leder, Amber und Patchouli – wie eine Droge. Ich versinke immer mehr in dem Kuss und könnte Ewigkeiten hier stehen, aber wir werden von einem Räuspern unterbrochen.

»Makar, ich müsste dich kurz sprechen«, höre ich Delina, seine Freundin oder Mitarbeiterin oder Kollegin – was auch immer sie ist – zu ihm sagen.

Verdammt, nein.

»Einen kurzen Augenblick«, sagt er, als er mich freigibt und auf Delina zugeht.

Er wird übermorgen heiraten und du hast dich auf den Kuss eingelassen.

Verärgert schlage ich mir gegen die Stirn, kaum dass beide wieder in den Club gegangen sind.

»Was ist mit dir los?« Ich sollte gehen. Schuld daran ist nur der Alkohol und seine Einladung oder nein – meine Entscheidung, darauf einzugehen.

Das kann ich seiner Frau nicht antun. Jedes Mal, wenn ich sie gesehen habe, habe ich sie nicht gerade mit meiner höflichsten Art begrüßt, aber auf mich wirkte sie immer höflich und nett.

Das hier hat sie nicht verdient. Und warum fühlt sich alles so an, als würde es sich wiederholen?

Gott, warum habe ich ihm überhaupt von Kyrill erzählt?

Du bist so dämlich. So naiv.

Ich suche ebenfalls den Club auf, auf dessen Bühne bereits, Zakahr, glaube ich heißt er, das Hemd von zwei Ladies ausgezogen bekommt. Von Makar ist keine Spur zu sehen, daher schnappe ich mir unauffällig meine Handtasche und meine Jacke. Es ist unfreundlich, sich nicht zu verabschieden, aber besser, als länger zu bleiben und von weiteren Freunden von ihm an seinem – *wie peinlich, Junggesellenabend – dabei erwischt zu werden, wie du ihn küsst.* Mehrfach wische ich mir übers Gesicht und suche das Foyer auf, in dem sich nur die Empfangsdame befindet.

»Es war schön, aber ich muss schon gehen«, verabschiede ich mich von der knapp bekleideten Dame, die uns am

Eingang mit den Shots begrüßt hat und die nun in einer Zeitung blättert, ehe sie zu mir aufblickt. Ich steuere auf den Ausgang zu, um frische Luft einatmen zu können. Fünf Tage habe ich mich in meinem Hotelzimmer verschanzt, dem Mann an der Rezeption geglaubt, dass er niemanden durchlässt, der zu mir will und war noch so paranoid, ihm meine falsche Handynummer zu geben. Ich habe alles versucht, um abgeschottet in Ruhe die nächsten Schritte nach meinem Ausbruch zu planen. Und nun treffe ich mich an diesem Abend mit Jork und falle Sacharow direkt vor die Füße, der – *oh Gott* – heiratet und den ich geküsst habe. Etwas Schrecklicheres kann ich mir nicht vorstellen. Die andere Evgenia hatte kein Gewissen. Ihr wäre es egal gewesen, wenn sie einen Mann küsst, der einer anderen Frau versprochen ist. Ich aber kann das nicht hinnehmen. Es war ein Fehler. Ein großer Fehler und ich will nichts weiter, als mein Hotelzimmer aufsuchen, ein Bad nehmen, meine Würde zurückerlangen und alles vergessen.

»Hey, Genia!«, ruft mir jemand hinterher. *So hat mich selten jemand zuvor genannt.* »Evgenia, meinte ich«, korrigiert sich der Jemand.

Als ich einen Blick über meine Schulter werfe, sehe ich ihn. *Makar.*

Nein, ich will nichts weiter als den Club verlassen und ihn seinen Junggesellenabschied feiern lassen. Ich sollte ihm nicht länger im Weg stehen und schon längst mein Hotelzimmer aufgesucht haben, um meinen Umzug zu planen.

Trotzdem, und ich hasse meine Instinkte, trotzdem bleibe ich stehen und drehe mich zu ihm um.

»Wir hätten das nicht tun sollen«, sage ich, bevor er sagen kann, dass es ihm leid tut, weil er ja heiratet. Oder bevor er sich selber eingesteht, einen Fehler begangen zu haben.

»Ich weiß, nur …« Vor mir bleibt er stehen. Er ist einen Kopf größer als ich. Gott, er wirkt so imposant und machtvoll mir gegenüber, dass ich mich frage, ob ich ihn wirklich geküsst habe. Ihn, der vergeben ist. Eine *Zehn*, eine *Fünfzehn,* wenn es nach mir ginge. »Nur … lass uns uns wieder treffen, irgendwann. Wir sehen uns ganz sicher wieder, das ist unvermeidlich.«

Ah – woher will er das wissen?

»Hier, meine Nummer. Ich küsse nicht jeden Tag eine Frau und serviere sie dann ab«, sagt er und schreibt auf meinen Handrücken seine Handynummer in großen, erkennbaren Ziffern. Es ist ein Fehler – und genau das würde ich ihm am liebsten ins Gesicht sagen.

»Ich melde mich, muss aber jetzt los. Genieß den Abend und … bis bald.« Schnell stürme ich zur Tür hinaus, ohne einen klaren Gedanken fassen zu können. Ich will ihm und ihr, seiner baldigen Frau, nicht schaden. Aber der Kuss – er war so intensiv, als hätte er meine Seele berührt und mich neu erweckt.

Denk nicht solch einen Blödsinn, Evgenia! Bald bist du in St. Petersburg, weit weg vom Geschehen, und wirst ihn nie wiedersehen.

Er ist nichts weiter als ein Kunde meiner ehemaligen Firma. Ein gutaussehender Kunde, der Erinnerungen in mir wachgerufen hat. Und die sollte ich ausblenden und ihnen keine Macht verleihen. Ich rufe das nächste Taxi zu mir und lasse mich direkt zum Hotel fahren.

Pausenlos überlege ich, was ich hätte vermeiden sollen. Ich hätte die Einladung niemals annehmen sollen, ihn nicht küssen dürfen, ihn überhaupt nicht attraktiv finden sollen. Nur ist er mir bereits vor Monaten aufgefallen – zum ersten Mal am Eingang des Bürogebäudes. Als hätte er in mir etwas wachgerufen, das ich längst verdrängt hatte. Trotzdem sollte ich daran denken, dass mein Entführer mir immer noch auf den Fersen sein könnte und das überall, wohin ich gehe. Ich brauche einen klaren Verstand und nicht noch mehr Verwirrung in meinem Leben.

Vollkommen wirsch fahre ich mir über die Stirn und blicke auf die Skyline Moskaus, als das Taxi mit mir die Brücke passiert.

Es wird sich alles einrenken und du wirst das Leben bekommen, das du dir gewünscht hast. Du bist frei, kannst nun alles tun, was du möchtest und leben. Du lebst – und nur das zählt.

Jeder Atemzug an frischer Luft ist eine Befreiung.

Im Hotel lege ich meine Handtasche ab und werfe einen Blick auf die nächste Uhr. Es ist bereits kurz nach Mitternacht, eigentlich Zeit ins Bett zu gehen, würde mein Blick nicht auf die Handynummer auf meinem Handrücken fallen. Ich könnte ihn kurz anrufen – nur kurz. Ihn, den ich seit der ersten Minute attraktiv fand und der mich so sehr an Kyrill erinnert. Genau so müsste meine erste Liebe heute aussehen – oder bilde ich mir das ein? Ich hätte ihn dann zwar in einem unpassenden Moment meines Lebens wiedergefunden, aber ich hätte ihn wiedergefunden.

Ruf ihn an! – drängt mich eine innere Stimme, als ich meine High Heels von den Füßen streife und dann das Bad aufsuche. Ich habe das wohl beste Hotelzimmer, nein, eher eine Suite, eine ganze Etage für mich allein gebucht, die ich nächste Woche verlassen werde. So oder so. Was schadet es also, ihn anzurufen und zu fragen, ob er noch im Stripclub ist oder sie weitergezogen sind?

Ich ziehe meinen Parka aus und öffne dann den Reißverschluss meines Kleides, um im nächsten Moment Wasser in die freistehende Badewanne einzulassen.

Tu es – ermahnt mich eine Stimme erneut.

Okay, ich finde ihn attraktiv, etwas geheimnisvoll, anziehend und spüre eine tiefgehende Nähe und Verbundenheit zu ihm, die ich mir nicht erklären kann.

Vollkommen nackt greife ich nach meinem iPhone und tippe seine Nummer ein. Immer wieder denke ich, es ist viel zu früh, um ihn anzurufen. In zwei Tagen wird es jedoch zu spät sein und er bereits auf den Seychellen, in Mexiko oder auf Bali seine Flitterwochen genießen. Ich tippe auf den grünen Hörer und lege das Handy an mein Ohr. Es dauert eine Weile, eine gefühlte Ewigkeit, bis eine Stimme am anderen Ende der Leitung erklingt.

»Sacharow.« Im Hintergrund höre ich die Beats und den Bass von einem Song, der gar nicht mal übel klingt.

»Hier ist Evgenia.«

»Hey«, antwortet er mir. »Ich hätte zwar nicht heute mit einem Anruf von dir gerechnet, aber …«

»Hättest du Lust, heute noch vorbeizukommen?«, frage ich ihn, ohne groß zu überlegen. »Auf einen Drink?« Ich will ihn sehen und ich will ihm ein letztes Mal in die Augen blicken, die dunklen, zum Verlieben schönen Augen, bevor er heiratet.

»Das geht nicht so einfach. Timur will noch zwei Bars aufsuchen, bevor sein Programm zu Ende ist – falls es je ein Ende nimmt.«

Ich schweige und könnte mich dafür ohrfeigen, so naiv gewesen zu sein, ihn heute an seinem wichtigsten Abend treffen zu wollen.

»Dann sicher ein andermal. Das ist überhaupt kein Problem. Ich habe hier eine verschmuste Katze und ein herrliches Bad, das auf mich wartet. Do skorogo. Bis bald!«

Schnell lege ich auf, bevor es noch peinlicher wird. Gott, früher habe ich die Männer für mich gewonnen, ohne mich anstrengen zu müssen – ein smartes Lächeln, ein geübter Augenaufschlag und sie sind mir hinterhergerannt. Jetzt stelle ich mich an, als sei ich eine Anfängerin.

Vorsichtig tauche ich den großen Zeh in das heiße Wasser und genieße dann die wohltuende Wärme, kaum dass ich in der Wanne liege. Noch vor Wochen war ich in einem Verlies, wo es keine Dusche, kein Wasser, kein Bad gab. Man begreift manchmal erst viel zu spät, wie kostbar das Leben ist – und ich will es jede Sekunde auskosten.

»Herrlich«, seufze ich und vertiefe mich in einen Roman, bis nach über einer Stunde in der Badewanne mein Handy klingelt. Natürlich ist es ein neues Handy, mit einer neuen Nummer, um mich von meinem alten Leben zu trennen.

»Hallo? privet?«, gehe ich ans Telefon und lege meinen Roman – *Die Kameliendame* – zur Seite.

»Ich bin es und werde hier von einem Portier davon abgehalten, deine Suite zu betreten. Nicht mal mit Geld lässt er sich bestechen«, erklingt die Stimme von Makar in meinem Ohr. *Portier? Suite?*

Himmel, nein, er ist hier?!

»Du bist in meinem Hotel?«, will ich wissen und ziehe beide Brauen zusammen.

»Schon seit zehn Minuten. Wenn es nach mir ginge, schon in der obersten Etage, aber sie wollen mich nicht durchlassen. Nicht, bevor du dein *Amen* abgegeben hast.«

»Amen«, sage ich unüberlegt.

»Sag das dem freundlichen Herrn an der Rezeption«, lacht er. »Ich reiche dich mal durch.« *Wie bitte?*

»Madame d'Ivoi? Hier steht ein Herr vor mir, der dringlich nach Ihnen verlangt. Wir haben natürlich alle Vorkehrungen getroffen und wollen die Diskretion bewahren, nur …«

»Lassen Sie ihn durch. Er darf mich besuchen. Nur wehe, er steht in drei Minuten vor der Tür und ich bin noch nicht aus der Wanne geklettert«, warne ich ihn belustigt. »Halten Sie ihn weitere Minuten hin.«

»Wird geschehen. Spokoynoy nochi.«

»Gute Nacht«, wünsche ich ihm ebenfalls und lege dann auf.

Scheiße! Sofort erhebe ich mich aus dem Wasser und betrachte mich nackt im Spiegel. Mein Haar ist zusammengeknotet, ich bin ohne Make-up, ohne Kleidung, ohne nichts! Ich schnappe mir ein Handtuch, das ich mir um den Körper schlinge und will im Schlafzimmer nach einem

Kleid suchen, als es bereits an der Tür klingelt. *Gott nein, was für ein miserabler Service.*

Eifrig schnappe ich mir Unterwäsche und ein dunkelblaues Abendkleid von Prada und schlüpfe hinein.

»Moment!«, rufe ich zur Tür, steige dann in meine marineblauen, mit Glitzersteinen verzierten Heels und lege übereilt etwas Mascara auf.

Das war so alles nicht geplant. Das hätte niemals passieren dürfen – denke ich und werfe einen letzten gehetzten Blick in den Spiegel im Wohnbereich mit den zwei Couchen, die vor der Fensterfront stehen.

»Schon hier oben?«, frage ich Sacharow, der vor der Tür steht mit einem … Meine Augen wandern zu dem Kellner, der einen Wagen mit zwei silbernen Speiseglocken umfasst.

»Sicher, darf ich eintreten?« Selbstbewusst und voll maskuliner Ausstrahlung betritt er meine Suite. »Ich habe uns etwas kommen lassen.«

Ich dachte, es ginge um einen kurzen Besuch.

»Das …«, will ich protestieren, als der Mann den Wagen in mein Zimmer schiebt.

»Sch … Ich bin extra wegen dir hier, also reg dich nicht auf«, sagt er. Ich spüre, dass er seine überlegene Art auskostet. Er sieht sich in meinem Zimmer um, als gehöre es ihm. Kaum hat er den Angestellten mit viel Geld entschädigt, knallt die Tür ins Schloss und ich blicke Sacharow direkt ins Gesicht.

»Du weißt, dass das falsch ist. Du müsstest auf deiner Party sein, nicht hier«, kontere ich und mache einen großen Bogen um den Wagen mit dem Champagner und dem, was er noch bestellt hat. Erdbeeren? Eis? Desserts? Mich darf das nicht interessieren.

»Du hattest mich angerufen, oder irre ich mich? Es ist alles nicht so, wie es aussieht. Wir genießen den Abend und dann werde ich dein Hotelzimmer verlassen. Du hast mein Wort.«

Warum nur klingt jedes Wort von ihm wie eine Drohung? Der Klang in seiner Stimme ist rau und herausfordernd.

»Setzen wir uns doch. Gut siehst du aus. Ich dachte, du wolltest baden.«

»Das habe ich bereits«, versichere ich ihm, und nehme ihm gegenüber auf der hellen Couch Platz. Alles kommt mir fremd und zugleich vertraut vor. »Ich sollte schlafen gehen und du nach Hause fahren«, sage ich eindringlich.

»Ah – du willst mich loswerden?«, fragt er mit dieser mächtigen Haltung, kaum dass er Platz genommen hat. Gelassen hebt er seinen linken Fußknöchel auf sein Knie und lehnt sich zurück.

»Nicht unbedingt, aber wir sollten nicht hier sitzen, während du übermorgen – nein, morgen heiratest.«

In aller Seelenruhe schenkt er mir Champagner ein und sich selbst ebenfalls. Er sieht nicht so aus, als wollte er meine Suite räumen.

»Sag mal, was denkst du von mir? Timur hat mich mit Vodka abgefüllt und ich dachte, es sei eine nette Geste, dich mit dem Essen und dem Champagner zu überraschen.«

Ich würde mir die Geste auch von jedem anderen gefallen lassen, außer von ihm, der in festen Händen ist.

»Ich danke dir, aber ich muss ablehnen. Es ist zu deinem Besten, nicht zu meinem«, antworte ich ihm strikt und erhebe mich von der Couch. »Du solltest gehen. Gleich. Sofort. Augenblicklich.«

Er grinst charismatisch, was mir so bekannt vorkommt, dann reicht er mir das Glas mit dem perligen Alkohol, das ich ablehnen sollte. Doch es schwebt wie eine Versuchung vor meinem Gesicht. »Hier. Trink das. Wir sitzen hier und reden, das ist kein Verbrechen. Außerdem wollte ich wissen, wie du wohnst, wo du wohnst.«

Ich nehme ihm das Glas ab, während er sich erneut in der Suite umblickt, was mir nicht gefällt.

»Es ist nur vorübergehend«, sage ich und nehme einen Schluck von dem Alkohol, der seidig meine Kehle hinab wandert. Er ist wirklich köstlich. Wenn da nur nicht der Rausch wäre, der mir sofort in den Kopf steigt und mir meine Sinne beraubt, wo er doch schon zuvor im Club gut vom Alkohol ertränkt worden ist.

»Trotzdem schön hier. Wo wohnst du, wenn du nicht im Hotel übernachtest?«, möchte er wissen, wobei ich in seinen braunen Augen irgendwie ablesen kann, dass er bereits die Antwort kennt.

»Bei einer Freundin, die mich gerade vor die Tür gesetzt hat«, lüge ich gekonnt und nehme einen weiteren Schluck. »Ich suche in der Zwischenzeit etwas Neues. Für ewig kann ich hier nicht wohnen. Wie gesagt, es ist vorübergehend.« Ich schärfe meinen Blick und sehe ihn in seiner imposanten Haltung nicken und knapp lächeln – als verspotte er mich.

»Du bleibst also in Moskau?«, will er wissen.

Ich verschränke meine Beine und lehne mich auf der Couch zurück.

»Das bleibt abzuwarten.«

Warum will er so viel wissen? So viel über mich?

Trotzdem sollte ich nicht zu viele Informationen preisgeben. Es könnte bereits morgen passieren, dass ich wieder auf der Straße betäubt und entführt werde. Daher nehme ich nie am selben Tisch beim Frühstückbuffet Platz, erscheine dort sowieso nur jeden zweiten bis dritten Tag und suche immer wieder die Straßen akribisch nach dunklen Vans ab, um mich zu vergewissern, dass ich nicht sofort wieder verschleppt werde. *Nein, die Hölle möchte ich kein zweites Mal erleben. Nie wieder.*

Vor mir schnippt etwas, das mich aus meinen Gedanken reißt.

»Du wirkst abwesend. Alles in Ordnung? Ich werde mich auch bald wieder auf den Weg machen und dich nicht länger stören«, sagt er bestimmend und leert in einem Zug sein Glas. Er stört mich nicht, trotzdem begleitet mich ständig dieses Misstrauen, das ich anderen Menschen gegenüber wohl nie mehr ablegen werde. Ich muss herausfinden, wer mich entführt hat, nur so weiß ich, mit wem ich es zu tun habe. Nur so kenne ich meinen Feind, der mir sonstwo auflauern könnte. Ich blicke mich in der nobel eingerichteten Suite um und schmunzle dem Teppich entgegen.

»Du störst nicht. Überhaupt nicht, Makar«, sage ich und leere ebenfalls mein Glas. »Es ist nur alles so verwirrend momentan. Aber ich kann dir davon nicht erzählen, dann würdest du mich für verrückt erklären.« *Und das möchte ich nicht.*

Er erhebt sich, um im nächsten Wimpernschlag neben mir Platz zu nehmen.

»Erzähl mir davon. Du kannst mir vertrauen«, raunt er mir entgegen. Wäre da nicht dieser düstere Schatten in seinen Augen, würde ich ihm von allem, was mir die letzten Wochen passiert ist, berichten. Nicht einmal Jork konnte ich sagen, was geschehen ist. Nein, stattdessen habe ich ihn angelogen und gesagt, ich sei zur Kur gewesen, krank gewesen, ohne vorher die Bescheinigung abgegeben zu haben. Mit wem soll ich darüber reden? Wem kann ich trauen?

»Nein, ich möchte nicht darüber reden«, sage ich und gieße mir erneut Champagner nach. »Es ist vergessen, vorerst, und ich habe meine Schlüsse aus allem gezogen. Ich will nichts weiter, als es hinter mir lassen … für immer … und leben«, spreche ich die letzten Worte leise aus. *Ja, ich will einfach nur leben und meine Freiheit, die nicht selbstverständlich ist, auskosten.*

»Hört sich geheimnisvoll an«, erwidert er. Dann füllt er sein Glas ebenfalls auf und stößt mit mir an. »Auf die Freiheit«, sagt er mit diesem zweideutigen Grinsen, das mich magisch anzieht und mir zugleich Angst macht.

»Auf die Freiheit«, proste ich ihm zu und nehme zwei, drei Schlucke. Für gewöhnlich bin ich eine gefasste und selbstsichere Frau, aber nach den letzen Tagen … Ich sollte wieder die werden, die ich war, aber dankbar für das sein, was ich habe.

. *Warum ist er eigentlich hier? Warum bei mir?* In seinem schwarzen Anzug und dem weißen Hemd macht er auf mich den Eindruck, als hätte er den gesamten Abend nur auf mich gewartet. Sein Bart ist kein gewöhnlicher Dreitagebart, eher länger, dafür gepflegt, und sein dunkles Haar fällt voll und seidig aus der Stirn. Er wäre das perfekte Männermodel für mich mit seinen leicht ausgeprägten Wangenknochen und den Grübchen, wenn er lächelt. Immer wieder umspielen seine Augen kleine Fältchen, die ihn noch sympathischer machen und eine Geschichte zu erzählen scheinen. Er ist … wie soll ich es sagen, ein Mann, der nicht bei mir sitzen dürfte, den ich nicht kennenlernen sollte. Er ist viel zu perfekt und charmant – zudem verboten. Bisher traf ich nur Flachzangen und heuchlerische Schwachmaten, die es zu nichts brachten, versucht haben, mich abzuziehen oder mir mein Herz brachen. Er aber ist etwas Besonderes.

»ura«, prostet er mir entgegen und hält meinem Blick stand.

Erneut nehme nippe ich an meinem Getränk, das herrlich schmeckt, mir aber nur noch mehr die Sinne vernebelt. Kaum habe ich mein Glas auf dem Couchtisch abgestellt, wandert seine Hand auf meine Wange und schiebt sich in meinen Nacken. Bestimmend zieht er mich näher zu sich und schaut mir in die Augen. Es vergehen an die sieben Sekunden, in denen er mich nur anblickt, als würde er den nächsten Schritt überdenken, um einen Fehler niederzukämpfen, bevor er geschieht – bis sich seine Lippen weiterhin meinen nähern, ich seinen Atem auf meinem Gesicht spüre. Wenige Millimeter trennen sich unsere Lippen, bis er seine auf meine legt.

»Das wollte ich die gesamte Zeit tun«, flüstert er, als er sich etwas von meinen Lippen löst.

»Das war die gesamte Zeit deine Absicht, bereits, als du vor meiner Tür gestanden hast«, erwidere ich und lächle, bevor ich meine Hände um seine Schultern lege und ihn dieses Mal küsse, stürmischer, unbändiger und mit keiner Ahnung, was als Nächstes passieren wird. Er ist hier bei mir, nicht bei seiner Verlobten, also bin ich nicht diejenige, die etwas Falsches tut. Oder doch?

Verflucht! Ich sollte nicht länger darüber nachdenken, sondern den Kuss genießen – mich ihm hingeben. Ich rutsche näher an ihn heran und aus dem zuvor leichten sinnlichen Kuss wird ein hungriger, gieriger. Niemals, für keine Sekunde, möchte ich mich mehr von seinen Lippen lösen.

»Ertappt«, haucht er leise vor meinen Lippen, dann spüre ich seine Hand über mein angewinkeltes Bein unter mein Kleid wandern. Ich fahre mit meinen Händen zu seinem Hemd und löse die Krawatte, dann öffne ich drei seiner Hemdknöpfe. *Ich will wissen, wie er aussieht.*

Er schiebt den Stoff meines Kleides zurück und öffnet dann den Reißverschluss. Er will es, so wie ich auch. Und die frühere Evgenia hätte gedacht: *Ich bekomme immer alles, was ich will!* Aber gerade ist dieser Moment viel zu kostbar für solche Gedanken.

Ich streife sein schwarzes Jackett von den Schultern und öffne die letzten Knöpfe seines Hemdes, um ihn dann mit der rechten Hand auf die Sofafläche herabzudrücken. Und Gott, er hat nicht gelogen. Mit meiner Hand wandere ich über seine Muskeln, während ich mich zu ihm hinunterbeuge und ihn küsse.

»Du hast nicht übertrieben«, wispere ich ihm geheimnisvoll ins Ohr und beiße zärtlich in seinen Hals.

»Womit?«, fragt er und umfasst meine Mitte, um mich etwas von sich zu heben.

»Mit deinem Training.«

»Ah, wie sieht es mit dir aus?«, provoziert er mich, hebt mich vom Sofa, ehe ich Widerstand leisten kann, und steht auf, um danach mein Kleid an meinem Körper herabrutschen zu lassen.

Ich dürfte zu dünn aussehen, da ich die letzten Wochen kaum etwas zu essen bekommen habe und keinen Sport mehr getrieben habe. Vor mir steht er oberkörperfrei und betrachtet mich in Unterwäsche.

»Ich sähe ehrlich gesagt anders aus, wenn ich nicht …«

»Sch …«, unterbricht er mich und küsst mich erneut, öffnet dann geschickt meinen trägerlosen BH und lässt ihn auf die Couch sinken. Seine eine Hand verliert sich zwischen meinen Beinen, während die andere meine Brüste massiert. »Mach dir über dein Aussehen keine Gedanken, die *musstest* du dir nie machen«, flüstert er in mein Ohr, mit einem Klang, einer Wortwahl, die mich an *den* Sommer erinnert.

Ich lag mit Kyrill auf der Wiese und er drehte sich zu mir, als ich mir gerade, umständlich mit einem Handtuch um den Körper geschlungen, den nassen Bikini ausziehen wollte.

»Schau weg«, sagte ich zu ihm, doch er tat es nicht. »Kyrill. Ich sage es kein zweites Mal, sonst ziehe ich mich im Wald um.«

»Es gibt nichts, was ich nicht bereits gesehen hätte. Ich werde dich nicht hier und jetzt anfassen, wenn du es nicht willst«, antwortete er.

»Ich weiß, nur will ich nicht, dass du mich jetzt so siehst. Später.«

»Genau, weil du warten willst.«

»Genau«, erwiderte ich und streifte mein Bikinihöschen so geschickt wie möglich herunter. »Trotzdem sehe ich in deinen Augen, dass du mich bereits jetzt nackt sehen möchtest.«

Er lachte amüsiert und schüttelte den Kopf. »Wer möchte dich nicht nackt sehen? Ich hätte die Möglichkeit.«

»Sei leise, uns können die Wanderer hören.«

»Welche Wanderer? Hier ist niemand.«

Ich wollte nicht, dass mich jemand erkannte. Vorsichtig blickte ich mich um, um mich zu vergewissern, dass wir nicht belauscht werden.

»Du brauchst dich für nichts schämen, Genia. Du musst dir über dein Aussehen keine Gedanken machen, zumindest bei mir nicht. Du siehst perfekt aus, so wie du bist.«

Genau das sagte mir einmal Kyrill und es brachte mich zum Lächeln und Röte schoss mir in die Wangen. Dafür liebte ich ihn: für seine gut gewählten Worte, seine Offenheit, seine Ehrlichkeit und sein Vertrauen.

Mir fallen sie erst jetzt wieder ein – erst jetzt, verflucht! Gerade jetzt, da mich Makar daran erinnert. Wie konnte ich diese Worte nur vergessen? Kyrill liebte alles an mir, so wie ich an ihm.

»Sehr freundlich«, antworte ich Makar und öffne den Gürtel seiner Hose.

»Komm mit«, fordert er plötzlich und hält mich davon ab, seine Hose zu öffnen.

»Wohin?«, will ich wissen und senke skeptisch meine Brauen, als er sich meine Hand schnappt, als wäre es selbstverständlich und dann die Zimmer der Suite absucht. Vor dem Schlafzimmer bleibt er stehen, misst das Bett mit seinen Blicken. Dann bemerke ich die Krawatte in seiner Hand.

»Perfekt. Wie geschaffen dafür.«

Was meint er?

»Für was geschaffen?«, will ich wissen, als er auf einmal hinter mir steht und meine Hände auf den Rücken zieht.

»Gedulde dich«, raunt er mir mit einem mystischen Klang in seiner Stimme von hinten entgegen und küsst dann meinen Nacken. Er streicht so sanft einige Haarsträhnen, die sich aus meinem Knoten gelöst haben, über meinen Hals, dass ich davon Gänsehaut bekomme.

Ich schließe meine Augen und spüre, wie er die Krawatte fest um meine Gelenke bindet, als wüsste er, dass ich diese Spiele mag. *Woher?* Es ist privat und bis auf meine Liebschaften sollte keiner etwas davon wissen.

Ich trage nur noch meinen dunkelblauen Spitzenstring, als er mich in das Zimmer, direkt zum frisch gemachten Bett treibt.

»Du solltest eines wissen: Ich stehe nicht auf gewöhnlichen Vanillasex, da wir uns aber nicht bei mir aufhalten, muss ich etwas improvisieren.«

»Was?«, frage ich und will mich gerade zu ihm umdrehen, als er mich bereits zu sich dreht und an seinen Körper zieht. Sein Blick ist hart und finster, was beinahe etwas

Diabolisches zum Ausdruck bringt, bis er nach meinem Kinn greift und mich küsst – und das nicht gerade zärtlich.

»Wird es dir gefallen?«, fragt er mich schließlich, als ich die Matratzenkante an meinen Kniekehlen spüre.

Sicher wird es mir gefallen – da er anscheinend dieselben Vorlieben hat wie ich. Außerdem liebe ich es auch, dominiert zu werden, obwohl ich ungern etwas dem Zufall überlasse. Er ist immer noch fremd und ich habe keine Ahnung, was mich erwarten wird. Dass wir beide Sex wollen, ist jedoch klar, und es fühlt sich unglaublich erregend an, von diesem Mann in dieser Nacht begehrt zu werden.

»Sicher wird es das, da ich keine Anfängerin bin«, versichere ich ihm mit einem gekonnten Augenaufschlag.

Ein schiefes Grinsen erscheint auf seinem Gesicht.

»Ich will es, du willst es, also …«

Er legt einen Finger auf meine Lippen, bevor er mich rücklings auf das Bett stößt.

»Gute Entscheidung.« Wieder dieses geheimnisvolle und zugleich vertraute Schimmern in seinen Augen.

Als ich auf der Matratze liege, schiebt er mich an der Taille ein Stück höher, geht dann vor mir in die Knie und spreizt meine Beine.

»Schließ die Augen. Ich werde es langsam angehen lassen.«

Langsam ist gut. Mit geschlossenen Augen spüre ich den Alkoholrausch umso mehr, fühle, wie sich alles um mich herum dreht. Trotzdem ist es angenehm.

Seine Hände streichen über meine Beininnenseiten, was herrlich kitzelt, dann wandert eine Hand hoch zu meinen Brüsten und – *Gott!* Er umkreist meine linke Brustwarze, dann zwirbelt er sie etwas, bis ich den harten Druck spüre und keuche. Im gleichen Moment streift er mit den Fingern unter dem Slip meinen Venushügel entlang, zieht den Stoff zur Seite. Seine Finger streicheln meine Schamlippen und schieben sie dann etwas auseinander. Das fühlt sich unglaublich gut an, so sinnlich hat es bisher kein Mann getan.

Mein Körper ist überzogen von Gänsehaut, als ich mein Kinn nach oben recke, den Kopf in den Nacken lege.

»Mehr.« *Ich will so viel mehr von ihm spüren*, denke ich, als ich seine Zungenspitze durch meine Spalte gleiten fühle, zuerst zärtlich, dann mit mehr Nachdruck, bis er den Punkt trifft, der meine Beine zittern lässt.

bog – er ist verdammt gut in dem, was er macht undweiß genau, was er tut.

VIERUNDZWANZIG

Makar

Ich wollte schon immer wissen, wie sie sich anfühlt, wie sie schmeckt, wie sie nackt aussieht und da wäre noch die unstillbare Vorstellung, wie es ist, sie zu vögeln.

Natürlich nur mit ihrem Einverständnis.

Meine Zunge umkreist hart ihre Klit, woraufhin sie herrlich keucht und ich das leichte Zittern ihrer Beine spüren kann.

Doch ich werde sie nicht kommen lassen, nicht so schnell. Und sie ist so leicht erregbar. Der Geschmack ihrer Pussy ist rauchig, besonders und mild, beinahe der beste, den ich je bei einer Frau geschmeckt habe. Und ihr nackter Körper räkelt sich wie eine Versuchung in den Laken des Bettes. Sie ist wunderschön. Ihre Brüste sind perfekt, wie sie sich in meine Hand schmiegen, als würden sie mir gehören. Alles an ihr wird mir heute Nacht gehören.

Es ist ein Fehler, den ich begehe. Aber dieser Fehler ist es wert. Mich treibt viel zu sehr die Neugierde an, wie es ist, mit ihr zu schlafen. Wie es ist, sie zu dominieren. Wie es ist, sie in die düstere Welt des BDSM zu ziehen – Stück für Stück. Das alles erinnert mich an die Momente damals, wenn ich sie abends von ihrem Hotel abholte, ihr die Welt eines Jugendlichen zeigte und mir es so vorkam, als würde ich sie in die Finsternis locken.

»Mehr«, höre ich sie keuchen und grinse, als ich mich von ihrer Pussy, die herrlich feucht ist, löse.

Sie schaut etwas perplex, als ich mich erhebe und ihr antworte: »Dieses Wort sollte man nicht gegenüber demjenigen erwähnen, der das Spiel regiert. Zieh deinen Slip aus!«

Ein kurzer Schatten huscht über ihre Augen, als sie meine Worte hört. Dann erscheint dieses weiche Lächeln auf ihren Lippen.

»Mit gefesselten Händen?«, fragt sie und sieht mich an, als hätte ich etwas Unmögliches von ihr verlangt.

Nachdem ich ihre Frage mit einem Grinsen beantwortet habe, verlasse ich den Raum. Sie wird schneller ihren Tanga ausgezogen haben, als ich es vermute.

Im Wohnbereich schnappe ich mir die Champagnerflasche und nehme einen Schluck. Die Hotelfenster bieten einen schönen Ausblick auf einen beleuchteten Park mit hohen Bäumen.

Als ich glaube, dass sie meinen Wunsch zu meiner Zufriedenheit erfüllt hat, kehre ich ins Zimmer zurück. *Wehe, sie hat den Knoten der Krawatte gelöst bekommen.* Für gewöhnlich kann ich Krawatten für Fesselungen nicht ausstehen. Sie sind ungeeignet, der Stoff ist zu seidig und ermöglicht kaum einen stabilen Knoten.

Auf dem Bett finde ich sie gefesselt und vollkommen nackt vor. Ihre Augen verfolgen jeden Schritt, den ich mache, wandern zu der Flasche in meiner Hand. Ich kann ihre Nervosität bis in meine Fingerspitzen spüren, sie fasziniert mich umso mehr. Auch wenn ich für gewöhnlich selten Alkohol trinke, dringt er wie ein Narkotikum in meinen Verstand, lähmt ihn und lässt mich nur daran denken, wie sehr ich sie besitzen will. Diese eine Nacht, nur diese.

Ich gehe auf sie zu, sehe, wie sie ein Stück weiter in die Bettmitte rutscht und ihren Kopf etwas neigt – ganz genau so wie früher.

»Zeigst du Angst?«, will ich wissen.

»Nein, wie kommst du darauf? Sollte ich Angst haben?«, fragt sie und blickt erneut auf die Flasche, als würde ich sie mit dem Hals in ihrer Pussy versenken wollen. Ich senke mein Gesicht und grinse dem Boden entgegen. Sie ist so verdammt gefährlich heiß und teuflisch verboten. *Warum tue ich das? Warum stehe ich hier?* Ich sollte gehen. Das hätte ich längst tun sollen, wenn sie mich nicht wie das Zuckerwasser die Biene angelockt hätte.

»Was ist?«

Ich hole geräuschvoll Luft, aber weiche weiterhin ihrem Blick aus, dem ich nicht mehr widerstehen kann.

»Habe ich etwas falsch gemacht? Sag es mir«, möchte sie wissen und aus dem Augenwinkel sehe ich, wie sie sich auf dem Bett aufsetzt.

»Es war keine gute Idee, herzukommen.«

Ihre Beine liegen leicht verschränkt und angewinkelt auf dem Bett, sie hat sich aufgerichtet, sodass sie sämtliche Reize verdecken kann.

»Das kann ich verstehen, sehr sogar. Aber bleib … bitte«

Kann sie nicht und wird sie nicht. Wie könnte sie auch?

Mit gefesselten Handgelenken schiebt sie sich über die Matratze, während ich die Flasche auf den Boden sinken lasse, deren Inhalt ich eigentlich über ihren Körper laufen lassen wollte.

»Ich sollte gehen«, beschließe ich und schließe meinen Gürtel, den sie zuvor geöffnet hatte. Ich hätte längst gehen sollen.

Als ich die Tür erreicht habe, schiebt sie sich geschickt vor mich und schüttelt den Kopf.

»Was ist los? Rede mit mir. Habe ich etwas falsch gemacht?«, fragt sie mich, obwohl ich derjenige sein sollte, der sich diese Fragen stellt.

»Nein«, knurre ich und und räuspere mich leise.

»Was ist es dann? Gefalle ich dir nicht?«

Ich muss mir auf die Zähne beißen, um die Worte »Verfluchte Scheiße, du gefällst mir zu sehr« herunterzuschlucken. Ich kann nicht weitermachen, als sei nichts geschehen. Ich habe sie Wochen festgehalten und spüre kein Gefühl der Genugtuung. Jede Vergeltung scheint den Schmerz nicht lindern zu können, den sie verursacht hat. All die Jahre!

»Daran liegt es nicht. Du bist wunderschön. Kein Mann, der hier wäre, würde dich zurückweisen, nur …«

»Was ist es dann?«, will sie weiter wissen und kämpft sich aus der zusammengebundenen Krawatte. Und es gelingt ihr. Ich sagte ja schon, Krawatten für Fesselspiele zu verwenden ist Schwachsinn oder etwas für Anfänger.

Ihre Hände legen sich auf meine Schultern und sie schiebt mich ein Stück zurück. »Sag es mir, Makar. Sag es mir bitte.« Das Wort *bitte* habe ich sie zuletzt aus dem Verlies, in dem sie saß, wimmern gehört.

»Ich kann nicht! Versteh es! Nimm es hin und akzeptiere es«, antworte ich ihr und will sie beiseiteschieben, um im Wohnbereich mein Hemd und Jackett aufzusammeln.

Ein Blick über meine Schulter zeigt Evgenia aufgelöst und zugleich verletzt, beinahe den Tränen nah. »Geh nicht.«

»Ich muss.« Ich greife nach meinem Hemd und versuche jeden Blick in ihre Richtung zu vermeiden, da er mich unvermeidlich meine Entscheidung wieder überdenken lassen würde.

Plötzlich steht sie wieder vor mir und presst sich an meinen Körper, schlingt ihre Arme um mich und schenkt mir Wärme, wie ich sie … ich schwöre es bei Gott, wenn es ihn gibt, nie gespürt habe.

»Rede mit mir. Du bist der erste Mensch, der … der mich mag, so wie ich bin. Der …«

Das kann sie unmöglich glauben. Was ist mit Jork, Devid, Saskia, Finja? Das alles sind Menschen, die ich von einem Detektiv habe ausfindig machen lassen. Sie war von ihnen umgeben, immer, und fühlte sich nicht gemocht?

Ich balle meine Hände neben meinen Beinen zu Fäusten und würde sie am liebsten wegstoßen, doch ich spüre ihre nackte Haut auf meiner, spüre ihre Lippen auf meiner Brust. Sie wirkt so verletzlich, so zerbrechlich und zerstörbar.

Und mein Herz – ich verfluche mein Herz.

Ich sollte längst im Casino mit den Jungs sein, die ich für sie, nur für sie, verlassen habe. Ich habe den Abend vorzeitig für Genia beendet, um sie zu sehen, noch einmal und …

Ohne zu überlegen umfasse ich ihre Schultern und küsse sie. Sie erwidert den Kuss beinahe dankbar und lässt ihre Finger über meinen Oberkörper gleiten. Leise höre ich sie seufzen, als ich sie in der nächsten Sekunde rückwärts zur Wand treibe. *Ich will sie! Fuck, ich will sie einfach, jetzt, ohne große Spiele, ohne sie zu fesseln, ohne sie zu dominieren …*

Ich stoße sie nicht gerade sanft gegen die Wand und halte sie an ihr gefangen, sodass sie keine Möglichkeit hat, zu entkommen. Zugleich umkreisen sich unsere Zungen.

»Es ist deine Schuld«, keuche ich vor ihren Lippen, bevor ich sie weiter küsse, stürmischer, unbändiger und ohne jede Kontrolle. Jeder Kuss mit ihr ist Teil eines Teufelskreises, den ich nicht durchbrechen kann. Meine Hand fährt zu ihrem Gesicht, umfasst ihren Kiefer, während die andere meinen Gürtel erneut öffnet. Ich spüre bereits ihre harten Brustwarzen über meine Haut gleiten.

»Du würdest mir sagen, wenn du es nicht willst?«, frage ich sie erneut mir mehr Nachdruck.

»Würde ich. Ich bin keine siebzehn mehr. Ich will es, hier, jetzt und nur mit dir.«

Ich stöhne dunkel über ihren Vergleich mit ihrem siebzehnjährigen Ich, ziehe sie dann noch näher an mich und hebe sie an der Wand hoch. In meinen Händen spüre ich ihre prallen Pobacken, dann wie feucht sie ist und dass sie nur darauf wartet, gevögelt zu werden.

»Aber nicht hier«, raune ich ihr ins Ohr, wobei meine Küsse über ihr schönes Gesicht wandern und ich sie fest im Griff habe. Sie wirft mir einen fragenden Blick entgegen, den ich nur mit einem leisen Lachen quittiere. Dann hebe ich sie an mir hoch. Ihre Beine verschränken sich wie selbstverständlich hinter meinem Rücken, als hätten wir das bereits schon Ewigkeiten so getan, dann trage ich sie wieder ins Schlafzimmer und lege sie vorsichtig auf das Bett. Gedimmte Lampen werfen Schatten an die Wände und schmeicheln ihrem traumhaft schönen Körper, als sie sich in den Laken unter mir höher schiebt, als könnte sie mir entkommen. Ich erhebe mich, werde meine Hose los, ziehe meine Schuhe aus und streife meine Shorts herunter, um im nächsten Moment über ihr zu liegen und sie unter mir gefangen zu halten. Fuck, mein Schwanz fühlt sich heiß und prall an, mit jedem Anblick von ihrem schlanken Körper mehr. Das Verlangen sie einfach zu nehmen, wird immer größer.

Ich will es einfach – einfach wissen, wie es sich mit ihr anfühlt. Die ganze Zeit, seit ich hier bin, frage ich mich, ob es das wert ist – Jekaterina mit ihr zu betrügen, obwohl ich vorher nie mit Evgenia geschlafen habe.

Verlangend hebt sie ihren Kopf und ich sehe, wie sich ihre Lippen etwas öffnen, als ich über ihr liege und langsam mit meiner Schwanzspitze in sie eindringe. Und es fühlt sich teuflisch gut an.

»Du bist …«, kommt es über ihre Lippen.

»Sch … Nicht reden. Den Moment will ich genießen«, verbiete ich ihr das Sprechen und schiebe meine Härte tiefer in ihre Pussy. Voller Lust spüre ich meinen Schwanz pulsieren und wie ihn ihre Scheidenmuskeln mit jedem Zentimeter, den ich tiefer in sie stoße, umschließen. Sie ist so geil eng, so unglaublich perfekt, dass ich zur Decke keuche und dann ein Bein von ihr über meine Schulter lege, bevor ich erneut in sie eintauche und sie mir nehme.

Meine Hand verliert sich auf ihrer rechten Brust, umfasst sie, während ich weiter mit ihr schlafe und mich zu ihr herabbeuge. Sie küsst mich, kaut sinnlich an meiner Lippe und saugt an meinem Hals und mit jeder Minute mehr verliere ich meinen Verstand und meine Kontrolle.

Evgengia

Er lässt mich nicht entkommen, wollte jedoch vor Minuten gehen. Und jetzt liegt er über mir mit diesem trainierten, athletischen Körper und ich spüre seinen Schwanz tief in mir, der über eine meiner sensibelsten Zonen reibt.

»Gott«, keuche ich lauter, als er mich schneller vögelt. Ich lasse ihn meine Fingernägel auf seinem Rücken spüren, dann schlinge ich mein anderes Bein um seine Hüfte. Ich will seine Zunge und Lippen fühlen.

Ich küsse ihn und halte den Widerstand, damit er tiefer eindringen kann. Obwohl der Sex wild, hemmungslos und alles andere als verklemmt und zurückhaltend ist, kann ich nicht anders, als ihn zu küssen, was ich zuvor immer für zu kitschig hielt. Aber jetzt …

»Was wird das?«, frage ich ihn, als er mich auf den Bauch umdreht und ich im nächsten Moment seine Härte wieder in mir spüre.

»Stellst du immer so viele Fragen, wenn du gefickt wirst?«

»Du fickst mich nicht«, antworte ich ihm ironisch und lache in mein Kissen.

»Ach nein?« Er hebt meine Hüfte an, bis sein Schwanz tiefer, härter und bis zum Anschlag in meine Pussy stößt, sodass ich keuche. »Wie denkst du jetzt darüber?«

Ich kralle meine Fingernägel in das Laken und raufe es zusammen. »Ist das alles?«, provoziere ich ihn, woraufhin er meine Hüfte fester umfasst, mich dann zwischen den Schulterblättern auf das Bett herunterdrückt und mich hemmungslos und mit so viel Leidenschaft vögelt, dass mir schwindelig wird.

Ich beiße in den weißen Stoff, strecke ihm meinen Arsch weiter entgegen und genieße jeden Stoß, wie er mich hart nimmt und seinen großen Schwanz tiefer in mir versenkt, sodass ich leise wimmere und kurz – ich weiß nicht warum – sich Tränen in meinen Augenwinkeln einnisten. Niemals hatte ich so genialen Sex, das schwöre ich, niemals habe ich so ein Prachtexemplar in mir gespürt, niemals einen Mann mit BDSM-Vorlieben kennengelernt, die wir zwar gerade nicht ausüben, aber …

»Du weinst doch nicht?«, fragt er plötzlich, zieht sich wieder aus mir zurück und dreht mich auf den Rücken. Ich kann nicht einmal protestieren, so resolut rollt er mich um.

»Schau mich an!«, befiehlt er mir, als sei er mein Master.

»Ich weine nicht«, versichere ich ihm und strecke meine Hand nach seinem Gesicht aus, in das nun dunkle Haarsträhnen fallen. Er forscht ungewöhnlich lange in meinem Blick, streichelt über meine Brüste und senkt sich dann zu mir herab. Er hebt eine Braue, dann schiebt er meine Beine erneut auseinander und unsere Blicke erscheinen mir wie stille Geheimnisse, die wir, ohne sie auszusprechen, miteinander verbinden, bis ich …

»Ah.« Wieder dringt er in mich ein, sodass ich den Kopf auf die Seite lege.

Seine Lippen gleiten schmeichelnd über meinen Hals, seine Hände umfassen meine Brüste, suchen meine Klit und reiben sie feucht, während sein Schwanz mich weiter fickt. Und das bis zum Höhepunkt. Ich spüre die Hitze bis in meine Fingerspitzen kribbeln, das Verlangen in meiner Klit pochen und wie sich meine Brustwarzen prickelnd zusammenziehen.

Zugleich fühle ich, wie sich seine Härte schneller in mir bewegt, über meine empfindliche Stelle reibt, bis sie meinen G-Punkt trifft und ich, beide Arme ausgestreckt, meine Hände ins Laken kralle und mich aufbäume. Er ist unglaublich gut, nie hätte ich das erwartet. Ich stöhne laut auf und werfe den Kopf in den Nacken, als ich zum Orgasmus komme. Meine Scheidenmuskeln kontrahieren und eine sengende Hitze regiert meinen Körper.

»Sieh mich an, Genia. Schau mir in die Augen«, weist er mich an, wobei er keucht und mein Körper von Lustwellen durchflutet wird.

Mit Mühe kämpfe ich gegen den Drang an, den Kopf weiter im Nacken zu halten und blicke blinzelnd in seine dunkelbraunen, verführerischen und zu gleich teuflisch schönen Augen. Er beugt sich zu mir herab, küsst mich und kommt halb knurrend, halb stöhnend in mir.

Überragend! – denke ich keine Sekunde später.

Er stößt weitere Male in mich und Gott, fühlt sich das gut an. Ich drehe meinen Kopf zur Seite, als er mein Kinn umfasst und mich dann, noch immer in mir, küsst, sanft, trotzdem leicht fordernd. Seine Zunge umschmiegt meine, fährt meine Zähne entlang und schließlich löst er sich mit leisen Worten, die ich nicht verstehe, von meinen Lippen und blickt mir bedrohlich lange in die Augen.

»Du tust es wieder«, sage ich und schmunzele.

»Was?«

»Mich anstarren, als sei ich ein Alien, eine Jungfrau oder ein Stück Sachertorte«, scherze ich.

»Da täuschst du dich. Ich starre nicht. Ich schaue dir nur in die Augen, in diese grünblauen Augen, die von dunkelbraunen Sprenkeln durchzogen sind. Gefällt mir. Darf man nicht ansehen, was einem gefällt?«, kontert er und stemmt beide Hände etwas höher über mich.

»Sicher, wenn man um Erlaubnis bittet. In Galerien verlangen sie Eintritt dafür, dass man Bilder anschauen darf, die einem gefallen.«

»Alles Narren. Es gibt so viel umsonst zu bestaunen.«

»Wie meine Augen?«

»Ja, wie deine Augen«, haucht er mir mit einem samtenen Klang in seiner Stimme entgegen und betrachtet mich weiter.

Ich wünschte, der Moment würde nicht vergehen, es fühlt sich zwar falsch, aber zugleich auch richtig an.

Ich lächle, hebe dann mein Gesicht, um ihn zu küssen, mit den Händen über seinen Rücken zu gleiten und dann die Augen zu schließen.

»Du bist müde«, stellt er fest.

»Ja, von deiner Leistung«, ziehe ich ihn auf und meine Mundwinkel zucken, bringen aber kein Lächeln mehr zustande. »Und der Alkohol fordert seinen Tribut.«

»Ich hab dich doch nicht an deine Grenzen gebracht?«

»Niemals.« Ich winke kurz ab, spüre, wie er sich aus mir zurückzieht, sich neben mich legt und mich dann in seinen Arm zieht.

»Beruhigt mich, dass es doch der Alkohol war und nicht ich dich überfordert habe.«

»Es war perfekt. Wirklich«, murmle ich und streiche blind Haarsträhnen aus meinem Gesicht. »So hätte ich mir mein erstes Mal vorgestellt.«

Warum ich das sage, weiß ich nicht.

»Wie war es?«, höre ich seine Stimme nah an meinem linken Ohr und spüre seinen Atem auf meiner Stirn. Wundervoll warm, mit einem Hauch von Geborgenheit und Wärme, den ich lange nicht mehr gespürt habe – wenn ich ihn überhaupt jemals gespürt habe.

»Nicht schön. Achtzehn, betrunken auf einer Feier«, bringe ich die Worte müde zusammen.

Ein tiefes Stöhnen ist zu hören, gefolgt von den Worten: »Du hättest etwas anderes verdient«, dann sinke ich in einen tiefen Schlaf.

FÜNFUNDZWANZIG

Evgenia

Ich las sie – immer und immer wieder. Die Anzeige, in der stand, wann und wo Makar heiraten würde. Mehrfach habe ich Google einiges abverlangt, um irgendeine Info aus dem Internet zu quetschen, bis ich einen Artikel über den ominösen Milliardär Makar Sacharow fand, der nebenbei Kinderheime und Tower errichten lässt.

Heute, in drei Stunden, wird er Jekaterina Lasarewa zur Frau nehmen. Eine Ministertochter, dessen Vater viel Gutes für Russland und die Bevölkerung getan hat. Und beide sehe ich zusammen auf einem Foto abgebildet ein Interview geben, das mir das Herz stehen bleiben lässt.

Sie ist wunderschön, wirkt freundlich, bescheiden und zurückhaltend – ganz genau so, wie ich sie vor Monaten vor dem Bürogebäude kennengelernt habe, als ich ihren Hund treten wollte. Sie ist perfekt für ihn.

Etwas streift meine nackten Wanden entlang und fängt leise an zu miauen.

»Kater«, seufze ich und blicke auf das kleine Katzenknäul hinab, das rabenschwarz ist wie die Nacht und das ich aus einer Mülltonne gezogen habe. Es hat darin nach Futter gesucht, war besitzerlos und wirkte ganz und gar hilflos. Der Kater dürfte nicht einmal vier Monate alt sein. Wer setzt solch ein süßes Kätzchen aus?

Obwohl es im Hotel verboten ist, Tiere zu halten, habe ich es mitgenommen und dem Hotelchef versprochen, ihm eine Extrasumme als Entschädigung zu zahlen. Nachdem er die mehreren tausend Rubel gesehen hat, hat er lächelnd abgewunken, das Geld einkassiert und mich die Katze in das oberste Stockwerk tragen lassen. Mit Geld erreicht man alles. Ganz genau so macht es auch Sacharow, der, als ich am nächsten Morgen nach unserer Nacht aufwachte, nicht mehr neben mir lag. Zuerst glaubte ich, er sei im Bad oder bereits unten beim Frühstück – doch ich täuschte mich. Er war verschwunden, vermutlich nicht mal eine Stunde, nachdem ich eingeschlafen war, gegangen.

Als ich zu der Erkenntnis kam, mal wieder zurückgewiesen worden zu sein, bohrte sich ein tiefes Loch in mein Herz, das jetzt noch schmerzt. Heute ist sein Tag. Er wird Jekaterina, eine bildhübsche Russin, heiraten, deren Eltern ein Vermögen mitbringen.

Ich hebe die Tasse an meine Lippen und nehme einen Schluck von meinem Kaffee, als ›Kater‹ wieder miaut.

»Schon gut, du bekommst auch etwas. Du bist der einzige Mann, der momentan dauerhaft bei mir bleibt, obwohl wir uns auch erst sieben Tage kennen. Womöglich gehst du auch, wenn du dir das von mir geholt hast, was du wolltest. So ist es immer.«

Daher tat es früher so gut, andere Leute auf genau dieselbe Art und Weise zu behandeln. Ihnen so zu zeigen, was ich von ihnen halte, bevor sie mich verletzen konnten.

Ich sollte weiter meinen Umzug nach St. Petersburg planen und mich nicht mehr mit Überlegungen und Grübeleien aufhalten, schließlich wusste ich von Anfang an, dass Makar bereits vergeben ist.

Ich gehe in die Küche der Suite und hole Katzenfutter hervor, das ich meinem kleinen Kater in einer Müslischüssel auf den Boden stelle. Wieder streift er um meine Beine, bis er aus seiner Schüssel frisst und ich ihn im Nacken kraule.

Übermorgen wird der Umzug beginnen. Ich habe bereits eine hübsche Wohnung gefunden, mehr am Stadtrand, die vorerst meinen Bedürfnissen gerecht wird. Der Umzugsdienst ist informiert und schon in drei Tagen werde ich Moskau den Rücken zugekehrt haben. Ich muss. Schließlich will ich nicht von meinem Entführer gefunden werden, der sicher nach mir sucht und jeden Stein in der Stadt umdreht.

Nur ein Gedanke quält mich: Makar nicht wiedersehen zu können.

Du solltest zur Hochzeit fahren, dich davon überzeugen, dass er sie wirklich heiratet, ihn ein letztes Mal sehen – ermahnt mich mein Gewissen, obwohl es völlig absurd ist. Mich wird niemand reinlassen, da ich nicht auf der Gästeliste stehe.

Trotzdem! Ich will ihn sehen, ein letztes Mal.

Vor dem Eingang der Kirche, der mit roten Samtbändern abgesperrt ist, als würde der Präsident persönlich hier residieren, stehen zwei Bodyguards, die alles bewachen, als könnte es jederzeit zu einem Schusswechsel kommen.

Vor der größten orthodoxen Kirche, die es in Moskau gibt, parken mehrere Limousinen, teure Wagen und weniger teure. Doch alles ist verlassen, stelle ich fest, als ich mich bis auf zwanzig Meter Entfernung nähere.

Ich zähle die pastellfarbenen Rosen, die die Wagen schmücken, sehe bereits Familien mit Kindern durch das Portal der Kirche treten, die wohl jeden Moment Blütenblätter in der Luft herumwirbeln lassen dürften. Ungeduldig lehne ich mich an die Kirchenfassade, nehme dann wieder Abstand und gehe ein paar Schritte, um im nächsten Moment mein Handy aus der Tasche zu angeln. Doch es ist neu, niemand außer Makar und Jork kennt die Nummer, also brauche ich keine Nachrichten zu erwarten. E-Mails?

Gott, ich bin so verdammt nervös, dass ich mit dem Fuß auf den Pflastersteinen trippele. Dann öffnen sich von leiser Orgelmusik begleitet die Tore und eine Schar an Menschen verlässt die Kirche – nicht das Brautpaar, wie üblich. *Irgendwo wird er unter ihnen sein.* Ich werde von einem Klirren abgelenkt und mein Blick wandert von den Hochzeitsgästen zu einem teuren Luxuswagen, dessen Frontscheibe gerade demoliert wird. Ich kneife die Augen zusammen, um zu begreifen, was knapp fünfzig Meter vor mir und den Gästen passiert. Drei Männer, die ganz und gar nicht freundlich aussehen, schlagen auf den Wagen ein, zerschmettern die Scheiben und hinterlassen mit weißer Farbe eine Botschaft.

Wie gelähmt stehe ich noch einen Moment lang da, um dann auf die Männer zuzugehen, was zugegebenermaßen eine dumme Idee ist, aber ich ahne, wem das Auto gehört.

»Los, hört auf damit! Ich rufe die Polizei!«, schleudere ich ihnen entgegen, ohne mich weiter zu nähern, da ich weiß wie schnell russisches Temperament in einem Mord enden kann. Sie blicken zu mir, lachen und schlagen erneut Beulen in den Wagen, bis ich auf sie zueile. »Schweine!«

Sie blicken mir erneut entgegen, doch als der weiße Schriftzug fertig geschrieben ist, steigen die drei in einen dunklen Jeep und verlassen den Ort. *Was soll das?*

Auf der zertrümmerten Frontscheibe kann ich die Worte lesen »Ich will alles zurück – On otnositsya ko mne« Was will jemand zurück? Etwa den Wagen?

Ich taste mit den Fingern über die weiße Farbe und selbst mir tut der Anblick des nun schrottreifen Autos weh.

»Sie wissen es, wurde auch Zeit«, höre ich hinter mir eine atemlose Männerstimme sagen. Als ich mich umdrehe, sehe ich Makar, begleitet von Timur, Delina und noch zwei weiteren Männern und im Hintergrund Jekaterina, vollkommen in weißem Tüll verhüllt, zu uns blicken. Sie sieht wie eine Prinzessin aus, traumhaft schön, während Makar einen schwarzen Anzug trägt, der ihm ausgezeichnet steht, vor allem, weil sein Hemd einen Stehkragen hat und weil er sich statt einer langweiligen Krawatte für einen Schal entschieden hat.

»Schuld daran dürfte Jekaterina sein. Ich wusste, sie würde es übertreiben. Ich mag die Frau, ehrlich, aber sie hat überall bekannt gegeben, wann ihr heiratet«, sagt Timur, der genauso elegant gekleidet ist. Neben ihm steht Delina mit einer Brille und stemmt ihre Hände in die Taille.

»Tolle Sauerei. Hast du ihr Kennzeichen erkannt?«, fragt sie letztendlich mich, womit ich nicht gerechnet habe.

»Ja, habe ich. Aber … Ich war wohl zur falschen Zeit am falschen Ort. Dürfte ich dich kurz sprechen?«, richte ich meine Bitte an Makar.

»Du hast alles gesehen?«, will er wissen, als er mit wenigen Schritten auf mich zukommt.

»Ja, und ich wollte eingreifen, aber …«

»Du wolltest sie daran hindern? Du musst lebensmüde sein.«

»Nein, nur darauf bedacht, dass sie keinen weiteren Schaden anrichten!«, antworte ich ihm bissig. »Was ist daran lebensmüde, dass ich nicht wollte, dass sie deinen Wagen in eine Konservendose verwandeln?« Er sollte seine Wut lieber auf die richten, die den Schaden verursacht haben.

»Sie sind gefährlich, deswegen. Was wolltest du überhaupt hier?«

Das fragt er mich wirklich?

Ich grinse knapp den Pflastersteinen entgegen, dann blicke ich zu ihm auf. Hinter ihm sehe ich seine Frau, die jeden von unseren Schritten im Auge behält, genau wie auch die anderen Gäste.

»Nichts, ich wollte nichts. Ich sollte gehen.« Rückwärtsgehend schlinge ich meine Handtasche über die Schulter, mit der ich was tun wollte? Die Sachbeschädiger verprügeln? Hätten sie früher auf meinen Wagen eingeschlagen, hätte ich es getan.

In meinem schwarzen Kleid und meinem hellen Blazer winke ich ihm enttäuscht zu, dann wechsle ich die andere Straßenseite und nehme das nächste Taxi. Und von denen stehen genügend an dem Festplatz herum.

Makar

»Du siehst wunderschön aus, Jekaterina«, sage ich zu ihr, nachdem ihr Vater sie bis zum Traualtar geführt hat.

»Danke, du ebenfalls. Endlich wird es wahr.«

Nein – denke ich, hole zwischen geöffneten Lippen Luft und weiche ihrem Blick aus.

»Ich kann dich heute nicht heiraten«, sage ich leise zu ihr, damit uns weder der Pfarrer belauscht, der uns mit seinen aufdringlichen Blicken mustert, noch die Presse, die hier nichts verloren hat.

»Wie meinst du das? Was ist passiert?«, flüstert sie, während die Blicke aller Gäste an uns kleben.

»Die Presse, der ganze Trubel – so sollte es nicht ablaufen. Nicht, wenn es nach mir geht. Ich brauche Bedenkzeit, da es etwas gibt, das ich vor der Hochzeit erledigen muss.«

»Es war alles geplant.«

Oh nein, Tränen glitzern in ihren Augen.

»Hätte ich dich heute Morgen erreicht, hätte ich es dir früher gesagt.«

»Es ist kein Problem, wenn du plötzlich Angst bekommst.«

»Sehe ich so aus?«, erwidere ich und schüttele den Kopf. »Ich kann nur heute nicht, nicht bevor etwas endgültig geklärt ist.«

Sie legt beide Hände auf ihr Gesicht und jeder dürfte sehen, um was für eine Unterhaltung es sich handelt. Ich hätte Jekaterina spontan heiraten sollen, nicht so pompös, und ich hätte ihr nicht alles überlassen sollen. Und Genia hätte niemals fliehen dürfen. Sie dann noch wiederzusehen, erleichterte mir meine Entscheidung, Jekaterina nicht zu heiraten. Ich will sie heiraten, aber nicht unter diesen Umständen.

»Es war alles umsonst?«, will sie wissen.

»Atme durch, du bekommst in dem Kleid kaum Luft«, sage ich, da ich sehe, wie sie in kurzen Atemzügen Sauerstoff in ihre Lungen saugt. »Ich heirate dich, nur dich – nur nicht heute.« Ich wende mich zu den Gästen. »Die Hochzeit – ich muss euch alle enttäuschen – wird vorerst verschoben. Ich danke euch, dass ihr alle gekommen seid.«

Zum Teil stehen dort Menschen, die ich nicht einmal kenne. Keiner aus meiner Familie ist erschienen, nur Geschäftspartner von Jekaterinas Vater, ihre Verwandten, Kollegen, Freunde und keine Ahnung wer noch alles. »Und das wird nicht veröffentlicht«, raune ich den Reportern zu, als ich an ihnen vorbeigehe. Jekaterina sieht am Boden zerstört aus, aber sie wird es verstehen müssen. Ich wollte eine Hochzeit im Herbst, nicht im Sommer, da meine Pläne Vorrang haben.

»Komm, Darling.« Ich reiche ihr meine Hand und versuche sie mit leisen Worten zu trösten, als sich zeitgleich alle Gäste aus den Bankreihen erheben und die Kirche verlassen.

»Du gehst nicht, oder?«, fragt sie mich und hakt sich bei mir unter. Mit Tränen in den Augen blickt sie zu mir auf, was ich nicht länger ertragen kann.

»Nein, ich werde dich nicht verlassen. Das werde ich nicht tun«, versichere ich ihr, als Timur mit Delina, Alexej und Zakhar immer weiter zu mir aufrücken. Sie sind ganz sicher gespannt darauf, was das alles zu bedeuten hat. Ich habe lange genug darüber nachgedacht, was ich tue.

Ihr das Herz brechen? Nein.

Die Hochzeit absagen? Ja.

Die Reporter maulen, als wir aus der Kirche zwischen den Gästen ins Freie treten. Kurze Zeit später sehe ich eine Frau an meinem Wagen stehen, dann einen Jeep mit quietschenden Reifen davon fahren.

»Warte kurz, Darling.« Ich gebe ihr einen Kuss auf die Stirn, bevor ich die anderen zu mir winke und auf meinen Wagen zugehe.

»*Sie* wissen es, wurde auch Zeit«, sage ich, als ich neben Genia stehe und den Schriftzug lese. *Sie wollen es wiederhaben? Es gehört nicht einmal ihnen! Nicht ein Rubel.*

»Schuld daran dürfte Jekaterina sein«, beschwert sich Timur, der sein Gesicht verzieht, als er den Wagen genauer begutachtet. »Ich wusste, sie würde es übertreiben. Ich mag die Frau, ehrlich, aber sie hat überall bekannt gegeben, wen sie heiratet.«

»Tolle Sauerei. Hast du ihr Kennzeichen erkannt?«, fragt Delina Genia, die in einem dunklen Kleid von dem Wagen Abstand nimmt und zu mir blickt. Warum ist sie hier? Sie dürfte nicht hier sein. Aber wenn sie so schnell herausgefunden hat, wann ich heirate und vor allem wo, wird *er* es auch wissen. Darauf habe ich lange gewartet. Sehr lange und ich freue mich jetzt schon auf unsere Begegnung.

»Ja, habe ich. Aber … Ich war wohl zur falschen Zeit am falschen Ort. Dürfte ich dich kurz sprechen?«, fragt mich Evgenia, die etwas überfordert zu sein scheint und deren Blick nur an meinem Anzug klebt.

»Du hast alles gesehen?«, will ich wissen und gehe wenige Schritte auf sie zu.

»Ja, und ich wollte eingreifen, aber …«

Ist sie wahnsinnig?!

Ich ziehe meine Brauen zusammen und stöhne leise.

»Du wolltest sie daran hindern? Du musst lebensmüde sein.«

»Nein, nur darauf bedacht, dass sie keinen weiteren Schaden anrichten!«, antwortet sie mir in einem Tonfall, der mir nicht gefällt. »Was ist daran lebensmüde, dass ich nicht wollte, dass sie deinen Wagen in eine Konservendose verwandeln?« Meine Gesichtszüge dürften mit jeder Sekunde mehr zum Ausdruck bringen, in welch gefährliche Lage sie sich gebracht hat. Sie weiß nicht. mit wem sie es zu tun hat – trotzdem rechne ich es ihr hoch an, eingeschritten zu sein.

»Sie sind gefährlich, deswegen. Was wolltest du überhaupt hier?« Kurz nachdem ich meine Frage gestellt habe, kenne ich bereits die Antwort. Sie war hier, um mich und meine Braut zu sehen, denn immer wieder blickt sie an mir vorbei zu Jekaterina.

»Nichts, ich wollte nichts. Ich sollte gehen.« Rückwärtsgehend schlingt sie ihre Handtasche über die Schulter und schüttelt den Kopf, als sei das alles hier nicht wahr. Als sie die Straße überquert hat, springt sie in das nächste Taxi.

»Sie ist mutig«, höre ich Delina sagen. »Warum auch immer sie es getan hat.«

»Und sie ist gerade verschwunden«, stellt Timur neben mir fest. »Sie wollte dir sicher etwas sagen und ich vermute, es bezieht sich auf eure Nacht. Tja, sie tut mir leid.«

»Mir nicht«, gehe ich ihn an.

»Du solltest mit ihr reden«, mischt sich Zakhar ein, der von Frauen keine Ahnung hat.

»Ja, da gebe ich ihm recht.« Timur verschränkt seine Arme.

Delina greift nach meiner Schulter und zieht mich näher zu sich. »Sie wird umziehen«, sagt sie leise. »Zumindest habe ich das aus ihren Kontobewegungen herausgelesen. Nach St. Petersburg.«

»Bist du dir sicher?«, hake ich nach und ziehe meinen gekrümmten Zeigefinger an die Lippen.

»Sehr sicher. Morgen ist sie fort. Soll ich sie weiter im Auge behalten? Lass sie einfach gehen. Du hattest deine Genugtuung. Was du ihr angetan hast, auch vorletzte Nacht …«

»Kein Wort«, ermahne ich sie und hebe meine rechte Hand, damit sie schweigt. Genia wird nach Petersburg reisen, um dort nach Kyrill zu suchen, der bereits tot ist. Er lebt nicht mehr. Kyrill saß fünf Jahre unschuldig im Gefängnis und ist als Makar wiedergekommen. Sie kann nach ihm suchen, wird ihn aber nicht finden. Aus ihren Erzählungen weiß ich, dass sie sich immer noch an mich erinnert und ihr Unterbewusstsein ihr Streiche spielt.

»In Ordnung, aber …«, beginnt Delina und stupst ihre Brille höher auf den Nasenrücken. »Aber du verbietest mir nicht das Wort. Ich weiß genau, warum du Jekaterina nicht geheiratet hast.«

»Ich ebenfalls«, fügt Timur grinsend hinzu. »Ja, die Liebe.«

Zakhar und Alexej nicken, weil sie wissen, wo ich vorletzte Nacht war. Ich war betrunken, es war ein Irrtum, der kein zweites Mal eintreten wird. Der Sex mit ihr war etwas Besonderes, ganz genau so, wie ich ihn mir vorgestellt habe, aber es wird keine Wiederholung geben. Genau deswegen habe ich gegen vier Uhr nachts Genias Suite verlassen.

»Haltet euch zurück!«, fauche ich, was ich selten tue. »Ihr wisst nicht, wovon ihr sprecht.«

Timur fährt sich durch sein dunkles Haar, sodass seine blauen Augen mehr hervorstechen. »Ja, sicher. Ich weiß nicht, wovon ich rede. Ich sag dir mal was: Ich weiß genau, dass du sie gevögelt hast und pausenlos an sie denkst. Und dann willst du mir erzählen, dass es Zufall ist, dass sie ausgerechnet am Tag deiner Hochzeit hier aufkreuzt und irgendwelche Ganoven für dich in die Flucht schlägt? Es ist offensichtlich: Du liebst sie. Das sieht doch jeder. Deine Rache, mein bester Freund, ist fehlgeschlagen. Falls es dich interessiert, wir wissen, wohin sie ziehen will. Willst du das auch wissen?«

»Ich gehe zu Jekaterina und will kein Wort mehr von Evgenia hören!«

»Nennst du sie nicht sonst Genia?«, korrigiert mich Zakhar mit einem selbstzufriedenen Lächeln. Er hat dunkelblondes Haar und harte Gesichtszüge, was sein Lächeln noch mehr zum Ausdruck bringt.

»Haltet euch zurück, alle!«, knurre ich, schiebe beide Hände in die Hosentaschen meines Anzugs und suche Jekaterina, die von Gästen umringt vor der Kirche steht, auf. Genia hätte länger einsitzen müssen, dann wäre alles so verlaufen, wie ich es geplant hatte!

Ich hole im Gehen tief Luft und blicke auf den türkisen Siegelring an meiner Hand. Ich habe ihn von Sergej erhalten, der ihn mir, als sei ich sein Sohn, als Erbe vermacht hat.

»Sollte ich vor unserer Flucht sterben, nimm ihn dir. Der Ring soll dir gehören. Und finde die Insel, bevor es den russischen Behörden gelingt, Junge«, ertönt immer noch seine raue, beinahe kratzige Stimme, vom Alter und der Meeresluft geprägt, in meinen Ohren. Ihm habe ich alles zu verdanken. Mein Leben. Meinen Reichtum. Die Insel. Meinen Sieg.

Ob Sergej es gutheißen würde, dass ich an der Person Rache nehme, die mich in das Gefängnis gebracht hat? *Nein.* Er wurde ebenfalls unschuldig eingesperrt.

»Was ist mit deinem Wagen passiert?«, fragt mich Jekaterina und schaut auf den Lamborghini.

»Nichts, ein paar Jugendliche, die sich einen Spaß erlaubt haben.«

»Ich sage dir was.« Jekaterinas Vater kommt auf mich zu. »Ich werde es kein zweites Mal dulden, dass du meine Tochter vor dem Altar zurückweist! So etwas gab es bisher nicht in unserer Familie und so etwas wird es auch kein zweites Mal geben.«

»Vater, bitte«, will ihn Jekaterina beruhigen. Doch ihr angetrunkener Vater scheint so richtig in Fahrt zu kommen.

»Welche Gründe willst du vorbringen?«

Mit seinem dichten ergrauten Haar und der leicht gekrümmten Haltung kann ich ihn kaum ernst nehmen. Es gibt nur einen Grund: *Evgenia.*

SECHSUNDZWANZIG

Evgenia

Im Hotel angekommen, schließe ich die Koffer, aus denen ich zuletzt gelebt habe. Ich hatte nicht ausgepackt, da ich wusste, dass ich eilig weiterziehen muss. Und am liebsten, gottverflucht, würde ich jetzt auf der Stelle das Hotel verlassen. Ich werfe das Scheißtelefon in den Mülleimer und suche meine letzten Sachen zusammen.

Wie ein Wirbelwind verstaue ich mein Make-up, Haarspray, Shampoo, Unterwäsche und Schuhe in einem noch freien Koffer und greife dann zum Zimmertelefon. Ich muss mit Jork telefonieren – aber nicht über mein Handy.

»Wie kann ich Ihnen helfen?«, geht er nach seiner ellenlangen Begrüßungsfloskel der Firma an das Telefon.

»Hol mich ab. Sofort. Schnapp dir meinen Wagen und komm zum Hotel«, sage ich mit diesem strengen Tonfall von früher. »Bitte.« *Ich sollte ihn nicht so anfahren.* »Bring meinen Audi zu mir. Und bitte, bitte beeil dich.«

Denn ich will einfach nur weg hier. Ich bin den Tränen nahe, meine Stimme muss zittern wie das letzte Mal in meinem Verlies. Nie zuvor habe ich geweint, zumindest kann ich mich nicht daran erinnern.

»Ich könnte in zehn Minuten starten. Gib mir zwanzig Minuten, dann bin ich da. Ist alles in Ordnung?«

Nein, nichts in Ordnung. »Super, perfekt. Ich warte unten auf dich.«

Damit lege ich auf. Es klopft an der Tür und ich weiß genau, es sind die Kofferträger, die mein Gepäck abholen. Im gleichen Moment schnappe ich mir ›Kater‹, der gemütlich und ausgestreckt auf dem Teppichboden im Wohnbereich schläft.

»Tut mir leid, Kleiner, aber wir müssen gehen. Geh brav in dein Körbchen.« Ich habe ihm extra eine Transportbox besorgt, in die ich ihn nur mit Überzeugung und Futter hineinlocken kann. Er ist so zuckersüß und schenkt mir so viel Freude.

Mit einem Lächeln auf den Lippen gehe ich zur Tür, öffne sie und sehe dahinter Makar stehen.

»Scheiße«, sage ich und schließe sie vor seiner Nase, bevor er sie aufhalten kann. »Verschwinde!«

»Nein, warte, ich will mit dir reden.«

Pah – dieses klassische ›Ich will mit dir reden‹-Geschwafel kann er vergessen. Er ist verheiratet, ich habe seinen Wagen nur vor Idioten beschützen wollen und er fragt mich, was das sollte.

Ich rufe an der Rezeption an, um in Erfahrung zu bringen, wie lange es noch dauern wird, bis sie meine Koffer abholen und warum sie einen Mann reingelassen haben.

»Wir dachten, er dürfte Sie besuchen, da er schon zuvor bei Ihnen war.«

Solche … Okay …

»Schon gut. Ich reise ohnehin ab, daher spielt das keine Rolle mehr.« Am liebsten würde ich ihn fragen wollen, ob es möglich wäre, den Mann vor meiner Tür wegzuräumen, sodass ich in Ruhe das Hotel verlassen kann. Müsste er nicht längst bei der Hochzeitsgesellschaft sein? Torten anschneiden? Mit der Braut tanzen? Tauben in den Himmel schicken? Warum steht er vor meiner Tür?

Wieder klopft es. Ich schnappe mir ›Kater‹, meine Handtasche und die Laptoptasche, dann öffne ich die Tür. Die Koffer werden sicher in wenigen Minuten abgeholt. Hinter der Tür steht Makar, an die Wand gegenüber gelehnt, und besieht mich mit einem Blick, den ich nicht deuten kann.

Dann rutschen seine Augen von mir zur Transportbox herab. Ein leises Miauen ist zu hören.

»Du hast die Katze immer noch?«, fragt er lächelnd.

»Nein, ein Nilpferd, das miaut wie eine Katze«, antworte ich ihm und gehe an ihm vorbei um die Ecke.

»Lass uns kurz reden.«

»Nein«, sage ich und winke, ohne mich umzudrehen, ab.

»Eine Minute.«

»Nicht mal eine Sekunde«, kontere ich und laufe über den dunkelblauen Teppichboden auf den Lift zu.

»Wenn du dort einsteigst, dann weißt du ganz genau, dass ich mit einsteigen werde.« *Scheißtyp*.

Trotzdem drücke ich den Knopf.

»Solltest du nicht mit Konfetti um dich schmeißen und auf dem Tisch Polka tanzen?«, erwidere ich.

»Du bist sauer. Süß.«

»Süß?«, wiederhole ich und schaue verärgert zu ihm. »Ich bin nicht süß.«

Im gleichen Moment öffnet sich die Fahrstuhltür und ich betrete den Lift. Mit dem rechten Arm versperre ich ihm die Fahrstuhltür.

»Du wirst nicht mitfahren. Das würde der Lift nicht überleben und ich habe vor, mit meinem Kater heil nach unten zu gelangen.«

»Ein Kater.« Sein Blick wandert erneut zu der Katze. »Zumindest hat er es nicht schlecht getroffen.«

»Geh!«, sage ich verletzt und schlucke hart.

»Nein.« Er drückt meinen Arm herunter und drängt mich tiefer in den Fahrstuhl, bis hinter ihm die Metalltüren zugehen.

»Wir haben uns zu unterhalten.«

»Über was?«, frage ich und fühle mich leicht eingeengt in meiner Privatsphäre.

Er steht, bloß in einem weißen, an den Unterarmen hochgekrempelten Hemd, schwarzen Anzughosen und teuren Schuhen und Krawatte vor mir – wieder mit diesem dunklen Glitzern in seinen Augen.

»Über uns.«

»Ich weiß, davon soll niemand erfahren. Du hast mein Wort. Ich werde weder ihr noch sonst jemanden davon erzählen«, stelle ich klar. »Ich werde noch heute die Stadt verlassen und du kannst tun, was du für richtig hältst.«

»Darum geht es nicht. Du musst mitkommen, und zwar in der nächsten halben Stunde.«

Mir entgleisen die Gesichtszüge. *Das meint er nicht ernst?!*

»Aha, und wohin?«

»Wird vorerst nicht verraten. Wir können nicht hierbleiben, da er mich gefunden hat und du dich so tollkühn mit seinen Handlangern auseinandergesetzt und debattiert hast. Er wird wissen, dass wir …«

»Ja?«, hake ich nach, als sich die Fahrstuhltüren mit einem *Bing* öffnen.

»Er wird wissen, dass wir etwas miteinander hatten.«

»Wer?«, frage ich, als ich auf die Rezeption zugehe und ihn aus den Augenwinkeln betrachte.

»Das spielt keine Rolle.«

»Dann spielt es auch keine Rolle für mich.« Ich schiebe meine Karten über den Tresen. »Ich möchte gern auschecken.«

»Sollte es aber, wenn du am Leben bleiben möchtest. Wir müssen aufbrechen, noch heute. Er hat mich vermutlich seit Tagen beschattet.«

»Wer?«, frage ich erneut beiläufig, während ich weiter mit dem netten Mann an der Rezeption rede. Aus der Transportbox ist immer wieder ein Miauen zu hören, sodass ich in die Knie gehe und durch das Gitter blicke.

»Du schaffst das, Kater. Nicht mehr lange und du kannst wieder durch die Wohnung toben und bist frei.«

»Kater? Ist das dein Ernst? Du nennst die Katze Kater?«, fragt mich Makar, als sei ich von Sinnen.

»Mir fiel noch kein passender Name für ihn ein. Ich könnte ihn ja Makar nennen, da er genauso aufdringlich sein kann, wie du es bist.«

Ich fange mir einen finsteren Blick und ein genervtes Stöhnen ein.

»Bleib ernst. Ich habe alles vorbereitet.«

»Ach, und Jekaterina wird uns begleiten?«, will ich wissen und erhebe mich.

»Nein. Sie wird –«

»Hier, Ihre Rechnung. Das macht für die acht Tage 486.340,00 Rubel.«

»Du lebst nicht gerade bescheiden«, fange ich mir einen Kommentar von Makar ein. Er lehnt nun mit dem Rücken am Tresen der Rezeption, während ich in meinem Portemonnaie nach meiner Kreditkarte suche. Als er seine Hände verschränkt, sehe ich einen türkisfarbenen Stein an seinem Finger aufblitzen. Ein Siegelring, der weder einen Saphir noch einen Aquamarin umfasst. Ich weiß nicht, welche Art Stein es ist. Er ist glasklar wie ein Saphir, aber nicht so dunkelblau. Aber … genau in dem Moment weckt der Anblick eine Erinnerung in mir.

Ich sah ihn … – Ich sah genau solch einen Siegelring am Finger meines Entführers. Allerdings nur flüchtig.

»Madam, die Karte bitte«, bittet mich der Mann hinter dem Tresen freundlich, während mein Blick wie versteinert ist und meine Hände zu zittern beginnen. Makar blickt zum Ausgang, als der Rezeptionist mich ein zweites Mal anspricht. Erst dann wendet er seinen Blick mir zu.

»Sag, wenn ich dir aushelfen soll. Du lebst auf großem Fuß.«

»Ich brauche frische Luft.«

»Warum?«, will er wissen, als ich bereits nach dem Griff der Box fasse und mit ›Kater‹ das Hotel verlasse.

»Wir sind gleich wieder da«, höre ich Makar sich bei dem Hotelangestellten entschuldigen, als ich durch die Drehtür ins Freie gelange. *Was, wenn er es ist? Er es war, der mich über Wochen festgehalten hat? Er trägt den Ring – einen verdammt ähnlichen Ring wie den, den ich nur einmal in Gefangenschaft gesehen habe. Und dann war da noch seine Kopfverletzung …*

»Was ist los? Falls das ein Versuch war, die Rechnung nicht zu bezahlen, muss ich sagen, ich habe bereits bessere gesehen. Über die Feuerleiter fliehen oder ohne auszuchecken –«

»Der Ring.« Ich nicke zu seiner linken Hand und balle meine Finger fester zusammen, auch um den Griff der Box, damit ich nicht zittere.

»Was ist mit ihm?« Er hebt seine Hand und zieht den Ring näher zu seinem Gesicht.

»Seit wann hast du ihn?« Ich kann ihm wohl kaum sofort unterstellen, der Entführer zu sein. Warum auch hätte er es tun sollen? Er, ein reicher Mann, dem die Welt zu Füßen liegt, soll mich entführt haben? Und mich dann täglich besuchen? Er hätte sich Handlanger engagieren können.

Eigentlich ist der Gedanke unmöglich.

Doch sein Blick wird ernst, als er seine Augen etwas zusammenkneift. Seine Kiefernmuskeln zucken.

»Ich erhielt den Ring von einem Freund, bevor er starb. Es ist ein Andenken an unsere gemeinsame Zeit und an ihn – und ein Mahnmal. Was stört dich an ihm?«, will er wissen und sein Blick bohrt sich in meine Augen.

»Ich sah ihn schon einmal. Vor wenigen Wochen. Er sieht ihm zum Verwechseln ähnlich.«

Seine Gesichtszüge verändern sich nicht, kein verräterisches Zeichen, das ihn entlarven würde. Doch dann beginnt er, den Kopf zu schütteln und leise zu lachen.

»Davon gibt es tausende. Für mich hat der Ring mehr Wert als der Stein an sich. Er dürfte nicht einmal fünfzehntausend Rubel wert sein.«

Warum nur glaube ich ihm nicht?

»Wann hast du diesen Ring bereits gesehen?«, fragt er mich nun und seine Hand wandert zu meiner Taille.

»Fass mich nicht an«, warne ich ihn und trete einen Schritt zurück. »In der schlimmsten Zeit meines Lebens.«

Ohne mich zu entschuldigen betrete ich wieder das Hotel, ziehe die Kreditkarte aus meiner Geldbörse und reiche sie dem Rezeptionisten. Als die Rechnung beglichen ist und ich Makar nicht mehr sehen kann, wird mir mulmig.

Ich könnte ihm die Tat unterstellen, aber er könnte genauso gut unschuldig sein. Dann würde ich den Falschen verdächtigen. Ich streiche über meine Stirn, bevor ich das Gebäude verlasse, nachdem ich Jork im Rondell vor dem Hotel an meinem A7 entdeckt habe – wie immer im Anzug und vornehm. Er ist ein wahrer Freund, was mir erst viel zu spät bewusst wird. Makar hingegen kann ich zu einem Porsche gehen sehen, der sich ebenfalls auf der Zufahrt zum Hotel befindet.

»Evgenia«, begrüßt mich Jork und umarmt mich. »Was ist das?«, will er wissen, als er die Box sieht.

»Mein neuer fester Freund. Unsere Beziehung ist zwar noch etwas einseitig, er kocht nicht für mich oder lädt mich zum Essen ein, dafür erhalte ich sehr viele Zärtlichkeiten.«

»Verstehe. Deswegen sitzt er in der Box? Der arme Kerl. Hallo.« Er geht in die Knie, um durch das Gitter zu blicken. »Einen fiesen Blick hat er. Er wird dich sicher gut verteidigen, sollte sein Dosenöffner mal angegriffen werden.«

Ich lache und hake mein Haar hinter die Ohren. »Wird er nicht, aber ich hoffe, ich kann mir seine Freundschaft mit jedem Tag mehr erkaufen. Können wir?«

»Sicher. Es ist alles vorbereitet.« Er macht mir Platz und öffnet den Kofferraum meines Wagens, da der Kofferträger mein Gepäck zu uns rollt.

»Habe ich gerade Sacharow bei dir gesehen?«, fragt er unerwartet, als der Mann meine Koffer einlädt.

»Ja, er war hier.«

»Was wollte er? Mit dir über seine Kampagne reden?«

Etwas perplex lächle ich und weiche seinem Blick aus. »In etwa.« *Kampagne kann man es auf jeden Fall nennen.*

»Vielen Dank.« Ich überreiche dem Angestellten ein sehr gutes Trinkgeld.

»Wow, früher hast du nicht so mit Geld um dich geschmissen.«

»Zeiten ändern sich. Soll ich dich zurückfahren?«

Jork öffnet mir die Fahrertür, nachdem er Kater auf die Rückbank gestellt hat.

»Ich werde dich nach St. Petersburg begleiten.« Zielsicher steuert er auf die Beifahrertür zu und öffnet sie.

»Was? Nein. Bleib hier. Kümmere dich um die Firma.«

»Die kann mich mal. Seit du fort bist, geht es dort drunter und drüber. Du warst das perfekte Organisationstalent.«

Witzig, dass er das sagt. Denn ich vermisse den Job nicht – nicht ein bisschen.

»Auf geht's nach Petersburg.«

Mir gefällt der Gedanke nicht, dass wir zusammen reisen – aber noch viel weniger gefällt mir der Gedanke, dass Makar mich irgendwohin mitschleppen könnte, weil ich in Gefahr sein sollte. Von welcher er sprach? Es muss mir egal sein, denn ich verlasse Moskau, womöglich für eine sehr lange Zeit. Ich will alles hinter mir lassen. Ich brauche Makar nicht, der sich lieber um seine Braut kümmern sollte als um mich. Warum tut er das?

SIEBENUNDZWANZIG

Evgenia

Wie ein schwarzer Schatten folgt uns ein dunkler Porsche über die Autobahn, egal welche Versuche ich auch unternommen habe, um ihn abzuhängen. Dann diese nervige Lichthupe.

Der ist so was von krank. Ein Stalker. Klar war die Nacht etwas Besonderes und sicher wollte ich eingreifen, als sein Wagen demoliert wurde, was anscheinend kein großer Wertverlust für ihn ist, da er bereits den nächsten Protzwagen am Start hat, aber das ist noch lange kein Grund, mich zu verfolgen.

»Soll ich nicht lieber fahren?«, fragt mich Jork, der immer wieder zum Seitenspiegel blickt. »Der Typ hinter dir hat sie ja nicht mehr alle. Lass ihn doch einfach vorbei.«

»Haha, der will nicht vorbeiziehen. Er will nur, dass ich anhalte.«

»Tatsächlich? Wieso?« Jork schaut zu mir und zieht beide Brauen zusammen.

»Kümmere dich bitte um Kater, halt ihn fest, denn jetzt muss ich etwas tun, was mir gar nicht gefällt.«

»Und das wäre?« Jork greift hinter meinem Sitz nach der Box, als ich eine Sekunde später Gas gebe und zwischen zwei LKW gefährlich scharf einschere, dann auf der Ausfahrt dahinter hart abbremse und die Autobahn verlasse. Natürlich ist das Hupen eines Fahrers zu hören, den ich scharf geschnitten habe, wie auch das tiefe Tuten des LKW-Fahrer. Aber das ist mir herzlich egal, solange ich den penetranten Porsche hinter mir abhängen kann.

»Bist du geisteskrank?« Jork wird zur Seite gezogen, als ich die Kurve viel zu schnell fahre. »Bremse, brems schon!«

»Klappe!«

Ein Blick in den Rückspiegel zeigt mir, dass ich ihn abgehängt habe.

»Perfekt!«, freue ich mich. »Lebt ihr noch?«

Jorks Haar steht in alle Richtungen, halb verquer, aber angeschnallt auf dem Vordersitz liegend greift er nach der Tierbox und umklammert deren Griff.

»Irgendwie schon. Kater?«, fragt er die Katze, was ich niedlich finde. »Er faucht, ist das ein Zeichen, das es ihm gut geht?«

»Ein Zeichen, dass er dich in Anbetracht deines Rettungsmanövers immer noch nicht mag. Also ja.«

»Das nenne ich Dankbarkeit.«

Ich lache und nehme ein langes Stück über die Landstraße, um später wieder auf die Autobahn aufzufahren. Die Wahrscheinlichkeit, dass Makar mich wieder verfolgt, ist gering. Obwohl mich sein Vorschlag, mit ihm mitzugehen doch etwas gereizt hat, war mir die Begegnung unheimlich.

»Weißt du es überhaupt schon?« Jork stellt Musik an, deren Bässe mir das Trommelfell beinahe zertrümmern.

»Nein, was?«

»Sacharow hat die Hochzeit abgesagt.«

»Im Ernst?« Ich blicke zu ihm und bemerke erst, als Jork ins Lenkrad eingreift, dass ich auf die Mittelspur ziehe, ohne zu schauen.

»Pass auf. Ich fahre, das ist das Klügste.«

»Erzähl mir alles.«

»Er hat sie vorm Altar zurückgewiesen, mehr gibt es nicht zu erzählen. Und weißt du, woher ich die Info habe? Twitter. Denn die Medien durften darüber nicht berichten, aber von der Familie der Braut hat es jemand bekannt gegeben. Dumm, der Typ. Solch eine Frau stehenzulassen.«

»Ja, dumm …«

»Warum tut man sowas? Er hat eine andere, das versichere ich dir. Warum sonst? Der Typ ist reich, charmant, sieht gut aus und wenn du ihn nicht gerade mit deinem Stuhl umstößt, ist er sogar freundlich.«

Mein Schmunzeln über seine Bemerkung verblasst sogleich wieder. *Deswegen will er Jekaterina nicht mitnehmen? Oder was hat das alles zu bedeuten?* In meinem Kopf ploppen mit jeder Sekunde mehr Fragezeichen auf.

»Können wir das Thema wechseln?« Vermutlich hat er nicht mitbekommen, dass der Porsche von Makar oder seinem Freund gefahren wird. »Möchtest du wirklich fahren? Ich brauche mal kurz einen Moment.«

»Klar fahre ich den Wagen, gern. Wer möchte nicht mit dreihundert PS durch die Gegend rasen?«

»Deiner hat mehr«, korrigiere ich ihn. An der nächsten Raststätte halte ich an, um mir die Füße zu vertreten und meine wirren Gedanken wieder zu kontrollieren.

Heute beginnt mein neues Leben, daher sollte ich alles hinter mir lassen – auch Makar.

»War ja auch ironisch gemeint.«

»Fiesling. Du bist zu verwöhnt.«

»Und du sehr bescheiden geworden. Seit wann? Du trägst heute nur Shorts und ein Top, früher wärst du so nie aus dem Haus gegangen.«

»Mir sind die Kostüme über.«

»Aber sie standen dir sehr«, bemerkt er und umrundet den Audi mit lüsternen Blicken.

Ich glaube, wenn er mich weiter angräbt, muss ich mir eine Strategie einfallen lassen, um ihn loszuwerden.

Gerade als er mir entgegen lächelt, mit seiner Hand über meinen Oberarm streicht und sein Gesicht zu mir herabsenkt, höre ich das Aufheulen eines PS-starken Autos und sehe dann einen schwarzen Porsche Panamera mein Sichtfeld kreuzen. Das Nummernschild ist das gleiche und auch der Mann, der den Wagen fährt, ist identisch, mit dem, den ich im Rückspiegel gesehen habe.

»Scheiße!«, keuche ich und gehe vor Jork in die Knie, um nicht erkannt zu werden. *Woher weiß er, wo ich bin? Trage ich einen Peilsender? Hat er mehrere Spitzel?*

Ich werde paranoid. Irre. Vollkommen wahnsinnig.

»Ähm, was gibt es dort unten zu bestaunen, während ich dich küssen wollte? Du kannst mir auch sagen, wenn du heute keine Lust darauf hast, statt dich im Boden eingraben zu wollen. Aber falls das der Anfang für einen Blowjob …«

Halt einfach die Klappe, Jork – nur ein einziges Mal in deinem Leben.

»Sei still!«, fauche ich. Erst nachdem ich einige Sekunden zwischen dem Gebüsch und ihm gehockt habe, bemerke ich, wie kindisch ich mich verhalte. Daher erhebe ich mich wieder und sehe hinter Jork … ja, wen wohl – Makar auf uns zukommen.

»Wir sollten uns unterhalten.« Genau das hat er schon mal gesagt – bevor er mich gevögelt hat. Der Sex war gut, er ist ein Mann, den sicher keine Frau von der Bettkante stößt – aber ihn umgibt etwas Geheimnisvolles. Eine Aura, die mich von ihm fernhalten sollte.

»Sollten wir das?«, erwidere ich und verschränke die Arme vor dem Top, unter dem ich nur ein Bikinioberteil trage. Ich fahre gern bequem, aber gerade trifft sich Beachgirl in knappen Shorts und Sandalen mit Anzugträger, was mir irgendwie unangenehm ist.

»Unbedingt. Entschuldigst du uns kurz?«, fragt Makar Jork, dessen Gesichtszüge unkontrolliert zucken, seit er den Mann hinter sich erkannt hat.

»Verfolgt er uns?«

»Nein, nicht uns, nur mich.«

»Wenn er Ärger macht, wegen damals mit der Stuhlgeschichte oder den gekündigten Verträgen, dass ist bereits alles …«

»Beruhige dich, Cowboy, wir klären das fix.«

Ich will aber nichts klären.

»Warum nicht vor ihm?«, provoziere ich Sacharow, der schwach grinst und dann auf meinen Wagen blickt. *Wie ist es ihm gelungen, mich zu finden?!*

»Lieber nicht. Es ist persönlich.«

»Persönlich?«, wiederholt Jork und wendet sich zu ihm um.

»Kannst du deinen Papageien bitte mal anweisen, Abstand zu halten, wenn sich Menschen unterhalten?«

»Du wirst unverschämt!«, fahre ich Makar an.

»Nein, aber uns sitzt die Zeit im Nacken!«

»Mir aber nicht! Du willst etwas von mir, nicht ich von dir!«

»Ihr seid beim Du?«, unterbricht uns Jork und schaut abwechselnd von mir zu Mister Arroganz, der sonst so freundlich mit anderen Menschen umgeht. Anscheinend bin ich eine Ausnahme.

»Lass uns reden. Jork, warte bitte hier und kümmere dich um Kater.«

»Er mag mich nicht.«

»Wird er, wenn du ihn kraulst«, versichere ich ihm und schiebe mich an Jork vorbei.

»Worüber möchtest du reden? Über deine verpatze Hochzeit? Über deinen Ring? Über den Auftrag in meiner ehemaligen Firma? Über was?«

»Du weißt genau, worüber«, antwortet er mir, als ich von meinem Wagen Abstand nehme und ziellos über die Raststätte laufe.

»Du belästigst mich, fährst wie ein Verrückter hinter mir her.«

»Der, der das verrückte Manöver mit den LKWs gefahren ist, war ja wohl nicht ich.« Als würde er sich lustig machen, lacht er charmant.

»Hör auf zu lachen. Nur so konnte ich dich loswerden. Ich habe ein Tier dabei.«

»Und?«

»Ist dir egal, ich weiß, aber ich will ordentlich fahren und nicht zehn Verkehrsregeln brechen, weil mich ein Stalker verfolgt.«

»Du hast nicht nur zehn Verkehrsregeln gebrochen«, erwidert er, woraufhin ich stehenbleibe.

»Was willst du von mir?«

»Dass du mit uns mitkommst. Es wird nicht für lange sein, aber wir müssen Moskau verlassen.«

»Das haben wir bereits«, versichere ich ihm und deute auf ein Autobahnschild, das Moskau mit 48 Kilometer anzeigt.

»Weiter, wir müssen weiter weg.«

»Ah, wohin? Nordpol? Amerika? Australien?«

»Das kann ich dir nicht verraten. Ich hatte einen Disput mit, sagen wir, einer nicht ungefährlichen Vereinigung und ...«

»... die sind hinter dir her und trachten dir nach dem Leben.«

»Nein!«

»Was ist es dann?«

»Bitte, Genia.« Wieder nennt er mich so, wie mich nur die Wenigsten nennen. »Ich könnte dich zurücklassen, darauf warten, bis sie bei dir einbrechen und deine Wohnung verwüsten oder bis sie Informationen wollen. Oder aber du lässt deinen gelehrigen Freund dein Auto zurückfahren und begleitest mich.«

Wie stellt er sich das vor? Ich will mein Leben leben, nicht in weitere Gefahren geraten. Vermutlich war es ein Fehler, ihn kennenzulernen.

»Was ist mit deiner Frau?«

»Jekaterina ist nicht meine Frau, noch nicht. Sie wohnt vorerst bei ihren Großeltern.«

»Und sie weiß davon?«

»Nein, natürlich nicht«, antwortet er und schüttelt etwas den Kopf.

Sie ist bei ihren Großeltern sicher, während ich ihn wer weiß wohin begleiten soll?

»Ich kann nicht, Makar. Ich kann wirklich nicht. Ich muss nach Petersburg. Ich habe dort eine Wohnung, die Möbelpacker werden morgen eintreffen, alles ist geplant.«

»Die werden dich dort finden.«

»Wie?«, will ich wissen. »Was sind es für Organisationen, für Menschen?«

»Waffenhändler, mit denen ich keine weitere Bekanntschaft machen will.«

Waffenhändler? Damit habe ich nichts am Hut. Ehrlich nicht.

»Und jetzt ist der Moment, in dem ich dir vollkommen den Rücken zuwenden sollte.« Und genau das tue ich.

»Es hört sich gefährlich an. Ist es auch.«

»Wenn du eine offene Rechnung mit Kriminellen hast, ist das dein Problem, nicht meines. Lass mich damit in Ruhe, verfolge mich nicht mehr und lass den Scheiß mit der Lichthupe. Ich will neu beginnen, das wirst du nicht verstehen, aber auch ich muss vor jemandem fliehen. Und langsam kommt es mir vor, als wüsstest du genau, von wem ich spreche.«

»Wie kommst du darauf?«

»Ich fliehe vor jemandem, den ich nicht kenne, von dem ich nicht einmal weiß, wie er aussieht. Ich weiß nur, dass er solch einen Siegelring trägt wie du. Findest du das nicht merkwürdig?« Ich drehe mich zu ihm und fixiere ihn mit meinen Blicken. »Du könntest es getan haben.«

Ich sehe Runzeln auf seiner hübschen Stirn, darüber sein dunkles Haar in der Sonne schimmern. »Was getan haben?«, fragt er mich mit einem Blick, der nichts preisgibt außer Ahnungslosigkeit. »Jetzt komm. Danach kannst du tun, was immer du tun willst.«

»Nein.« *Hätte ich bloß keine Nacht mit ihm verbracht.* Am Wagen angekommen, sehe ich nun Timur eine rauchen und Delina skypen. Mit wem? Sie ist eine schlanke Frau und wirkt sehr intelligent auf mich, was wohl an der Brille liegen dürfte.

»Du wirst das mit deinen Bekannten und Kollegen allein regeln müssen.«

»In Ordnung, ich habe es friedlich versucht«, lenkt er plötzlich ein. Dann geht er auf Jork zu und verlangt von ihm etwas. Noch ehe ich begreife, dass er ihm den Autoschlüssel abnimmt, hat er ihn bereits.

»Was wird das?«, rufe ich und eile auf ihn zu. Auch wenn ich hier auf dem Parkplatz übernachten muss, werde ich nicht mit ihm mitgehen. Waffenhändler. Was hat er angestellt? Ihnen etwas gestohlen? Wie sollte man sich sonst den Zorn einer solchen Bande zuziehen? Jeder weiß, dass mit denen nicht zu scherzen ist.

»Hallo, Evgenia«, begrüßt mich plötzlich Timur, nachdem er seine Kippe vor mir ausgetreten hat, und reicht mir seine Hand.

Ich will ihm aber meine nicht geben. Doch er greift nach meiner und zieht sie unter seinen Arm, als würde er mich bei sich unterhaken wollen.

»Wir sollten gehen. Mach dir um dein Gepäck keine Gedanken. Dort, wo wir hinfliegen, ist es traumhaft schön.«

»Fliegen? Du hast mich missverstanden. Ich habe abgelehnt, Makar weiß es.«

»Ich habe es gesehen, dennoch denke ich, wird es Zeit, aufzubrechen, denn siehst du die dort drüben?« Er nickt in eine Richtung, dann zum Himmel. Über unsere Köpfe fliegt ein Helikopter hinweg, während sich in weiter Entfernung drei Männer um einen Jeep gruppieren. Genau so ein Jeep, wie ich ihn heute Morgen vor der Kirche gesehen habe.

»Wir können«, höre ich Makar sagen, der seinen Blick ebenfalls in die Richtung der Männer richtet.

»Oh nein«, rege ich mich auf und stemme die Absätze meiner Sandalen, die halb so effektiv wie die von Pumps sind, in den Asphalt.

»Das könnt ihr nicht machen.«

»Wir müssen, Evgenia«, sagt Delina, die nun neben Makar in den Porsche einsteigt.

»Nein, kommt schon. Es gibt eine andere Möglichkeit.«

»Leider, leider, gibt es die nicht. Wir sollten uns beeilen, und zwar schnellstens. Über was habt ihr euch so lange unterhalten?«, fragt Timur Makar, der mich auf die Rückbank zerrt, wogegen ich mich sträube wie eine Katze. Apropos Katze.

»Kater!«

Jork hat keine Ahnung, wie man mit einem Tier umgeht.

»Kater?«, wiederholt Timur.

»Du hast genauso einen Papageien wie ich«, fahre ich Makar an, als ich den Kampf aufgebe und auf die Rückbank falle.

Er lacht, schaltet den Motor an und setzt, noch mit offener Hintertür, den Wagen zurück. »Timur, geht es etwas schneller?«

»Sie macht sich hier breit«, beschwert Timur sich und schiebt meine Beine, die halb auf und halb über der Sitzbank liegen, auf den Boden.

Wieder ein Lachen von Makar, dann zieht Timur die Tür neben sich zu, während ich für den Bruchteil einer Sekunde das Einrasten der Verriegelung höre. Dann sehe ich wie Jork mit fragendem Blick zu mir schaut, dann auf den Wagen zueilt, um mich zu befreien. Das war es also, ich sitze in der nächsten Klemme. Vermutlich in keiner so furchtbaren wie vor über einer Woche, aber ich bin wieder gefangen. Was habe ich gottverflucht falsch gemacht! Was?

Und zum Schluss

Das Ende von ***»FANG MICH – wenn du kannst«*** *kam zu unerwartet für dich?*
Der zweite Part ***»DU GEHÖRST MIR! – nur die Wahrheit kann dich retten!«*** *wird Anfang April 2017 erscheinen. Wenn du nicht so lange warten möchtest, nimm gerne an meiner neuen Aktion teil.*
Schreibe mir eine Rezension, dann eine Mail mit dem Link deiner Rezension an: ***odesza.info@gmail.com*** *mit dem Betreff »FANG MICH« und erhalte vorab das erste Kapitel in Form einer gedruckten Leseprobe sowie eine signierte Postkarte, Bleistift und Kuli zu der Serie zugeschickt. Bitte vergiss nicht, deine Adresse anzugeben.*

An dieser Stelle möchte ich mich bei Phyllis, Björn, Gaby, Nadine, Sarah und Jessica für Ihre Mithilfe an meinem Skript bedanken.
Ihr habt großartige Arbeit geleistet.
Merci.

Cordialement!

Eure ODESZA

18091117R00177

Printed in Poland
by Amazon Fulfillment
Poland Sp. z o.o., Wrocław